DIE NEKROMANTIN IHRER MAJESTÄT

MINISTERIUM DER KURIOSITÄTEN, BAND #2

C.J. ARCHER

Übersetzt von
ANNETTE SPRATTE

WWW.CJARCHER.COM

Die Nekromantin ihrer Majestät, Ministerium der Kuriositäten, Band 2

Originaltitel: Her Majesty's Necromancer © 2015 C.J. Archer

Aus dem Englischen übersetzt von Annette Spratte
© 2022

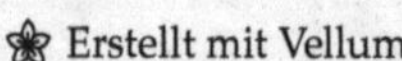 Erstellt mit Vellum

ÜBER DIE NEKROMANTIN IHRER MAJESTÄT

Als vom Friedhof Leichen verschwinden, stellen Lincoln und das Ministerium der Kuriositäten Nachforschungen an. Charlie jedoch nicht. Als Hausmädchen in Lichfield Towers mischt sie sich in die Geschäfte des Ministeriums nicht ein.

Stattdessen ermittelt sie auf eigene Faust. Sie sucht nach Einzelheiten über ihre wahre Mutter und stellt Nachforschungen über Lincolns Hintergrund an. Was sie dabei herausfindet hat die Macht, das frisch aufgebaute, zerbrechliche Band des Vertrauens zwischen ihnen zu zerstören oder sie näher zusammenzubringen.

Während Geheimnisse aufgedeckt werden, laufen die Ermittlungen nicht wie geplant und Charlies Nekromantie zieht sie in einen Strudel aus Betrug, Lügen und Gefahr, die ihre Freundschaften und ihr Heim aufs Spiel setzen könnten.

KAPITEL 1

LONDON, HERBST 1889

„Legen Sie Ihren Arm um mich", wies ich Lincoln Fitzroy an.

Er tat es und wie jedes Mal, wenn er mich berührte, beschleunigte sich mein Puls und meine Haut fühlte sich enger an. Man stelle sich vor, wie ich reagieren würde, wenn er mich mit Leidenschaft berühren würde anstatt mit Gewalt.

Ich hakte meine Finger um seinen Unterarm, ließ mich fallen, sodass er plötzlich den Großteil meines Gewichts trug, und drehte mich zu seinem Ellenbogen, wobei ich mich aus dem Schwitzkasten wand, in dem er mich hielt. Ich trat zurück und strahlte ihn an. Er schaute finster zurück.

Es war die erste Verteidigungstaktik, die er mir beigebracht hatte, und nach zwei Monaten täglicher Übung hatte ich es endlich geschafft, mich aus seinem Griff zu befreien. Vermutlich hätte ich es schon vor einem Monat geschafft, wenn mein Gegner ein ahnungsloser Strolch gewesen wäre und nicht Lincoln. Der Überraschungseffekt würde mir in die Hände spielen. Vermutlich war das meine beste Waffe. Obwohl ich etwas zugenommen hatte, seit ich dauerhaft in Lichfield Towers eingezogen war, war ich noch immer eher schmächtig. Jeder Mann würde erwarten, mich zu besiegen, wenn er mich angriff, aber dank Lincolns Training war ich jetzt besser in der Lage, mich zu verteidigen.

„Das war brauchbar." Lincoln—in meinem Kopf nannte ich ihn nicht länger Fitzroy—zeigte an, dass die Einheit beendet war.

Er schnappte sich seine Jacke von dem Busch, über den er sie geworfen hatte, und marschierte in Richtung Haus davon. Wie immer hatte sich seine Laune während unseres Trainings verfinstert. Egal wie ausgeglichen er zu Beginn unserer dreistündigen Trainingseinheiten war, am Ende schnauzte er mich immer an oder er redete gar nicht mehr mit mir, sondern stürmte zurück in seine Privatgemächer. Das war nicht fair. Ich hatte nichts getan, um seine Ruppigkeit zu verdienen. Angespornt durch meinen Erfolg würde ich mir das nicht länger gefallen lassen.

„Brauchbar?", rief ich ihm nach. „Ich bin das erste Mal von Ihnen weggekommen, und das Einzige, was Sie dazu sagen können, ist ‚brauchbar'?"

„Du hast dich der Möglichkeit eines weiteren Angriffs ausgesetzt. Du hättest wegrennen sollen."

„Oder das Messer ziehen, das ich in meinem Ärmel versteckt habe, aber wir haben keinen Kampf geprobt, sondern nur die Befreiung aus Ihrem Schwitzkasten."

„Haben wir nicht?" Er blieb stehen und ich rempelte ihn beinahe an. Sein Gesicht war durch unser Training nicht im Geringsten gerötet, während meine Haut sich feucht und heiß anfühlte, trotz der kühlen Herbstluft. Die Dämmerung war schnell hereingebrochen, aber noch war es hell genug, dass ich seinen harten Gesichtsausdruck sehen konnte. „Du hast ein Messer an deinen Unterarm gebunden?"

„Im Moment nicht, aber würde ich allein durch die Stadt streifen, dann schon."

Er ging wieder weiter und ich trabte neben ihm her, um mit seinen langen Schritten mitzuhalten.

„Ein ‚gut gemacht, Charlie' hätte genügt", sagte ich. „Selbst ein einfaches ‚gut' ist besser als ‚brauchbar'."

Er nahm zwei Stufen der Eingangstreppe auf einmal und erreichte vor mir die Tür, die er mir aufhielt, obwohl es an ihm war, zuerst einzutreten, da er mein Arbeitgeber war. Ich ging nicht hinein, sondern blieb in der Tür stehen und blockierte den Eingang. Wir standen so nahe beieinander, dass wir uns beinahe berührten. Ich legte den Kopf in den Nacken, um zu ihm hochzuschauen. Er trat einen Schritt zurück, verschränkte die Arme und betrachtete mich durch dichte, schwarze Wimpern.

„Du benötigst Lob." Er formulierte das nicht als Frage, aber ich nickte trotzdem. „Nun gut. Du hast dich verbessert. Du warst schon immer schnell, aber jetzt verstehst du, wie du die Stärke, die du besitzt, am effektivsten einsetzen kannst und wie du deine Größe zu deinem Vorteil nutzen kannst."

Ich lächelte.

„Trotzdem sind deine Fähigkeiten lediglich brauchbar. Dem durchschnittlichen Mann, der dich auf genau die Art und Weise angreift, die wir in deinem Training angewendet haben, entkommst du möglicherweise, aber mehr auch nicht. Es gibt noch viel zu tun, wenn du einen Gegner abwehren willst, der schlau und stark ist, oder einen, der miesere Methoden anwendet."

Er wartete, während ich über seine Antwort nachdachte. Am Ende entschied ich, mich auf das Positive zu konzentrieren. Er hatte mir schließlich nichts gesagt, was ich nicht schon wusste. „Danke. Ihr Lob bedeutet mir viel. Allerdings müssen Sie noch eine Menge lernen, um ein guter Lehrer zu sein. In der Tat würde ich sagen, dass Sie lediglich brauchbar sind. Zum einen müssen Sie lernen zu erkennen, wann ein Schüler Lob braucht und wann er über seine Unzulänglichkeiten belehrt werden muss. In diesem Falle war es Zeit für Lob." Ich tätschelte seinen Arm. „Keine Sorge. Sie werden das mit der Zeit und viel Übung hinbekommen."

Seine Augen verengten sich. „Du machst dich über mich lustig."

„Das würde ich nie wagen, Sir."

Die Augen wurden noch schmaler als sie das normalerweise waren, wenn ich ihn ‚Sir' nannte. Es war das einzige Anzeichen dafür, dass er es hasste, wenn ich ihn förmlich ansprach, auch wenn er mir selbst gesagt hatte, dass das eine von zwei akzeptablen Anreden war. Die andere war Mr Fitzroy, welche ich üblicherweise nutzte. Ich sagte tatsächlich nur ‚Sir', wenn ich ihn necken wollte, was selten vorkam. Außerhalb des Trainings hatten wir wenig Gelegenheit, miteinander zu reden. Ich war zu sehr mit meinen Aufgaben als Magd beschäftigt, und er schien mir absichtlich aus dem Weg zu gehen. Lincoln nannte ich ihn nie.

„Dann also morgen um die gleiche Zeit", sagte ich und ging vor ihm ins Haus.

„Charlie."

Ich stoppte, genau wie mein Herz. Die Unsicherheit in seiner Stimme fesselte mich ebenso sehr, wie sie mich beunruhigte. Normalerweise war er kein zögerlicher Mann. „Ja?", fragte ich und klang etwas atemlos.

Mehrere Pulsschläge verstrichen, in denen er mich weiter unter seinen halb geschlossenen Lidern heraus beobachtete. „Lass Seth oder Gus Tee heraufbringen", sagte er schließlich, ehe er die gefliese Eingangshalle in Richtung Treppe durchschritt. Auch hier nahm er zwei Stufen auf einmal und war schnell außer Sicht.

Ich blieb am Fuße der Treppe stehen und blinzelte verwirrt. Hatte ich etwas Falsches gesagt? Er war so schwer zu durchschauen und ich war mir nicht ganz sicher, ob ich wirklich eine Unsicherheit in seiner Stimme gehört hatte. Ich wünschte, ich hätte den Mut, ihn zu fragen, was er wirklich wollte, doch es fühlte sich einfach zu peinlich an. Seit er meine Vernarrtheit in ihn, wie er es nannte, bemerkt hatte, hatten wir uns voneinander entfernt. Unsere einzige Kommunikation bestand darin, dass er mir Befehle erteilte.

„Du siehst aus, als hättest du ein Gespenst gesehen", sagte Seth, der aus dem Dienstbotenbereich im hinteren Teil des Hauses kam.

„Oh, ich … nein. Heute nicht."

Er zuckte zusammen. „Entschuldige. Ich habe nicht nachgedacht."

Ich lächelte. „Keine Gespenster, nur einen Herrn, den ich im Verdacht habe, nicht das zu sagen, was er wirklich meint."

„Der Tod?" Er schaute die Treppe hinauf. „Bist du dir sicher? Mir scheint er immer genau das zu sagen, was er meint. Aber ich bin ja auch keine hübsche junge Frau, die unter seinem Dach wohnt." Er zwinkerte mir zu und grinste.

„Ha! Das ist wohl kaum das Problem." Die wenigen Male,

die ich gedacht hatte, Lincoln würde mich als Frau sehen, und als eine, die er gern intim kennen würde, tat er irgendetwas, was meinen Irrtum deutlich machte.

„Vielleicht muss seine Unterwäsche geflickt werden und es ist ihm zu peinlich, dich zu fragen", sagte Seth.

„Das schon eher. Vielleicht ist es besser, wenn du ihm nicht sagst, dass du alle Näharbeiten an mich weiterreichst."

Während ich die Aufgaben im Haushalt erledigte, kümmerten sich Seth und Gus um Lincolns Bedürfnisse—mit Ausnahme des Nähens. Sie wechselten sich sogar mit der Reinigung seines Zimmers ab. Er hatte mir in den letzten zwei Monaten den Zutritt verwehrt, selbst um ihm seine Mahlzeiten zu bringen. Der einzige weitere Angestellte in Lichfield war der Koch und mit vereinten Kräften schafften wir es, das Haus in Schuss zu halten, wenn auch nicht perfekt sauber. Falls Lincoln jemals beschließen sollte, eine Dinnerparty abzuhalten, würden wir jedoch in alle erdenklichen Schwierigkeiten geraten. Zum Glück mochte er keine Gesellschaft. Unsere einzigen Gäste waren die Komiteemitglieder des Ministeriums der Kuriositäten, die ab und an vorbeischauten. Meistens waren es entweder General Eastbrooke oder Lady Harcourt, und einmal aß Lord Marchbank mit Lincoln zu Abend. Lord Gillingham war Gott sei Dank in den letzten zwei Monaten gar nicht aufgetaucht. Ich wäre sonst versucht gewesen, ihm die Bratensoße über den Schoß zu kippen.

„Komm mit in die Küche." Seth lockte mich mit einem Nicken, das seine hellen Haare über seine Stirn fallen ließ. Die wirren Locken verliehen ihm ein jungenhaft gutes Aussehen. „Wir haben eine Überraschung für dich."

„Für mich? Warum?"

Er antwortete nicht, also folgte ich ihm brav. Der Koch und Gus ließen alles stehen und liegen und alle drei Männer fingen an zu applaudieren.

„Wofür ist das denn?", fragte ich lachend.

„Dafür, dass du den Tod offen und ehrlich geschlagen hast", sagte Gus. Sein Grinsen mit dem löchrigen Gebiss war so breit, dass die Lachfältchen die Narbe neben seinem rechten Auge verschluckten.

„Ihr habt das gesehen?"

„Manchmal schauen wir vom Fenster aus zu", sagte Seth mit einem Zucken seiner breiten Schultern.

Der Koch verschwand in der angrenzenden Speisekammer und kam mit einem kleinen runden Kuchen wieder heraus, den er mir überreichte. „Biskuit", verkündete er. „Dein Lieblingskuchen."

„Du musstest mir nicht extra etwas backen."

„Hab ich nicht. Hab die für morgen gebacken, aber den kannst du jetzt schon essen." Er zwinkerte mir mit einem seiner wimpernlosen Augen zu. „Der ist ganz klein, damit verdirbst du dir nicht den Appetit fürs Abendessen."

Gus schnaubte. „Wahrscheinlich wirdse davon satt, so wie die isst."

„Ich esse jetzt sehr gut, danke." Viel besser als anfangs, als ich aus den Slums nach Lichfield gekommen war. Das hielt die Männer jedoch nicht davon ab, mich ständig dazu zu ermuntern, mehr zu essen. Vermutlich würde ich nie genug essen, um sie zufrieden zu stellen.

Der Koch kehrte an den Herd zurück, wo sein Gesicht und sein Glatzkopf bald vor Hitze glänzten, und ich setzte mich an den Tisch und aß meinen Kuchen. Gus setzte sich zu mir und reparierte ein defektes Gartengerät, während Seth den Tisch für die Mahlzeit deckte. Die Aufgaben schienen ihnen nichts auszumachen, obwohl sie eigentlich keine Lakaien waren. Vielleicht langweilten sie sich und durch die Aufgaben hatten sie etwas zu tun. Niemand in Lichfield faulenzte gern, nicht einmal Seth, der ein geborener Gentleman und sicher daran gewöhnt war, dass Angestellte alles für ihn taten. Falls er seinen niederen Status hier verabscheute, zeigte er es nicht. Ich war mir noch nicht sicher, was ihn dazu bewogen hatte, für das Ministerium zu arbeiten. Er hatte in heruntergekommenen Verhältnissen gelebt, als Lincoln ihn eingestellt hatte, und war dankbar, ein Dach über dem Kopf und Essen im Bauch zu haben. Das verstand ich nur zu gut. Lichfield Towers war eine sprunghafte Verbesserung zu dem feuchten, stinkenden Keller, den ich mir früher mit einem Dutzend Jungen geteilt hatte.

Ein lautes Klopfen an der Hintertür hallte durchs Haus. Wir

hielten alle inne und einen Moment lang rührte sich keiner. Wer brachte denn jetzt eine Lieferung?

„Ich gehe schon", sagte Seth. Gus und ich folgten ihm aus purer Neugierde.

Lincoln kam mit langen Schritten den Dienstbotenflur entlang. Sein Gesicht war von feuchten Haarzotteln umrahmt, die seine harten Gesichtszüge weicher machten, nicht jedoch den schneidenden Blick, der mich gefangen nahm. Einen Augenblick lang dachte ich, er würde mir befehlen, mich versteckt zu halten. Meine Nekromantie hatte mich vor zwei Monaten zur Zielscheibe eines Irren gemacht, doch der war jetzt tot und außerhalb des Ministeriums wussten nur wenige, zu was ich fähig war. Trotzdem fühlte ich mich noch immer verletzlich und vielleicht war Lincoln das bewusst. Jetzt bat er mich jedoch nicht, mich zurückzuziehen, während Seth die Tür öffnete.

Der Hauptverwalter des Highgate-Friedhofes stand auf der Stufe zum Hof. Der bucklige Kerl mit den kräftigen Unterarmen und dem langen schwarzen Bart beäugte uns schnell der Reihe nach und nahm den Hut ab, als er Lincoln entdeckte.

„Guten Abend, Sir." Er senkte den Kopf zu einer knappen Verbeugung und drehte den Hut in seinen Händen. „Entschuldigen Sie die Störung, Sir."

„Haben Sie Neuigkeiten, Mr Tucker?", fragte Lincoln.

„Ja, Sir. Seit Sie mir von den fiesen Räubern erzählt haben, habe ich die Augen offengehalten, Sir." Tucker schniefte und wischte sich die Nase am Ärmel ab. „Bis jetzt hatte ich keine Spur von ihnen gesehen."

Seth trat zurück, um Lincoln freie Sicht auf den Verwalter zu gewähren.

„Sie haben eine weitere Leiche gestohlen?", fragte Lincoln.

„Ja, Sir, ganz spät heute Nachmittag war das. Sie haben eine Leiche vom Ostfriedhof geholt."

„War die Bestattung erst kürzlich?"

„Ja, Sir."

„Konnten Sie sie erkennen?"

„Nein, Sir. Ich hab die Runde gemacht, wie ich es jeden Tag tue, seit Sie den Diebstahl gemeldet haben, und da habe ich das ausgehobene Grab gesehen. Ich bin direkt hierhergekommen, wie Sie wollten."

„Und es wurde definitiv heute ausgehoben?"

„Ja, Sir. In den letzten zwei Stunden."

Lincoln drehte sich plötzlich um und ging den Flur entlang zurück. Wir standen alle da und sahen ihm nach, als würden wir erwarten, dass er jederzeit zurückkam, aber das tat er nicht.

„Vielen Dank, Mr Tucker", sagte ich zu dem Verwalter. „Mr Fitzroy ist Ihnen sehr verbunden, dass Sie ihn umgehend informiert haben. Wenn Sie hier warten wollen, wird Gus Ihnen etwas holen, um die Wertschätzung unseres Arbeitgebers auszudrücken."

Gus rührte sich nicht, bis ich ihm den Ellenbogen in die Seite deute. Dann erst wuselte er in Richtung Küche davon.

„Können Sie uns sonst noch etwas über die Leichenräuber sagen?", fragte ich Mr Tucker. „Irgendwelche Hinweise auf ihre Identitäten?"

„Nichts, Miss." Er zuckte entschuldigend mit den Schultern.

„Wer, glauben Sie, tut so etwas?"

„Ärzte. Gottlose Gesellen, wenn Sie mich fragen." Er räusperte sich und spuckte einen Schleimklumpen auf die Stufe. Den würde ich wegputzen müssen. *Igitt.*

„Amen", murmelte Seth.

„Die meisten Ärzte sind gute Männer", sagte ich zu beiden. Nur weil Dr. Frankenstein, mein echter Vater, sich als Irrer erwiesen hatte, bedeutete das nicht, dass alle so waren.

„Gibt nichts Gutes an einem Mann, der eine Leiche zerstückeln will, Miss, und das wollen sie alle, wenn Sie mich fragen."

Ich erschauerte. Frankenstein hatte Leichen zerstückelt, nur dass er es nicht getan hatte, um Anatomie zu verstehen. „Es geht um die Forschung", sagte ich und schob die schrecklichen Erinnerungen an Frankensteins Monster beiseite. „Meistens meinen sie es gut."

Gus kehrte mit etwas zurück, das er in ein Tuch eingeschlagen hatte. „Schinken", sagte er, während er es Tucker reichte. „Genügt das?", fragte er mich.

Tuckers Gesicht hellte sich auf, als er ihn entgegennahm. „Ich denke schon", sagte ich. „Nochmals danke, Mr Tucker. Machen Sie es gut."

Er nickte mir zu und zog sich zurück. Ich seufzte angesichts der Spucke, ehe ich die Tür schloss.

„Was glaubst du, warum Fitzroy einfach so weggegangen ist?", fragte Seth.

„Er geht zum Friedhof." Ich kehrte nicht in die Küche zurück, sondern lief die Dienstbotentreppe hinauf in den zweiten Stock, wo ich durch eine versteckte Tür in den Flur trat und an Lincolns Tür klopfte.

Er öffnete und schob sich an mir vorbei, gekleidet in einen langen schwarzen Mantel, Stiefel und Handschuhe, jedoch ohne Hut. Dank seiner dunklen Haare brauchte er keinen, um mit der Dunkelheit zu verschmelzen und im Falle einer Verfolgung würde ein Hut ihn nur behindern.

„Sie gehen Nachforschungen anstellen", sagte ich und trottete hinter ihm her, da er nicht anhielt, um mit mir zu sprechen. Als er nicht antwortete, fügte ich hinzu: „Ich möchte mit Ihnen kommen."

„Nein." Wenigstens redete er mit mir.

„Warum nicht?"

„Das ist nicht nötig."

„Ich könnte versuchen, einen Geist anzurufen, der beim Identifizieren helfen—"

Er ging auf mich los. „Du sollst deine Nekromantie nicht einsetzen, Charlie."

„Jetzt ist es dunkel. Niemand wird es sehen."

„Nein." Er ging wieder weiter, seine Schritte noch entschlossener als zuvor. Es war, als wollte er möglichst schnell möglichst weit von mir weg. „Davon abgesehen, wenn der Geist während des Diebstahls nicht anwesend war, kann er auch nichts gesehen haben. Die Geister müssten erst kurz zuvor verstorben und noch nicht ins Jenseits gegangen sein, um uns zu nützen."

Ich folgte ihm im Eiltempo die Treppen hinunter. „Man sollte doch annehmen, dass in einem Friedhof ein paar Geister herumschweben, welche, die aus was für Gründen auch immer nicht im Jenseits sind."

„Geister, die zum Spuken bleiben, sind an den Ort gebunden, an dem sie gestorben sind, nicht den, wo sie begraben wurden."

„Ja, danke, ich habe die Bücher in Ihrer Bibliothek zu dem Thema gelesen. Ich dachte nur ..." Ich seufzte. „Ist egal. Es scheint, als würde Ihnen meine Nekromantie nichts nützen. Wie wäre es stattdessen mit meiner scharfen Beobachtungsgabe?"

„Bleib hier. Hier ist es warm und es gibt Essen."

Ich schnitt hinter seinem Rücken eine Grimasse, nur um schnell ein neutrales Gesicht aufzusetzen, als er über die Schulter schaute. Er durchbohrte mich mit seinem düsteren Blick und wandte sich wieder nach vorn. Der Mann hatte manchmal eine unheimliche Intuition, die seinen Mangel an Empathie umso verblüffender machte.

„Wärme und Essen wird es auch noch bei meiner Rückkehr geben", sagte ich, als er die Tür öffnete.

„Zwing mich nicht dazu, dich wieder in deinem Zimmer einzusperren." Er schloss die Tür, bevor ich Gelegenheit hatte, wegen seiner Erwiderung nach Luft zu schnappen.

Ich marschierte in die Küche zurück. „Von all den dämlichen Dingen, die er hätte sagen können!" Seths fragenden Blick wedelte ich beiseite und nahm einen Teller von Gus entgegen.

„Habe ich die Haustür gehört?", fragte Seth.

„Er ist ausgegangen." Ich lud Erbsen auf meinen Teller. „Um dem Diebstahl nachzugehen."

Die Schüssel mit den Erbsen reichte ich an Gus weiter. „Was will er denn im Dunkeln finden?"

„Vielleicht erwartet er heute Nacht einen weiteren Diebstahl", sagte der Koch, während er Scheiben von Rindfleisch auf unsere Teller legte.

„Der letzte ist zwei Monate her", sagte ich. „Ich glaube nicht, dass es zwei in einer Nacht geben wird."

Wir aßen und warteten geduldig darauf, dass Lincoln zurückkehrte. Oder vielmehr aß ich ein wenig und mein Herz fuhr bei jedem Geräusch zusammen. Die Männer beendeten ihre Mahlzeit, und meine, und sammelten die Teller ein.

„Hab doch gesagt, der Kuchen verdirbt dir den Appetit", sagte Gus auf dem Weg in die Spülküche.

Ich half beim Abwasch und versuchte dann, Karten zu spielen, konnte mich aber nicht konzentrieren. Meinen Anteil an getrockneten dicken Bohnen, die wir als Einsatz verwendeten, hatte ich bald verloren und zog mich in die Bibliothek zurück, um auf Lincoln zu warten. Von dort konnte ich die Einfahrt und den vorderen Rasen überblicken. Der Mond leuchtete schwach hinter Wolken und Dunst hervor und gab nur wenig Licht. Mit Kerzen oder Lampen gab ich mich nicht ab; ich wusste, dass ich mich auf kein Buch würde konzentrieren können. Mir war gar nicht klar, warum ich so ängstlich war. Lincoln war mehr als fähig, auf sich Acht zu geben. Vielleicht lag es einfach daran, dass Lichfield in letzter Zeit so still und ruhig gewesen war, dass ein Teil von mir nicht geglaubt hatte, dass es so bleibt.

Trotz meiner Sorge musste ich eingeschlafen sein. Ich wurde von dem Gefühl geweckt, dass etwas meine Wange streift. Als ich die Augen öffnete, hockte Lincoln vor mir.

„Du bist wach." Er stand auf und verschränkte die Hände hinter dem Rücken. Jemand hatte die Kerzen entzündet und das Licht flackerte über seine Wangen, nur um von seinen Augen verschluckt zu werden. Sie schienen schwärzer denn je.

„Wie viel Uhr ist es?" Ich unterdrückte ein Gähnen und zog meine Füße unter mir heraus.

„Frühe Morgenstunden. Du solltest im Bett sein."

„Das sollten Sie auch. Haben Sie auf dem Friedhof irgendetwas gesehen?"

„Die Räuber sind nicht zurückgekommen und es war zu dunkel, um nach Hinweisen zu suchen."

„Sie meinen, Sie können nicht im Dunkeln sehen? Und ich dachte, Sie wären zu allem fähig." Als er nicht antwortete, murmelte ich eine Entschuldigung. Es schien, als mochte er meine Neckereien nicht und ich musste mir vor Augen halten, dass meine Position in Lichfield prekär war. Die Mitglieder des Komitees wollten mich ganz aus dem Land haben. Nur Lincoln hatte gewollt, dass ich bleibe, und das auch nur, weil er glaubte, die Nation wäre sicherer, wenn er mich im Auge behalten konnte. Er konnte jederzeit seine Meinung ändern und mich wegschicken lassen. Niemand würde ihm widersprechen.

„Kann ich Ihnen etwas bringen?", fragte ich und stand auf. „Sie müssen hungrig sein."

Er lehnte mein Angebot mit einem Wink seiner Hand ab. Ich machte einen umständlichen Knicks—etwas, was ich normalerweise nicht tat, von dem ich aber das Gefühl hatte, dass ich es ab und zu tun sollte—und wollte schon gehen, als seine Hand auf meinem Arm mich aufhielt.

„Charlie." Er ließ mich los und nahm wieder seine militärische Haltung an. „Ich möchte mich für meinen Witz vorhin entschuldigen."

„Sie haben einen Witz gemacht? War ich zu der Zeit anwesend?"

Sein Kinn wurde fest. „Darüber, dich wieder einzusperren."

„Das war ein Witz?"

„Ich erkenne jetzt, dass man das nicht unbedingt als Witz aufgefasst hätte bei den Umständen, unter denen du zuerst hierhergebracht wurdest."

„Ach so. Danke. Ich weiß es zu schätzen, dass Sie mir das extra mitteilen."

Ohne ein weiteres Wort fegte er an mir vorbei und verschwand in Richtung des Dienstbotenbereiches. Ich seufzte und löschte eine der Kerzen. Die andere schnappte ich mir, um mir den Weg nach oben zu leuchten. Ich dachte darüber nach, zu ihm in die Küche zu gehen, aber da ich nicht wusste, was ich sagen sollte, war es vielleicht besser, ihm aus dem Weg zu gehen. Jedes Gespräch vergrößerte in letzter Zeit den Abstand zwischen uns. Ich wünschte, ich hätte ihn nie sehen lassen, wie sehr ich ihn begehrte.

* * *

Ich wartete, bis es aufgehört hatte zu regnen, ehe ich zum Friedhof ging. Es war Samstag, mein freier Vormittag, und ich wollte das Grab meiner Adoptivmutter besuchen.

„Da warst du schon seit zwei Monaten nicht mehr", sagte Lincoln, als ich ihn informierte. Er wollte gern wissen, wenn ich ausging, und ich hatte nichts dagegen, es ihm zu sagen. Ich hatte keine Geheimnisse und er machte sich schlichtweg Sorgen nach dem, was mit Frankenstein geschehen war.

„Dann wird es allerhöchste Zeit." Ich befestigte den Handschuh an meinem Handgelenk und zog den anderen an. „Für mich ist sie noch immer meine Mutter und sie hat sich um mich gekümmert."

Seine Hand ruhte auf der Türklinke, die er nach kurzem Zögern für mich öffnete. „Natürlich."

Beinahe erwartete ich, dass er verkündete, mich begleiten zu wollen, doch das tat er nicht. Er schien zu glauben, dass der Besuch bei meiner Mutter vollkommen unschuldig war und nichts mit der Suche nach Hinweisen auf die Identität der Grabräuber zu tun hatte. Wenn ich alles daransetzte, konnte ich ihn leicht hinters Licht führen.

Die feuchte Luft ringelte meine Haarspitzen auf, noch ehe ich die Tore des Anwesens erreicht hatte. Meine Haare waren ein wenig gewachsen, aber noch immer so kurz, dass sie hinten meinen Kragen streiften. Würden sie doch nur schneller wachsen!

Ich beschleunigte meine Schritte und erreichte in wenigen Minuten den pompösen steinernen Eingang des Friedhofes. Am Grab meiner Mutter verbrachte ich mehrere Augenblicke damit, an sie zu denken, während ich auf ihren Grabstein herabstarrte. Sie war vielleicht nicht meine leibliche Mutter, aber sie hatte mich geliebt—und ich sie—als sie noch lebte. Sie war der erste Geist, den ich beschworen hatte, und ihr Tod hatte meine Verbannung durch den Mann verursacht, den ich für meinen Vater gehalten hatte, Anselm Holloway. Und doch konnte ich nicht auf ihn wütend sein—oder auf sie. Ich wäre niemals nach Lichfield Towers gekommen, wenn meine Nekromantie nicht von Holloway verteufelt und gefürchtet worden wäre. Ich gehörte nach Lichfield, das wusste ich tief in meinem Herzen.

Flüsternd entschuldigte ich mich bei Mama dafür, dass ich nach meiner wirklichen Mutter suchte, obwohl ich wusste, dass ich keinen Grund hatte, mich schuldig zu fühlen. Ich kam sowieso kaum voran. Keins der Waisenhäuser, die ich bisher besucht hatte, hatten Unterlagen über eine Adoption durch ein Paar namens Holloway. Doch es gab noch mehr Waisenhäuser zu besuchen und ich hatte die Hoffnung noch nicht aufgegeben, etwas zu finden. Alles, was ich wusste, war der Vorname meiner Mutter—Ellen—und dass sie eine Nekromantin war wie ich.

Ich zog einen meiner Handschuhe aus, küsste meine Fingerspitzen und berührte den Grabstein. Seufzend wandte ich mich ab und machte mich auf die Suche nach dem geplünderten Grab. Es war leicht zu finden, da ein Haufen Erde das leere Loch markierte. Fast erwartete ich, Lincoln dort zu sehen, der meine wahren Motive für den Besuch auf dem Friedhof durchschaut hatte, doch es war niemand dort.

Der Boden um das Grab war aufgewühlt und Stiefelspuren führten von der Stelle weg, an denen jedoch nichts Besonderes war. Sie hatten eine gewöhnliche Größe und hätten Tucker oder einem anderen der Mitarbeiter gehören können.

In der Nähe gab es mehrere Gräber, alle relativ neu. Lincoln hatte vermutlich recht damit, dass die Geister nichts wissen würden. Sie mussten anwesend sein, um etwas gesehen zu haben, und nach den Büchern und meinen eigenen Erfahrungen trennten sich die Geister zum Zeitpunkt des Todes von ihren Körpern, nicht bei der Beerdigung. Abgesehen davon war der Gedanke beängstigend, Tote zu erwecken. Ich wollte das nur als allerletzten Ausweg nutzen und vorzugsweise nicht, wenn ich allein war.

Doch ich war nicht allein. Ein Mann beobachtete mich hinter einem Baum hervor, wo er sich auf einen Rechen stützte. Als er sah, dass ich ihn bemerkt hatte, rechte er hastig weiter Blätter zusammen.

„Entschuldigen Sie", sagte ich, während ich mich ihm näherte. „Arbeiten Sie hier?"

Er drehte mir den Rücken zu und harkte auf einem Stück Boden weiter, das bereits gesäubert war. Also das war unhöflich.

„Ich heiße Charlotte", sagte ich. „Man hat mir gesagt, dass das Grab meines Onkels letzte Nacht geplündert wurde. Wissen Sie etwas darüber?"

Er nickte.

Da er keine Anstalten machte, mich anzusehen, umrundete ich seinen Blätterhaufen, um ihm ins Gesicht zu schauen. Er war ein junger Mann mit einem weinroten Leberfleck auf einer Wange und schielte so stark, dass seine Pupillen beinahe verschwanden. Er nahm seine Kappe ab und zerknautschte sie mit der Hand.

„Ist es Ihre Aufgabe, diesen Bereich in Ordnung zu halten?"

Er nickte in seinen Brustkorb hinein.

„Aber Sie waren letzte Nacht nicht hier, als das Grab geplündert wurde."

„War ich, Miss", murmelte er. Gott sei Dank konnte der Mann sprechen. Ich hatte befürchtet, er würde seine Antworten in den Dreck kratzen müssen.

„Mr Tucker hat aber keinen Zeugen erwähnt."

„Ich habe nichts gesehen, Miss."

„Wie schade. Ich hatte gehofft, Sie würden mir etwas über die Männer sagen können, die den Körper meines Onkels mitgenommen haben."

Er warf mir einen Blick zu und schaute dann wieder zu Boden. Seine Hand packte den Stiel des Rechens fester, während die andere weiter seine Kappe knetete. Er wirkte aufgeregt.

„Möchten Sie mir etwas erzählen?"

Er nickte.

„Schauen wir doch mal, ob ich Sie richtig verstehe. Sie waren hier, Sie wissen etwas, aber Sie haben nichts gesehen." Ich schnappte nach Luft. „Haben Sie sie *gehört*?"

Er nickte wieder. Endlich kam ich voran. Schüchternheit war eine Sache, aber ich hatte nicht den ganzen Tag Zeit, ihm jede Antwort einzeln aus der Nase zu ziehen.

„Was haben Sie gehört?", fragte ich.

„Einer hieß Jimmy."

„Noch etwas?"

Er zuckte mit den Schultern. „Jimmy sagte, die Leiche wäre schwer. Ich meine, Ihr Onkel war schwer. Entschuldigung, Miss." Das Bisschen, das ich von seinem Gesicht sehen konnte, wurde rot. Er setzte seine Kappe wieder auf, zog die Krempe herunter und harkte weiter.

Ich vermutete, dass er noch mehr zu sagen hatte, aber die plötzlich aufgeflammte Verlegenheit hatte ihm die Sprache verschlagen. Wenn ich Antworten haben wollte, musste ich dafür sorgen, dass er sich wohlfühlte. Ich holte die leere Schubkarre unter einem Baum hervor und brachte sie zu ihm. Er hörte auf zu rechen und sah mir tatsächlich in die Augen. Ich lächelte sanft.

„Haben Sie den Namen des anderen Mannes erfahren?",
fragte ich.

Er schüttelte den Kopf.

„Haben sie gesagt, wohin sie wollten?"

Diesmal schenkte er mir ein halbes Lächeln, ehe er aufhörte
und die Stirn runzelte. Ich ermutigte ihn mit einem breiteren
Lächeln. „Sie haben den Red Lion erwähnt."

„Den in Kentish Town?"

Er zuckte mit den Schultern.

„In welchem Zusammenhang haben sie darüber
gesprochen?"

„Sie sollten bis neun Uhr dort sein, um jemanden für ein
Würfelspiel zu treffen."

Ich tippte mit dem Finger auf den Griff der Schubkarre. Die
Red Lion Kneipe in Kentish Town war nicht allzu weit weg. Ich
kannte die Gegend gut, da ich dort vor einigen Jahren in einer
Bande gelebt hatte.

„Erzählen Sie das der Polizei?", fragte er.

„Ja", log ich.

Er wirkte erleichtert. „Ich habe überlegte, ob ich denen das
sagen soll …"

„Das brauchen Sie jetzt nicht mehr", versicherte ich ihm. „Ich
werde alles weiterleiten, was Sie mir erzählt haben."

Er nickte mit dem Kopf und harkte weiter.

„Danke", sagte ich. „Sie haben mir sehr geholfen." Ich rügte
ihn nicht dafür, dass er Tucker, Lincoln oder der Polizei nichts
gesagt hatte. Für so einen zurückhaltenden Mann musste es
einschüchternd gewesen sein, von solchen Autoritätsfiguren
konfrontiert zu werden.

Mit nochmaligem Dank verließ ich den Friedhof. Der Straßenhändler, der oft seinen Karren in der Nähe des Eingangs
parkte, beäugte mich unter der breiten Krempe seines Hutes,
was mich nervös machte. Wegen ihm war ich verhaftet worden
und er hatte Anselm Holloway gesagt, wo ich wohnte. Beide
Ereignisse waren beinahe übel für mich ausgegangen. Diese
Gefahren waren jedoch vorüber, also warum hatte er jetzt so
großes Interesse an mir?

Ich eilte nach Hause, um Lincoln von der Verbindung zum

Red Lion zu erzählen, entschied mich aber, damit zu warten, als ich Lady Harcourts Kutsche vor dem Haus sah. Sie blieb wohl nicht lange, sonst hätte der Kutscher die Pferde nach hinten gebracht. Trotzdem wollte ich sie nicht unbedingt sehen. Während ich sie im Wesentlichen mochte, verhielt sie sich mir gegenüber sehr distanziert, seit ich in Lichfield Hausmädchen geworden war. Vielleicht fühlte sie sich von mir vor den Kopf gestoßen, nachdem sie mir eine ähnliche Position in ihrem eigenen Haushalt angeboten hatte—bevor sie zugestimmt hatte, dass eine Verbannung aus London besser wäre. Vielleicht wollte sie sich aber auch nicht mit einer gewöhnlichen Magd abgeben. Das sollte mich nicht überraschen, denn jetzt durfte sie mich gar nicht mehr bemerken. Es war schon ein Privileg, wenn ich bei ihren Besuchen ein Nicken als Gruß erhielt.

Ich ging zum Dienstboteneingang und hängte meinen Mantel und Hut hinter der Tür an die Garderobe. Der Koch und Gus schauten hoch, als ich die Küche betrat. Gus begrüßte mich, indem er mir ein Tablett mit Teekanne und Tassen reichte.

„Jetzt, wo du zurück bist, kannst du sie bedienen", grummelte er. „Dein hübsches Gesicht wird besser ankommen als meins."

„Stimmt etwas nicht?", fragte ich. „Wo ist Seth?"

„Weg. Der darf Botengänge machen und ich stecke hier fest und serviere Tee. Is nich fair."

„Erzähl das dem Tod", sagte der Koch und lachte grunzend.

Ich trug das Tablett ins Empfangszimmer und wollte gerade eintreten, als ich hörte, wie Lady Harcourt meinen Namen erwähnte. Wer an Schlüssellöchern horcht, hört nie etwas Gutes, hatte Mama mir einmal gesagt, aber ich konnte nicht anders. Ich drückte mich eng an die Wand und rückte näher an die Tür heran.

KAPITEL 2

„Sie sollte nicht so viele Freiheiten erhalten", sagte Lady Harcourt in ihrem kurz angebundenen Ton.

Es gab keine Antwort und ich konnte mir nicht vorstellen, wie Lincoln auf ihre Aussage reagierte.

„Charlie ist jetzt ein Hausmädchen", fuhr Lady Harcourt fort, „und Hausmädchen arrangieren nicht die Möbel neu."

„Es ist mir egal, wie die Möbel arrangiert sind", behauptete Lincoln.

„Darum geht es nicht. Es geht darum, dass du der Herr im Haus bist, und du hast diesen Raum auf eine bestimmte Art eingerichtet. Sie sollte nicht einfach hergehen und die Dinge umstellen, als wäre sie hier die Herrin."

„Lichfield braucht schon länger etwas weiblichen Einfluss. Charlie ist die einzige Frau hier. Wenn sie gern Dinge umräumen möchte, macht mir das nichts aus."

Lady Harcourt seufzte. „Du bist bei ihr viel zu nachgiebig."

Ich verschluckte mich fast an meiner Zunge, um nicht in schallendes Gelächter auszubrechen. Wenn sie sehen würde, wie er mich bei unseren Trainingseinheiten drillte, würde sie nicht mehr behaupten, er wäre zu nachgiebig. In der Tat war der Gedanke absurd, dass Lincoln bei irgendetwas nachgiebig war.

Ich hätte die Gesprächspause nutzen sollen, um den Tee

anzukündigen, aber ich brauchte ein paar Momente, um mich zu sammeln, und bis dahin sprach sie schon weiter.

„Du brauchst eine Frau, Lincoln."

Meine Lippen öffneten sich mit einem stummen Seufzen. Ich lehnte mich vor und spitzte die Ohren, um Lincolns Antwort zu hören. Doch falls er antwortete, konnte ich es von meinem Standort aus nicht hören.

„Du glaubst, du würdest nie heiraten, aber das wirst du. Zum einen braucht Lichfield eine Herrin."

„Hier gibt es zu viele Geheimnisse. Eine Frau wäre nur im Weg."

„Dann brauchst du die richtige Frau." Bot sie sich selbst an? Eine Frau, die bereits die Geheimnisse des Ministeriums kannte? „Abgesehen davon, solltest du eine Partnerin haben." Ihre Stimme war samtig weich und kehlig geworden.

Ich hielt die Luft an und bemühte mich, mir nicht vorzustellen, wie sie sich an Lincoln hängte und er sie festhielt, aber das Bild wollte nicht weichen.

„Ich habe so viel Gesellschaft wie ich brauche", sagte er.

Ich atmete wieder und entspannte meine Finger. Mir war gar nicht aufgefallen, dass ich das Tablett so fest umklammert hatte.

„Oh Lincoln." Das Rascheln von Seidenröcken folgte ihrem tiefen Seufzen. „Was ist mit Liebe?"

„Du weißt, dass ich dazu nicht fähig bin."

Ich blinzelte langsam. Dies war offensichtlich eine Unterhaltung, die sie zuvor schon geführt hatten, und ich fühlte mich schrecklich, ihre Zweisamkeit zu belauschen, aber jetzt brachte ich es nicht fertig, mich zu entfernen. Ich wollte mehr über Lincoln erfahren und dies schien der einzige Weg zu sein.

„Du bist dazu fähig", sagte sie. „Du weißt schlichtweg nicht, was Liebe ist. Da du in deinem Leben nie Liebe erfahren hast, siehst du sie nicht, selbst wenn sie dir ins Gesicht starrt."

„Das reicht, Julia."

„Nein, tut es nicht. Du schuldest es mir, mich anzuhören." Sie machte noch eine Pause. Vielleicht wartete sie auf seine Erwiderung. „Du *brauchst* es, zu lieben und im Gegenzug geliebt zu werden, genau wie jeder andere auch."

„Julia—"

„Streite es nicht ab. Ich kann das an der Art ablesen, wie du deine Familie beschützt."

Seine Familie! Ich wusste, dass Lincoln Eltern hatte, von denen beide noch lebten, aber er hatte mir nie etwas über sie gesagt. Er war von Geburt an von General Eastbrooke aufgezogen worden, um Leiter des Ministeriums der Kuriositäten zu werden. Also bezog sie sich vielleicht auf die Familie des Generals. Es war wahrscheinlich, dass er sie als seine betrachtete.

„Ich habe keine Familie", sagte Lincoln mit dieser kühlen, ausdruckslosen Stimme.

„Oh, mein Liebling—"

„Nicht."

Seide raschelte. „Aber Lincoln—"

„Es ist Zeit für dich zu gehen. Hier ist nichts mehr zu besprechen."

Ich ging ein paar Schritte zurück und lief dann vorwärts. Ich war mehrere Meter von der Tür des Empfangszimmers entfernt, als Lincoln herauskam. Unsere Blicke begegneten sich und ein Funken Überraschung blitzte in den Tiefen seiner Augen auf.

„Du bist zurück", sagte er zu mir.

„Ich bringe Tee." Ich hielt das Tablett hoch, wobei ich mich ziemlich bloßgestellt und fürchterlich schuldig fühlte. Ahnte er, dass ich ihr Gespräch belauscht hatte? Es war unmöglich zu sagen.

„Lady Harcourt wollte gerade gehen."

Lady Harcourt segelte so geschmeidig an uns vorbei wie ein Schwan auf einem See, den Kopf hoch erhoben, der lange, weiße Hals über dem tief ausgeschnittenen Kleid entblößt. Sie begegnete weder meinem noch seinem Blick, und wäre da nicht die pulsierende Ader an ihrer Kehle gewesen, hätte ich vermutet, sein Rauswurf hätte sie kalt gelassen.

„Bring den Tee zurück in die Küche", wies Lincoln mich an. „Lass einen der Männer mir eine Tasse in mein Zimmer bringen."

Einer der Männer, nicht ich.

Lincoln folgte Lady Harcourt zur Eingangstür, doch die öffnete und schloss sich, bevor er sie erreichte. Während ihre Kutsche davonrollte, schlüpfte ich in die Küche zurück.

„Hat Mr Fitzroy Familie?", fragte ich, als ich das Tablett auf dem Tisch abstellte.

Seth war zurück und sah bei meinem Eintreten mit den anderen zu mir auf. „Nicht, dass wir wüssten", sagte er. „Will er keinen Tee?"

„Lady H ist gerade gefahren."

Seinen Lippen formten ein O.

„Er möchte, dass du ihm Tee in sein Zimmer bringst." Ich nahm die extra Tasse und Untertasse weg. „Er hat Eltern, so viel weiß ich."

„Hat er?", fragte Gus. „Dachte, der Teufel hätte ihn gezeugt."

„Oder der Sensenmann." Der Koch grinste, während er mir einen Teller mit einem Gebäckstück hinhielt. „Deswegen wird er der Tod genannt."

Gus nahm den Teller. „Das stimmt nich. Er wird Tod genannt, weil Seth und ich ihn eines Nachts mit nem blutigen Messer in der Hand gesehen ham. Da trug er nen dunklen Kapuzenmantel."

„Und weil er einen Mann mit dem Messer umgebracht hat", fügte Seth hinzu. „Der Kopf des Kerls war beinahe vom Körper abgetrennt."

Ich spürte, wie mir die Farbe aus dem Gesicht wich. Seth nahm meinen Ellenbogen, um mich zu stützen, aber ich winkte ab. Ich wusste, dass Lincoln Leute umgebracht hatte; von einem weiteren Tod zu hören, für den er verantwortlich war, brauchte mich nicht zu schockieren.

„Er kannte den Kerl", sagte Gus. Er stellte den Teller vorsichtig auf das Tablett, doch das *Pling* klang laut in der Stille. „Fitzroy nannte ihn Mr Gurry."

„Wer war er?", flüsterte ich. Sogar der Koch lauschte jetzt aufmerksam, der Topf auf dem Herd vergessen.

Seth zuckte mit den Schultern. „Wissen wir nicht. Wir wagen es auch nicht, ihn zu fragen."

„Der Kerl hatte Fitzroy angebettelt, ihn nich zu töten", sagte Gus. „Hat um sein Leben gefleht, aber Fitzroy hat ihn trotzdem abgemurkst."

„Ich werde seinen Gesichtsausdruck nie vergessen, als er uns befahl, die Leiche zu beseitigen", fuhr Seth fort. Er und Gus schauten sich betreten an.

„War er aufgewühlt?", fragte ich, auch wenn ich mir einen solchen Ausdruck nicht auf Lincolns Gesicht vorstellen konnte.

„Nein. Er war zufrieden."

Zufrieden? Nachdem er einen Mann getötet hatte, der um Gnade gefleht hatte? Der Gedanke hinterließ einen sauren Beigeschmack in meinem Mund und machte mich ganz schwindelig. Dafür gab es doch sicher eine Erklärung. Lincoln hatte für alles, was er tat, einen Grund. Oder etwa nicht?

Seth nahm das Tablett, aber ich berührte seinen Arm. „Ich nehme das", sagte ich.

„Sicher?"

Ich nickte. „Ich muss ihm etwas sagen, was ich auf dem Friedhof herausgefunden habe."

„Er wird wahrscheinlich schlechte Laune haben. Das hat er meistens, wenn Lady H wegfährt."

Ich grinste. „In letzter Zeit hat er ständig schlechte Laune." Ich nahm das Tablett und wappnete mich für eine peinliche Begegnung mit meinem Herrn. Ich hatte einige Fragen, die ich beantwortet haben wollte, und jetzt war ein guter Zeitpunkt, sie zu stellen.

* * *

„ICH HATTE DARUM GEBETEN, dass einer der Männer den Tee heraufbringt." Lincoln versperrte mir mit verschränkten Armen den Zutritt zu seinen Gemächern. Seiner Schultern und sein Kinn waren starr. Es war dumm, jetzt mit ihm reden zu wollen, das wusste ich, aber ich konnte nicht anders. Ich wollte eine Reaktion von ihm. Alles war besser als die Art, wie er mich in letzter Zeit ignorierte.

„Sie haben zu tun." Ich kam näher und er musste zur Seite treten, wenn er keine Berührung riskieren wollte. Er tat es.

Ich stellte das Tablett auf einem Tischchen neben dem Ohrensessel ab. Auf seinem Schreibtisch war kein Platz zwischen den Papieren, Büchern und einem weiteren Tablett voll mit dreckigem Geschirr.

„Warum haben Seth oder Gus das noch nicht weggeräumt?", fragte ich und nahm das Frühstückstablett.

„Sie waren nicht hier."

Der Sonnenstrahl, der durch das Fenster fiel, beleuchtete eine dünne Staubschicht auf dem Fensterbrett. „Sie haben auch eine ganze Weile nicht Staub gewischt. Und wie ich sehe, wurde Ihr Bett nicht gemacht."

Er schloss die Tür zu seinem Schlafzimmer. „Seit du Hausmädchen geworden bist, sind sie mit ihren Aufgaben nachlässig geworden. Ich werde ein Wörtchen mit ihnen reden."

„Oder Sie könnten mir erlauben, hier sauber zu machen."

„Du tust schon genug."

„Mir macht die zusätzliche Arbeit nichts aus."

„Seth und Gus werden genügen."

„Ganz offensichtlich wollen sie es nicht tun. Lassen Sie mich für Sie putzen, Linc—Mr Fitzroy."

„Nein. Danke für den Tee. Schick mir Gus herauf, wenn du ihn siehst."

Ich stellte das Frühstückstablett wieder ab. „Warum wollen Sie mich nicht hier hereinlassen? Wovor haben Sie Angst, dass ich es finde?"

Seine Lippen wurden flach. Er durchquerte das Zimmer zurück zum Ausgang, stand mit der Hand auf der Klinke da und wartete darauf, dass ich ging.

Ich spazierte zu ihm hinüber und legte meine Hand über seine. Seine Nasenflügel zuckten, dann zog er schnell seine Hand weg und gestattete mir, die Tür zu schließen. Ich stellte mich davor, die Hände auf den Hüften, und betrachtete ihn. Er starrte unbeirrt zurück.

„Warum haben Sie mich die letzten zwei Monate ignoriert?", fragte ich.

„Dich ignoriert? Wohl kaum."

„Sie haben mich weggeschoben."

„Ich wollte dich nicht überfordern. Ich dachte, es wäre das Beste, wenn die Männer dir zeigen, was zu tun ist, und du dir deine Position zu Eigen machst. Deine Dienste waren bisher bewundernswert, Charlie."

Sein Lob erwischte mich auf dem falschen Fuß. „Danke. Bewundernswert ist deutlich besser als brauchbar."

Seine Augen verengten sich.

„Wechseln Sie nicht das Thema", sagte ich. „Sie sind mir die letzten zwei Monate aus dem Weg gegangen, außer beim Training, und selbst da reden wir kaum miteinander."

„Es gibt nichts zu reden."

„Doch! Und nicht nur das, Sie beteiligen sich nicht mehr am Kartenspiel der Männer nach dem Abendessen."

„Das habe ich früher schon selten getan."

„Und jetzt tun Sie es gar nicht mehr. Sie essen auch kein Frühstück mehr mit ihnen oder trinken Tee, wie Sie es früher gelegentlich gemacht haben. Sie gehen mir aus dem Weg, Mr Fitzroy, und ich will wissen warum."

Ich dachte, sein Kiefer könnte sich kaum noch mehr verkrampfen, aber es schien doch möglich. Die Muskeln wölbten sich regelrecht. Den Drang, ihn zu streicheln, bis er sich wieder entspannte, unterdrückte ich.

Plötzlich wandte er sich ab und ging zum Fenster, wo er sich an den Rahmen lehnte, die Arme verschränkte und in den Himmel starrte. Er bat mich nicht zu gehen, und nach einer Weile entspannte sich sein Kiefer. Ich wartete, bis er so weit war, auch wenn es an meinen Nerven zerrte.

„Ich dachte, du würdest nicht in meiner Nähe sein wollen nach dem, was ich getan habe."

Als ich ihn gerade fragen wollte, was er meinte, klickte es bei mir. Er meinte den Mann, den er bezahlt hatte, um mich unter der Brücke einzuschüchtern. Der Rohling hatte mich fast vergewaltigt und Lincoln hatte mich gerettet, indem er ihn getötet hatte, doch das änderte nichts an der Tatsache, dass er ihn mir auf den Hals gehetzt hatte. Damals war ich wütend auf ihn gewesen, doch das hatte nicht lange angehalten. Vielleicht *war* diese Einschüchterung tatsächlich nötig gewesen, um mich dazu zu bringen, in Lichfield Towers zu bleiben. Außer einem gravierenden Schrecken hätte nichts Erfolg gehabt. Jetzt konnte ich mir nicht mehr vorstellen, irgendwo anders zu leben, doch damals hatte ich Angst gehabt, meine Nekromantie zu zeigen. Ich war mir auch nicht sicher gewesen, ob ich Lincoln oder dem Ministerium trauen konnte.

„Das ergibt keinen Sinn", sagte ich, während ich mich ihm näherte. „Ich habe Sie darum gebeten, mir beizubringen, wie man sich verteidigt. Warum würde ich das tun, wenn ich von Ihnen wegwollte?"

„Abgesehen von diesen Zeiten", sagte er, ohne mich anzusehen. „Ich dachte, es wäre besser, dir genügend Raum und Zeit zu geben, um dich ohne meine Einmischung einzufinden."

„Vielleicht möchte ich Ihre Einmischung." Ich berührte seine Schulter, zog meine Hand aber zurück, als er zusammenzuckte.

Die Finger seiner rechten Hand krallten sich über seinem Bizeps in den linken Hemdsärmel. „Du solltest mich hassen."

„Das kann ich nicht."

„Solltest du aber!" Er drückte sich vom Fensterrahmen ab und stakste an mir vorbei, wobei er meinen Arm anstieß.

„Ich weiß, dass ich das sollte", schnappte ich. „Tue ich aber nicht. Sie sind nicht so übel, Lincoln, egal was alle denken. Oder auch was *Sie* denken."

Er zog die Tür auf. „Ist das alles?"

„Eigentlich nicht. Ich bin hergekommen, um Ihnen zu erzählen, was ich auf dem Friedhof über die Grabräuber herausgefunden habe."

Ein Teil seiner Anspannung wich aus den Schultern und er blinzelte mich an. „Du hast mir gesagt, dass du das Grab deiner Mutter besuchen wolltest."

„Das habe ich auch. Danach ist mir zufällig ein hilfsbereiter Mitarbeiter begegnet. Er war in der Nähe, als das Grab ausgehoben wurde."

„Der mit dem Leberfleck im Gesicht?"

Ich nickte.

„Mit dem habe ich gesprochen. Er hat behauptet, nichts gesehen zu haben."

„Haben Sie ihn gefragt, ob er etwas *gehört* hat?"

„Ich dachte, das wäre in meiner ersten Frage inbegriffen."

„Für die meisten Menschen, ja, aber er war furchtbar schüchtern und traute sich nicht, etwas zu sagen. Ich musste sehr vorsichtig mit ihm sein. Ich nehme an, Sie haben ihn auf Ihre übliche, brutale Art verhört."

„Ich habe ihn nicht geschlagen."

„Ich meinte Ihre einschüchternde Schroffheit."

„Ich finde, diese Methode funktioniert gut. Ebenso wie der Gebrauch meiner Fäuste."

„Bei manchen, aber nicht bei diesem Mann. Er war extrem ängstlich. Ich kann nur erahnen, wie überwältigend es für ihn gewesen sein muss, von Ihnen konfrontiert zu werden."

„Du glaubst, mit dir zu sprechen, ist weniger überwältigend?"

Ich streckte beide Hände von meinen Seiten weg. „Mein Körperbau ist deutlich weniger bedrohlich als Ihrer, finden Sie nicht auch?"

„Das kommt drauf an, was du unter bedrohlich verstehst."

Ich verdrehte die Augen. „Jedenfalls sieht es so aus, als hätte meine Technik besser funktioniert als Ihre."

„In diesem Fall."

„Möchten Sie wissen, was ich herausgefunden habe oder nicht?"

„Fahre fort."

„Es ist vielleicht nicht viel, aber die Räuber sprachen davon, im Red Lion zu würfeln. Ich kenne nur eine Kneipe mit Namen Red Lion. Die ist in Kentish Town."

Er klopfte mit den Fingern auf die Türklinke. „Ich kenne sie."

„Einer der Räuber hieß Jimmy. Leider war das alles, was der Mitarbeiter gehört hat."

„Es ist mehr, als ich entdeckt habe."

Ich wartete, aber er sagte nichts weiter. „Ein schlichtes Danke reicht. Ein überschwängliches Lob ist diesmal nicht nötig."

„Danke, Charlie. Aber das nächste Mal, wenn du jemanden verhören willst, nimmst du mich mit."

„Da ich nicht vorhatte, jemanden zu *verhören*, wird das nicht nötig sein."

Sein Mundwinkel zuckte.

„Werden Sie zum Red Lion gehen und nach Jimmy und seinem Freund suchen?"

Er nickte. „Ich werde heute Abend gehen. Ich muss sicher

wissen, ob sie die Gräber aus medizinischen Gründen plündern oder ... aus anderen."

Bei den Säufern würde er *seine* üblichen Verhörmethoden anwenden, vermutete ich und bezweifelte, dass meine Methoden in einer Kneipe voller Männer Erfolg haben würden.

Ich überquerte die Türschwelle in den Flur. Es war besser, ihn nicht nach seiner Familie zu fragen oder warum er den Mann namens Gurry umgebracht hatte. Die Dinge waren auch so schon angespannt genug zwischen uns.

„Dann bis bald beim Training", sagte ich.

„Heute nicht. Ich habe zu viel zu tun."

„Oh." Ich versuchte, nicht enttäuscht zu klingen, aber es gelang mir nicht. „Dann morgen."

Er nickte. „Danke, Charlie", sagte er, während ich mich abwandte.

„Sie haben mir schon gedankt."

„Einmal war nicht genug."

* * *

„GEH INS BETT, CHARLIE", sagte Gus, als ich zum vierten Mal in meine Karten gähnte. „Du hast schon fünf Runden verloren."

Ich warf die Karoacht auf den Tisch. „Ich bin nicht müde."

Der Koch schnaubte. „Wartest du etwa auf Seth oder den Tod?"

„Keinen von beiden!" Ich warf noch eine Karte ab.

Gus schob sie zu mir zurück. „Bist nich dran."

„Könnte noch Stunden dauern, bis die zurück sind", sagte der Koch, während er eine weitere Karte auf den kleinen Stapel legte.

„Wisst ihr, mit wem er sich trifft?", fragte ich. „Seth, nicht Fitzroy." Lincoln war zum Red Lion gefahren, um zu sehen, ob er etwas über Jimmy und seinen Freund herausfinden konnte. Seth besuchte die gleiche Witwe, die er in den letzten Wochen schon mehrmals aufgesucht hatte. Alles, was er mir gesagt hatte, war, dass sie reich, attraktiv und rastlos war. Mir war nicht ganz klar, was rastlos bedeuten sollte, aber nach dem Lächeln zu urteilen, das ihm nach jedem Besuch morgens ins Gesicht geschrieben stand, hatte ich so eine Ahnung.

Gus zuckte mit den Schultern. „Lady Harcourt?"

Ich starrte ihn an. „Gewiss nicht."

Er zuckte noch einmal mit den Schultern. „Vielleicht. Vielleicht nich." Er drückte die Karten in meiner Hand nach oben, sodass sie aufrecht waren. „Du bist nich sonderlich gut im Zocken."

„Ich dachte, sie wäre noch in Fitzroy verliebt", murmelte ich.

Der Koch schnaubte. „Liebe hat nix mit fi—"

Gus boxte den stämmigen Koch auf den Arm. „Kein so'n Gerede vor dem Mädel."

„Sie hat doch angefangen, von Liebe zu schwafeln." Der Koch zwinkerte mir zu.

Gus lief rot an. „Ich hab nich von Liebe geredet. Ich meinte das andere ..."

„Glaubt ihr, sie hatte erwartet, Fitzroy zu heiraten?", fragte ich die beiden.

„Fitzroy und heiraten?" Der Koch warf eine Karte ab und schnappte sich den Stapel. „Der doch nicht. Dafür ist er nicht der Typ."

„Alle Gentlemen müssen heiraten", sagte Gus mit eingebildeter, hoch verstellter Stimme, während er die Karten mischte. „Das ist ihre Pflicht."

„Hat Fitzroy denn einen Familiennamen, der fortgeführt werden muss?", fragte der Koch. „Wir wissen nicht, wer sein Vater ist."

Gus zuckte mit den Schultern. „Lady H würde ihn sowieso nich heiraten. Der is für ihre Sorte nich wichtig genug."

„Aber sie kann es sich leisten zu tun, was sie will", sagte ich. „Sie hat bestimmt genug Geld und Einfluss für beide."

„Wer viel hat, will immer noch mehr, Charlie." Der Koch stand auf und setzte den Kessel auf den Herd. „So was wie genug gibts da nicht."

„Genau", sagte Gus. „Die feinen Pinkel wollen nur eins: Macht. Je mehr, desto besser."

„Ich finde, das ist ein bisschen unfair", sagte ich. „Fitzroy ist auch aus der Oberschicht und von ihm würde ich nicht sagen, dass er vor allem Macht haben will."

„Der is kein echter feiner Pinkel. Nich wie die Komiteemitglieder. Er is anders."

„Das ist er", murmelte der Koch.

Ich gähnte wieder und Gus beorderte mich sanft, ins Bett zu gehen. „Nimmste 'nen Krug Wasser für den Tod mit? Dann brauch ich das später nich."

Ich wartete, bis er den Krug aus einem großen Topf gefüllt hatte, der hinten auf dem Herd stand. Jetzt war das Wasser warm, würde aber sicher abgekühlt sein, bis Lincoln zurückkam. Es war noch früh und ich bezweifelte, dass er bald zurück sein würde.

Mit dem Krug in der einen und einer Kerze in der anderen Hand machte ich mich auf den Weg nach oben. Mein Wohnbereich beinhaltete ein Schlafzimmer und ein kleines Wohnzimmer auf dem gleichen Flur wie Lincolns. Er hatte mich nicht in das Dienstbotenquartier unter dem Dach umziehen lassen, vielleicht weil die Männer dort schliefen und ich wenig Privatsphäre gehabt hätte. Die Formlosigkeit der Arrangements in Lichfield war einer der Gründe, warum ich so gern hier lebte.

Die Tür war unverschlossen, also trat ich ein. Lincolns Gemächer waren mir vertraut, da ich hier ein paar Tage gefangen gehalten worden war. Ich stellte den Krug neben die leere Schüssel auf dem Waschtisch im Schlafzimmer. Am besten deckte ich das Wasser ab, damit es so warm wie möglich blieb. Ein Buch kam nicht in Frage—der Dampf würde den Umschlag beschädigen.

Ich schaute auf seinem Schreibtisch nach etwas Brauchbarem, fand aber nur Papiere und Schreibutensilien. In der obersten Schublade befand sich Löschpapier, Ersatztinte und Federn, aber die zweite Schublade war vielversprechender. Unter einigen Papieren steckte eine Schiefertafel, wie Kinder sie in der Schule benutzten. Sie hatte genau die richtige Größe, um den Krug abzudecken. Meine Finger berührten eine schmale Kette auf der Rückseite, mit der man die Tafel aufhängen konnte. Ich konnte mir nicht vorstellen, warum jemand ein Stück Schiefer an die Wand hängen wollte, drehte es jedoch um, damit ich sicherstellen konnte, dass nichts durch den Dampf Schaden nehmen würde.

Es war keine Kette, um die Tafel aufzuhängen, sondern eine Halskette, die an beide Seiten des Holzrahmens genagelt worden war. Ein flacher, ovaler Anhänger baumelte in der Mitte, auf den etwas eingeritzt worden war. Ich hielt die Kerze näher, um besser sehen zu können. Es war ein blaues Auge, recht grob ausgeführt.

Wie merkwürdig. Warum war es hinten an die Tafel genagelt? Hatte Lincoln das getan oder jemand anderes?

Das leise Klicken der Tür jagte mir das Herz in den Hals. Ich ließ die Tafel zurück in die Schublade fallen und schob sie mit der Hüfte zu, doch es war zu spät. Lincoln stand im Türrahmen. Er hatte kein Licht dabei und ich konnte nichts weiter sehen als seine Silhouette. Die Macht seines Blickes spürte ich dennoch.

„Was tust du hier drinnen?", knurrte er. „Ich habe dir den Zutritt nicht erlaubt."

KAPITEL 3

„Ich stehle nichts!"

„Ich habe dich gefragt, was du tust." Seine scharfe Stimme schnitt so brutal durch mich hindurch wie eine Klinge.

„Ich habe einen Krug warmes Wasser gebracht, aber ich wollte nicht, dass es auskühlt, bevor Sie zurückkommen, also habe ich nach etwas gesucht, womit ich es abdecken kann. Der Dampf würde ein Buch oder Papier beschädigen, also habe ich in den Schubladen nachgesehen." Ich klang wie ein wirrer Einfaltspinsel, aber er machte mich nervös. Ich schluckte. „Ich weiß, es sieht aus, als würde ich stehlen oder in Ihrem Zimmer herumschnüffeln, aber das hab ich nicht. Also, ich habe mich umgesehen, aber nicht nach Wertsachen. Gus hat mich gebeten, den Krug heraufzubringen. Fragen Sie ihn, wenn Sie mir nicht glauben! Das Wasser ist bestimmt noch warm, wenn Sie das überprüfen wollen."

Er ließ die Tür offenstehen und kam zu mir. Ich wich zurück und stolperte gegen einen Tisch, wodurch die darauf stehende Lampe zu wackeln anfing. Seine Hand schoss vor und griff an mir vorbei. Er fing die Lampe auf, aber die Handlung brachte ihn dichter an mich heran. Wir waren nur wenige Zentimeter voneinander entfernt. Sein Atem streifte meine Haare. Die pech-schwarzen Augen suchten in meinen, doch statt Ärger sah ich etwas anderes in ihren Tiefen. Begierde. Ich war mir sicher. Fast.

Mir blieb das Herz stehen. Es wagte nicht zu schlagen aus Angst, dass jegliche Bewegung ihn verjagen könnte. Ich wartete auf seinen Kuss.

Er kam nie. Langsam holte er tief Luft und wandte sich dann ab. Er presste seine Hände auf die Tischplatte und senkte den Kopf. Meine Augen schlossen sich flatternd und ich versuchte mit purer Willenskraft, den Schmerz in meiner Brust zu stoppen. Ich hätte ihn ermutigen sollen, anstatt stillzuhalten. Wenn ich doch nur genug Mut gehabt hätte, einen Kuss anzuzetteln, anstatt zu hoffen.

„Lincoln—"

„Wenn Gus dich das nächste Mal darum bittet, seine Aufgaben zu erledigen, sagst du Nein."

„Ihre Knöchel", murmelte ich. „Sie sind zerschunden."

Er verschränkte die Arme, womit er seine Hände verbarg. „Ich musste einige der Gäste verhören."

Ich lächelte etwas, aber nur halbherzig. „Und hat Ihr Verhör etwas Brauchbares ergeben?"

„Dass Leute nicht gern beim Würfeln verlieren", sagte er, ohne mich direkt anzusehen.

„Lassen Sie mich Ihre Knöchel sehen."

„Denen geht's gut."

„Sie sollten sie mit Salbe einreiben. Ich hole schnell—"

„Das ist nicht nötig", brummte er. „Gute Nacht, Charlie."

Gut. Dann war es eben so. Ich wandte mich zum Gehen, aber er rief leise meinen Namen, bevor ich die Tür erreicht hatte. Ich erwartete, dass er näherkam, aber er blieb am Schreibtisch stehen, die Arme noch immer verschränkt. Allerdings wirkte er nicht mehr ganz so grimmig.

„Bitte entschuldige mein Temperament", sagte er. „Ich meinte es nicht böse."

Ich seufzte. „Ich weiß. Ich bin inzwischen daran gewöhnt."

Sein Mundwinkel zuckte zur Seite. „Nimm dir den Tag morgen frei."

„Ihre Entschuldigung war ausreichend."

„Du hast sehr hart gearbeitet und hattest keinen ganzen Tag für dich, seit du hier angefangen hast."

„Das liegt daran, dass ich nicht weiß, was ich mit der

ganzen freien Zeit anfangen soll." Obwohl Lincoln mir jeden Monat einen Lohn zahlte, hatte ich nichts, wofür ich ihn ausgeben konnte. Ich brauchte keine Kleidung, da ich eine Hausmädchenuniform trug, und die Bibliothek in Lichfield hatte genug Bücher, dass ich für mindestens ein Jahr oder so beschäftigt war.

„Geh ins Theater", sagte er. „Oder ins Museum."

„Allein?"

Er hob eine Schulter an. „Du bist nicht gern allein?"

Fünf Jahre war ich vollkommen allein gewesen auf der Welt, obwohl ich die Gesellschaft der Jungs gehabt hatte. Ich sollte daran gewöhnt sein. Doch jetzt, da ich Freunde gefunden hatte, mochte ich das Alleinsein nicht. Ich sehnte mich mehr denn je nach Gesellschaft. „Nicht sonderlich."

Er lehnte sich an den Schreibtisch, packte den Rand der Tischplatte mit den Händen und sah auf den Teppich. „Du solltest besser gehen."

Ich schlüpfte hinaus und schloss die Tür. Das Gespräch war merkwürdig gewesen, aber wenigstens war er nicht mehr wütend auf mich. Er schien auch nicht anzunehmen, dass ich gestohlen hatte. Das hätte mir viel ausgemacht, wenn er das gedacht hätte.

Ich zog mich aus und streifte schnell mein Nachthemd über, denn in meinem Zimmer war es etwas kühl. Bis ich mich unter die Decke kuschelte, hatte ich drei Ideen, wie ich mich an meinem freien Tag beschäftigen konnte, von denen keine mit Museen oder Theatern zu tun hatte. Als Erstes würde ich morgen herausfinden, wo Lady Harcourt wohnte.

* * *

LADY HARCOURTS VERSTORBENER EHEMANN hatte ihr in seinem Testament ihr Londoner Stadthaus vermacht, während sein ältester Sohn aus erster Ehe den „verfallenen Landhaufen" geerbt hatte, wie Seth ihn nannte. Seth schien eine ganze Menge über Lady Harcourt zu wissen, was möglicherweise daran lag, dass er selbst aus einer adeligen Familie stammte. Ich konnte mir noch immer nicht vorstellen, dass sie durch eine heimliche Liebschaft mit einem seiner Angestellten Lincolns Respekt aufs Spiel setzen würde.

Ich nahm den Bus nach Mayfair, wo der größte Teil der englischen Herrschaft in London residierte. Die Straßen waren von fünfstöckigen Stadthäusern gesäumt, aufgereiht wie fahle Juwelen auf einer Halskette. Ihre hohen Fenster und glatten Fassaden forderten Aufmerksamkeit. Die Aussicht von Lady Harcourts Residenz musste den Großteil der Stadt einnehmen.

Ich war mir nicht sicher, ob ich am Dienstboteneingang im Souterrain oder an der Haustür klopfen sollte. Letztendlich beschloss ich, dass ich die Dame des Hauses besuchte und jedes Recht hatte, die gleiche Tür zu benutzen wie alle anderen Besucher. Mir wurde von einem glattgesichtigen Butler undefinierbaren Alters geöffnet. Er registrierte meine eintönige Hausmädchen-Aufmachung—minus Schürze—und zog seine hakenartige Nase kraus.

„Geh nach unten. Jemand wird dich einlassen." Er wollte die Tür schließen, aber ich steckte meinen Fuß in die Lücke. Leider bemerkte er es nicht und knallte die Tür recht heftig dagegen.

„Aua!", schrie ich. „Verdammt nochmal."

„Solche Ausdrücke werden hier nicht geduldet", flüsterte er heiser. „Verschwinde."

„Ich bin hier, um Lady Harcourt zu sehen, und ich werde nicht eher gehen, bis das geschehen ist."

„Sie ist nicht zu Hause."

Ich seufzte. „Wir wissen beide, dass es zu früh für sie ist, Besuche zu machen. Sagen Sie ihr, dass Miss Charlotte Holloway hier ist, um mit ihr über Mr Fitzroy zu sprechen. Sie wird mich empfangen."

Lincolns Name musste ihm etwas sagen, denn er ließ mich eintreten und bedeutete mir, dass ich im Eingangsbereich warten sollte. Auch wenn dieser nicht so grandios war wie der in Lichfield, so war er doch sehr beeindruckend mit einer weißen Marmortreppe, die zu einer Balustrade im zweiten Stock hinaufführte. Wenige Minuten später erschien dort Lady Harcourt. Sie schaute auf mich herunter und entließ den Butler dann mit einem kurzen Nicken.

„Guten Morgen, Charlie", sagte sie und glitt die Treppe

hinunter. Ihre schwarzen Haare hingen lose auf ihren Schultern, wodurch ihre Gesichtszüge weicher wurden und sie noch deutlich hübscher aussah als mit ihren eleganten Arrangements. Sie hielt die Aufschläge eines lavendel-farbenen Überkleides über der Brust fest. Eigentlich war es mehr die feminine Version einer Smoking-Jacke als ein Kleid und darunter war ein langes weißes Nachthemd sichtbar.

„Guten Morgen, Mylady." Ich machte einen Knicks, wie sie es mir gezeigt hatte, kurz nachdem ich dem Haushalt in Lichfield als Hausmädchen beigetreten war. „Es tut mir leid, wenn ich Sie geweckt habe."

„Ich habe nicht mehr geschlafen, auch wenn es noch recht früh ist. Ist alles in Ordnung? Lincoln …?"

„Es geht ihm gut, Mylady. Ich habe ihn gestern Abend gesehen." Beinahe hätte ich ihr erzählt, dass seine Knöchel etwas zerschunden gewesen waren, beschloss dann aber, dass sie nicht jedes Detail der Ministeriumsangelegenheiten erfahren musste. Wenn sie es tat, konnte sie Lincoln selbst um Antworten bitten.

Sie lächelte erleichtert. „Mir kam es doch etwas seltsam vor, dass man *dich* schicken würde, falls etwas im Argen wäre."

Ich hob die Augenbrauen an, doch sie erläuterte das nicht weiter.

„Du hast Millard gesagt, du wolltest mit mir über Lincoln sprechen", half sie mir auf die Sprünge.

Es schien, als würden wir unser Gespräch in der Eingangshalle führen. Vielleicht war ich nicht gut genug, um in den Salon gebeten zu werden. Dann war das eben so. „Ich wollte mit Ihnen über Mr Gurry sprechen."

Ihre Lippen öffneten sich und sie starrte mich an. „Gurry?"

„Ja."

„Woher weißt du von ihm?"

„Seth und Gus."

„Oh. Natürlich. Sie waren dabei." Sie zog ihr Gewand am Hals zusammen, als ob ihr kalt wäre. Die Eingangshalle war nicht sehr warm, aber auch nicht kalt und es herrschte keine Zugluft. „Und warum möchtest du mehr über ihn wissen?"

„Sie haben mir gesagt, Mr Fitzroy hätte ihn getötet", sagte ich leise, damit eventuelle Bedienstete, die sich in angrenzenden Räumen aufhielten, nichts mithören konnten. „Stimmt das?"

„Ja." Sie schien nicht zu bemerken, dass ich ihrer Frage auswich, indem ich selbst eine stellte.

„Aber der Mord hatte keine Folgen? Mr Fitzroy wurde nicht verhaftet?"

„Natürlich nicht. Er ist ein Gentleman und es war eine interne Ministeriumsangelegenheit. Die Lords Marchbank und Gillingham sorgten dafür, dass es keine Konsequenzen hatte."

Das war mehr, als ich gehofft hatte von ihr zu erfahren. Ich beschloss, mein Glück noch weiter zu strapazieren. „Woher kannte Mr Fitzroy ihn?"

Sie richtete erneut ihr Überkleid, wobei sie diesmal die Aufschläge klaffen ließ und damit ihre üppige Oberweite unter der Spitze des Nachthemdes offenbarte. „Gurry war einer von Lincolns Tutoren als Kind. Ich glaube, er hat internationale Politik und Beziehungen unterrichtet."

„Warum hat Mr Fitzroy ihn umgebracht? Das war doch bestimmt einige Jahre später, lange nachdem Mr Gurry aufgehört hat, ihn zu unterrichten."

„Ich weiß es nicht und wenn du meinen Ratschlag möchtest, Charlie, dann wirst du ihn nicht danach fragen. Ich habe es einmal getan und er … hat mir klar zu verstehen gegeben, dass es ihm nicht recht ist, dass ich von Gurrys Tod wusste. Er würde auf uns beide wütend sein, wenn er wüsste, dass du hier nach Antworten suchst und ich dir so viel erzählt habe."

Das warf die Frage auf, warum sie mir überhaupt etwas erzählt hatte. Es schien fast zu einfach, Antworten von ihr zu bekommen; auch wenn man fairerweise sagen musste, dass sie sehr wenig wusste. Aber zumindest wusste ich jetzt, dass Mr Gurry Lincolns Tutor gewesen war.

„Vielen Dank, Mylady. Ich weiß es zu schätzen, dass Sie mit mir sprechen."

Sie lächelte. „Ich weiß, dass die Dinge zwischen uns in letzter Zeit nicht so angenehm waren. Aber ich hoffe, du verstehst, dass ich über deine Ablehnung meines Arbeitsangebots sehr verärgert war."

„Es tut mir leid, dass ich Sie gekränkt habe. Das war nicht

meine Absicht." Angesichts der Tatsache, dass sie ihr Angebot widerrufen hatte, als Lord Marchbank mein Exil vorgeschlagen hatte, tat es mir kaum leid.

„Wie geht es Lincoln?", fragte sie. „Er kam mir gestern etwas abgelenkt vor. Glaubst du, er bekommt genug Bewegung?"

„Ich vermute es." Zusätzlich zu meinem Training machte er laut Seth und Gus weiter seine abendliche Übungsroutine.

„Gut. Ich mache mir Sorgen um ihn, so ganz allein in dem großen Haus. Ich weiß, er hat deine Gesellschaft und Seths", fügte sie schnell hinzu, „aber ich bin mir nicht sicher, ob das für einen Mann wie Lincoln ausreicht."

Soweit ich das sehen konnte, benötigte Lincoln so gut wie keine Gesellschaft. Er schien zufrieden damit, Zeit allein und mit Arbeiten zu verbringen. Allerdings kannte ich ihn auch nicht so gut wie Lady Harcourt. Vielleicht hatte sie recht und er sollte sich mehr in der Gesellschaft zeigen und Freundschaften mit seinesgleichen schließen.

„Ich kann ihn mir nicht auf einem Ball oder einer Soiree vorstellen", sagte ich und bemühte mich sehr, bei dem Gedanken nicht zu lachen, dass Lincoln tanzte oder belanglose Gespräche mit Adeligen führte.

„Was für eine großartige Idee!" Sie strahlte und blendete mich mit ihren perfekten weißen Zähnen. „Ein Ball ist genau das Richtige."

„Sind Sie sich sicher?"

„Ganz sicher. Er muss abends mal aus diesem makabren alten Haus heraus. Es ist erdrückend. Ich werde dafür sorgen, dass er zu irgendetwas eingeladen wird."

Sie würde enttäuscht sein, wenn er ablehnte, aber ich lächelte trotzdem. Ihr schien der Plan zu gefallen.

„Danke, dass du vorbeigeschaut hast, Charlie. Das nächste Mal gehst du aber bitte hinunter zur Dienstbotentreppe. Millard nimmt solche Dinge sehr genau."

Ich schenkte ihr ein angespanntes Lächeln. „Ich würde doch Ihren Butler nicht aus der Fassung bringen wollen."

Die Haustür sprang plötzlich auf und ein Mann schlenderte herein. Er war ein wenig älter als ich und eindeutig ein Gentleman, nach seinem maßgeschneiderten Anzug zu urteilen. Seine

Krawatte hing schief, die braunen Haare waren strubbelig und einen Hut trug er auch nicht. Schwere Lider lagen über rotgeränderten Augen und sein schlaffer Mund verzog sich beim Anblick von Lady Harcourt zu einem spöttischen Grinsen.

„Guten Morgen, liebste *Mutter*", lallte er.

Mutter? Das musste einer ihrer Stiefsöhne sein.

„Andrew." Ihr Ton war so kühl wie die Morgenluft draußen.

„Was tust du hier unten, aufgemacht wie eine Hure?" Sein Blick glitt in das tiefe V ihres Busens, der durch den Schlitz ihres unverschlossenen Überkleides zu sehen war.

Lady Harcourt zog die Aufschläge des Kleides zusammen. „Miss Holloway hat mir einen Besuch abgestattet. Sie wollte gerade gehen."

Andrew betrachtete mich mit gelangweilter Gleichgültigkeit und entließ mich mit einem Schniefen. „Du lädst das Gesindel jetzt schon zur Haustür ein, Mutter? Wie amüsant."

Sie gab sich nicht mit einer Erwiderung ab, sondern ging einfach um ihn herum und lächelte mich gezwungen an. „Danke, dass du da warst, Charlie."

Ich machte einen Knicks und ging. Sie schloss die Tür, aber nicht ehe ich Andrew sagen hörte, dass sie „eine gute Mutter sein und für Ruhe sorgen sollte", während er schlief. Was für ein schrecklicher Mann.

Im Omnibus nach Kentish Town dachte ich über Lady Harcourt und ihren Stiefsohn nach. Oder vielmehr darüber, wie sie mich behandelt hatten. Angestellte mussten unsichtbar sein. Eine Magd war es nicht wert, beachtet zu werden, es sei denn, man gab ihr einen Befehl. Lady Harcourt hatte mich ihrem Stiefsohn nicht vorgestellt und er hatte mich überhaupt nicht angesprochen. All das machte mir nichts aus. Was Lady Harcourt oder ihre Familie dachten, störte mich nicht im Geringsten. Es warf allerdings Licht auf etwas, das ich beunruhigend fand. Vor zwei Monaten war ich für das Ministerium wichtig gewesen, eine Kuriosität aufgrund meiner Nekromantie und weil ich so lange als Junge gelebt hatte. Selbst als ich mich als weiblich zu erkennen gegeben hatte, war ich die Tochter eines respektablen Vikars gewesen. Jetzt war ich zur Magd geworden und Mägde standen eine Stufe unter Vikarstöchtern.

Es war also kein Wunder, dass Lincoln mich anders behandelte. Seit ich die Position als Hausmädchen angenommen hatte, war er mir bis auf unser Training aus dem Weg gegangen. Es war nur natürlich, dass er mich kleinhalten und keine Anmaßungen zulassen wollte. Ich hatte zumindest eine Freundschaft mit ihm gewollt, aber es wurde nun deutlich, dass er das keinesfalls erlauben konnte. Das Einzige, wofür Mägde gut waren, ausgenommen vom Putzen, war, ihren Herren das Bett zu wärmen, und Lincoln war viel zu sehr Gentleman, um selbst das anzubieten. Ich war mir auch gar nicht sicher, ob mir das genügen würde.

Ich versuchte, durch den Sumpf meiner Gedanken zu waten, als der Omnibus genau an dem gedrungenen grauen Gebäude des Red Lion vorbei segelte. Ich bat den Fahrer anzuhalten und er fuhr den Wagen an den Fahrbahnrand, um mir und einem anderen Fahrgast den Ausstieg zu ermöglichen. Ich eilte zu der Kneipe zurück und stellte überrascht fest, dass sie geöffnet hatte. Nur zwei alte Trinker kauerten an den jeweiligen Enden des langen, polierten Tresens wie zwei Buchstützen, deren behandschuhte Finger ihre Humpen umklammerten, als wären es Anker in einem Sturm. Beide schauten sich um, als ich eintrat und mich aufrichtete. Einer warf mir sogar ein lückenhaftes Lächeln zu.

„Moin, Miss", sagte er. „Trink was mit mir." Er klopfte neben sich auf den Hocker.

Ich zögerte. Vor nur zwei Monaten wäre ich bei solch einem Angebot von einem schmierigen, zerzausten Kerl sofort wieder aus der Kneipe gerannt, doch jetzt war ich eine respektable Frau und das hier war keine finstere Gasse, wo der Pöbel herrschte. Ich lächelte und setzte mich auf den Hocker. Mein neuer Kumpel schien erfreut. Der andere Trinker rückte einen Hocker näher an mich heran. Auch ihn lächelte ich an.

„Was macht ein Mädel wie du hier im Lion?", fragte der rechts neben mir.

„Vielleicht hattse von der tollen Gesellschaft hier gehört." Der andere Mann lachte in sich hinein.

Der Wirt kam aus einer Tür hinter der Bar. Er zog die Augenbrauen hoch, suchte den Rest des Schankraums ab und als er dort niemanden sah, wanderten die Brauen noch weiter nach oben. „Hamse sich verlaufen, Miss?"

„Nein." Ich erlaubte meinem Lächeln, sehnsüchtig und besorgt zu werden. „Ich suche nach meinem Bruder. Er ist schon ein paar Tage nicht nach Hause gekommen und meine Mutter macht sich Sorgen. Ich glaube, er trinkt hier an manchen Abenden und spielt Würfel." Ich sah alle drei Männer der Reihe nach an und blinzelte wie eine Eule. Bisher hatte ich meinen weiblichen Charme noch nie einsetzen müssen, um etwas zu bekommen, und ich hoffte, dass ich aussah wie eine liebe, besorgte Schwester und nicht wie die Lügnerin, die ich war.

„Bruder, eh?" Der Mann neben mir wischte sich mit dem Ärmel den Mund ab. „Du solltest abends zurückkommen, wenn mehr los ist. Dann taucht dein Bruder vielleicht auf."

„Vollidiot", sagte der andere Trinker mit einem Kopfschütteln. „Sie kann abends nich herkommen. Nur Dirnen kommen im Dunkeln her und die is keine Dirne."

Das schien alle drei Männer einzuladen, meine Figur offen abzuschätzen. Mein Gesicht begann zu glühen und ich widerstand dem Drang, einem von ihnen eine Ohrfeige zu verpassen. Wenigstens hielten sie mich nicht für eine Hure.

„Mein Bruder heißt Jimmy. Er ist ein paar Jahre älter als ich, hat braune Haare und ist kräftig gebaut." Ich hatte die Grabräuber vor zwei Monaten gesehen, als sie das erste Mal eine Leiche ausgegraben hatten. Sie hatten keine besonderen Merkmale und ich bezweifelte, dass ich einen von ihnen wiedererkennen würde, aber ich erinnerte mich an ihren kräftigen Körperbau.

„Hier kommen viele Jimmys her", sagte der Wirt und wandte sich ab. „Ist ein häufiger Name."

„Hat dieser Typ nicht gestern Abend auch nach einem Jimmy gefragt?", sagte der Mann zu meiner Linken. „Großer Kerl, schwarze Augen, längere Haare."

Lincoln. Ich tat, als wäre ich erschrocken. „Oh nein! Glauben Sie, mein Bruder steckt in Schwierigkeiten? Mutter wird so aufgebracht sein." Ich schnalzte mit der Zunge und schüttelte den Kopf. „Jimmy bringt sich andauernd in Schwierigkeiten. Diesmal machen wir uns Sorgen, dass ihm alles über den Kopf gewachsen ist und er sich zu sehr schämt, um nach Hause zu kommen. Mein armer Dummkopf von einem Bruder. Ich *muss* ihn finden, bevor es dieser andere Mann tut."

„Seien Sie bloß vorsichtig, Miss", sagte der Wirt. „Der schwarzäugige Typ ist gefährlich. Er hat mehrere Kerle abgewehrt. Ich bin gerade erst mit aufräumen fertig." Er hob eine Jutetasche vom Boden auf, in der Glasscherben klirrten.

„Wie hat der Streit angefangen?", fragte ich.

„Einige waren nicht begeistert, dass er sich ihrem Würfelspiel angeschlossen hat, um dann jede Runde zu gewinnen. Als sie ihm alle Geld schuldeten, hat er gesagt, er würde die Schulden erlassen, wenn sie ihm seine Fragen beantworten."

„Das klingt doch nach einer fairen Abmachung."

Einer der alten Trinker schmunzelte. „Schon, aber sie hatten den Verdacht, dass er schummelt."

„Konnten sie es beweisen?"

„Nein", sagte der Wirt. „Und das hat sie nur noch mehr in Rage gebracht. Sie waren sicher, dass er betrogen hat. Keiner gewinnt jede Runde beim Würfeln, ohne dass sie gezinkt sind."

„Der Sack hatte das Glück des Teufels", murmelte der Mann zu meiner Rechten und kippte den Inhalt seines Glases herunter.

Ich kaufte ihm noch eins, ebenso wie dem zweiten Mann. Sie bedankten sich mit breitem Grinsen.

„Also haben ihn die Würfelspieler angegriffen?", fragte ich, als der Wirt ihnen die vollen Humpen reichte. „Das klingt nicht fair, wenn sie nicht beweisen konnten, dass er betrogen hat."

„Er hatte so was an sich." Der Mann zu meiner Linken zog die Nase kraus. „Erinnerte mich an einen Zigeuner, den ich mal in Cork getroffen habe. Schwarzäugige Schlange war das, immer gelogen und betrogen. Dem konnte man nicht trauen."

Ein Zigeuner? Das war ziemlich drastisch. Lincoln hatte zwar diese schwarzen Haare und Augen, aber seine Haltung war die eines Gentlemans, nicht eines Gauners.

„Und er hat zu viele Fragen gestellt", sagte der andere Kerl. „Wenn er einfach das Geld genommen hätte und gegangen wäre, wäre er vielleicht damit davongekommen. Aber der musste ja unbedingt Fragen stellen."

„Die falschen, wie es aussieht", sagte der Wirt. „An die falschen Leute gerichtet."

„Glauben Sie, einer der Kartenspieler war Jimmy?"

„V'leicht." Der Wirt zuckte die Schultern und rückte von mir weg. Ich hatte das Gefühl, dass er mir etwas verschwieg.

Der Mann rechts von mir klatschte seine Hand auf den Tresen. „Jimmy Duggan!"

Der Wirt funkelte ihn böse an, doch der Mann war zu sehr damit beschäftigt, mich anzugrinsen, um es zu bemerken.

„Jimmy Duggan war einer von den Würfelspielern. Jetzt erinnere ich mich. Er wollte nicht antworten, als der Zigeuner fragte, ob er in letzter Zeit auf dem Friedhof gewesen war."

Lincoln hatte eine so direkte Frage gestellt? Lieber Himmel, seine Befragungsmethoden waren schlimmer, als ich gedacht hatte.

„Wieso will er denn was über Friedhöfe wissen?", fragte der andere Gast mit einem Schaudern.

„Jimmy Duggan ist mein Bruder", sagte ich und rutschte auf dem Hocker nach vorn. „Wissen Sie, wo er nach dem Streit hingegangen ist?"

„Nein", sagte der Wirt. „Er ist mit seinem Freund weggegangen."

„Wie heißt der Freund?"

„Weiß nicht."

„Pete Foster", sagte der Mann zu meiner Rechten. Er war wirklich äußerst hilfreich, also berührte ich seinen Arm, um ihn zu ermutigen. „Kennen Sie den auch, Miss?"

„Nein. Er muss derjenige sein, der Jimmy zu diesem Unfug anstiftet." Ich kniff mir in den Nasenrücken. „Jimmy ist ein guter Junge und würde nie absichtlich etwas Böses tun. Mutter und ich machen uns solche Sorgen. Gibt es irgendetwas, was Sie mir noch über die beiden sagen können? Haben sie noch andere Freunde?"

„Sie kamen allein und gingen allein." Der Wirt zuckte mit den Schultern. „Mehr weiß ich nicht."

„Tut mir leid, Miss", sagte der Mann rechts von mir. „Wenn er heute Abend wiederkommt, sage ich ihm, dass sie nach ihm gesucht haben."

Ich bezweifelte, dass Jimmy und Pete bald zurück sein würden, da sie jetzt wussten, dass Lincoln ihnen auf der Spur war. Ich bedankte mich bei ihm und sprang vom Hocker. Es schien alles recht hoffnungslos. Die Namen hatte ich erfahren, aber nicht wo ich sie finden konnte. Vielleicht konnte Lincoln etwas mit der Information anfangen.

„Ist der Mann mit den schwarzen Augen nach Jimmy gegangen?", fragte ich.

Sie sahen einander an und zuckten mit den Schultern. „Ich habe ihn nicht gehen sehen", sagte der Wirt. „Du etwa?"

Der Mann neben mir schüttelte den Kopf. „Der muss verschwunden sein, als wir nicht hingeschaut haben."

Ich gab jedem noch eine Runde aus, bedankte mich und ging. Seufzend schleppte ich mich die Straße hinauf. Einerseits war der Besuch im Red Lion Zeitverschwendung gewesen, aber andererseits hatte ich wenigstens die Namen der beiden Grabräuber erfahren. Und ich hatte noch etwas ebenso Wichtiges erfahren—wenn ich auf die richtige Art die richtigen Fragen stellte, bekam ich Antworten. Es war ein kleiner Sieg, aber nur im Kampf gegen mich selbst.

Ich näherte mich meiner dritten Anlaufstelle des Tages, also beschloss ich, das Mittagessen auf später zu verschieben. Ich war schon oft an dem hübschen roten Backsteingebäude des Kentish Town Waisenhauses vorbeigekommen, als ich in einer Gasse in der Nähe gehaust hatte, hatte es aber kaum beachtet. Im Vergleich zu den anderen Häusern in der breiten Straße war es groß und hatte früher vielleicht einem reichen Kaufmann gehört, als in der Gegend noch Ackerbau betrieben wurde. Jetzt wirkte es seltsam, wie es inmitten der Reihenhäuschen zurückversetzt stand, war aber aus dem gleichen Grund beeindruckend.

Es war das dritte Waisenhaus, das ich besuchte, seit ich von meiner Adoption erfahren hatte, doch ich trat mit großen Hoffnungen ein. Kentish Town war nicht allzu weit von Tufnell Park entfernt, wo meine Adoptiveltern gelebt hatten. Ich wurde in ein kleines Büro geführt, an dessen Wand ein schlecht ausgeführtes Porträt der Königin hing. Den glatzköpfigen Mann mit Brille, der am Schreibtisch saß, schien die Störung zu verdrießen. Er legte seine Fingerspitzen aneinander und blinzelte mich über den

Rand seiner Brille an. Laut des geschnitzten Holzschildchens auf seinem Schreibtisch hieß er Mr Hogan.

„Haben Sie einen Termin?", fragte er.

„Nein, aber ich hoffe, Sie können mir trotzdem helfen."

„Sie müssen einen Termin ausmachen." Er wandte seine Aufmerksamkeit dem offenen Register auf seinem Schreibtisch zu. „Ich bin sehr beschäftigt."

„Das verstehe ich, aber ich bin auch sehr beschäftigt und kann nicht noch einmal herkommen. Bitte", fügte ich hinzu, als er keine Reaktion zeigte. „Ich wurde als Säugling von einem Paar namens Holloway adoptiert—"

Er schaute hoch. „Holloway?"

Mir blieb das Herz stehen. „Erinnern Sie sich an sie?"

„Natürlich nicht." Er runzelte die Stirn. „Aber Sie sind die zweite Person in zwei Tagen, die nach einem von ihnen adoptierten Kind fragt."

„Die zweite? Wer war die erste?"

Er legte wieder die Fingerspitzen aneinander. „Ich habe die Anfrage postalisch erhalten und werde Ihnen den Namen auf dem Brief nicht preisgeben. Das ist unethisch."

„Natürlich." Es musste Lincoln sein, der ebenfalls den Namen meiner echten Mutter herausfinden wollte. Sie war immerhin auch eine Nekromantin und das Ministerium musste wissen, ob sie noch am Leben war.

„Allerdings kann ich Ihnen sagen, was ich geantwortet habe. Es gibt keine Unterlagen über irgendwelche Säuglinge, die hier von einem Mr und einer Mrs Holloway adoptiert wurden. Wenn Sie mich jetzt entschuldigen ..."

„Selbstverständlich. Danke für Ihre Zeit, Mr Hogan."

Er schaute schon wieder in seine Akten, noch ehe ich mich vom Stuhl erhoben hatte.

Ich fand selbst den Weg hinaus auf die windige, schmutzige Straße und überlegte, ob ich den Bus nehmen oder zu Fuß nach Hause gehen sollte, als ich einen Mann bemerkte, der mich von der anderen Straßenseite her beobachtete. Er ging schnell davon, aber nicht ehe ich sehen konnte, dass es der gleiche Mann war, der mit mir vor dem Red Lion aus dem Bus ausgestiegen war. Ich packte meine Handtasche fester und eilte davon. Alle paar

Schritte schaute ich über die Schulter, doch er schien weg zu sein. Vielleicht war es albern, mir Sorgen zu machen. Schließlich konnte er ebenfalls etwas in der Gegend zu tun haben. Meine jüngsten Erlebnisse hatten mich übervorsichtig gemacht.

Als ich die Tore von Lichfield erreichte, begann es zu regnen. Ich rannte die Einfahrt hinauf und war durchnässt, bis ich das Haus durch den Hintereingang betrat. Der Koch war allein in der Küche und ich gesellte mich zu ihm an den warmen Herd.

„Du bist nass", sagte er.

„Wie aufmerksam du bist."

„Solltest dir besser was Trockenes anziehen. Wenn du zurückkommst, ist die Suppe fertig."

„Sind die anderen da?"

„Ich bin da", sagte Seth, der aus der gleichen Richtung in die Küche kam wie ich kurz zuvor. Er stellte sich zu uns an den warmen Herd und streckte die Hände über den köchelnden Suppentopf.

„Ey", knurrte der Koch uns an. „Ihr tropft auf meinen Boden."

„Es schüttet da draußen."

„Heißt nicht, dass ihr meinen Boden volltropfen könnt."

„Ich wische es auf, wenn ich mich abgetrocknet habe", sagte ich. „Wo ist Gus?"

Seth grinste. „Der wird patschnass, während er diese Grabräuber beobachtet."

„Was?" Ich zog meine Hände zurück und drehte mich zu ihm. „Wo?"

„Sie wohnen in einem Schuppen in Whitechapel. Hat der Tod dir nichts gesagt?"

„Nein, hat er nicht. Wann hat er denn erfahren, wo sie wohnen?"

„Gestern Nacht. Er ist ihnen vom Red Lion aus nach Whitechapel gefolgt. Sie haben sich geprügelt—"

„Ja, danke", sagte ich durch zusammengebissene Zähne. „Den Teil weiß ich. Aber der elende Fitzroy hat mir nicht erzählt, dass er herausgefunden hat, wo Pete und Jimmy leben."

„Wer?"

„Die Grabräuber. Jimmy Duggan und Pete Foster heißen sie."

„Ist das so? Und woher weißt du das?"

„Nicht so wichtig." Ich zog die Nadeln aus meinen Haaren und schüttelte sie aus, damit sie schneller trockneten. „Entschuldigung, aber ich muss mit meinem Arbeitgeber sprechen."

„Warte." Seth hielt mich am Arm fest. „Wie war dein Besuch bei Lady Harcourt? Hast du noch etwas über Gurry herausgefunden?"

Ich warf einen Blick zu Tür um sicherzugehen, dass Lincoln dort nicht lauerte. Dass ich Lady Harcourt besucht hatte, um mehr über ihn zu erfahren, sollte er nicht wissen. Es fühlte sich so falsch an wie das Lauschen und ein Teil von mir bereute, dass ich es getan hatte. „Ich habe … sehr wenig herausgefunden. Nichts über Gurry." Es war nicht meine Aufgabe, ihnen Lincolns Geschichte zu erzählen. Zweifelsohne hatten sie ihn bei Gurrys Tod danach gefragt und er hatte sich geweigert, zu antworten. Es überraschte mich noch immer, dass Lady Harcourt mir erzählt hatte, dass Gurry Lincolns Tutor gewesen war. Es wirkte verräterisch angesichts der Tatsache, dass sie einmal ein Liebespaar gewesen waren und sie ihn anscheinend noch als Freund betrachtete.

„Ich habe ihren Stiefsohn kennengelernt", sagte ich, damit ich ihm überhaupt etwas erzählen konnte. „Andrew. Er kam gerade herein als ich gehen wollte. Ich glaube, er war die ganze Nacht aus."

Seth verzog das Gesicht. „Andrew Buchanan, eine lasterhafte kleine Verschwendung von Raum und Luft. Halte dich von ihm fern, Charlie. Der taugt nichts."

„Ich bezweifle, dass ich ihn wiedersehen werde."

„Warum taugt er nichts?", fragte der Koch.

Seth setzte sich an den Küchentisch und begann, sich die Stiefel auszuziehen. „Er ist Lord Harcourts zweiter Sohn. Der Älteste ist ein feiner Kerl, bleibt aber lieber für sich auf dem Familienanwesen. Andrew lebt mit seiner Stiefmutter im Haus in Mayfair und verschleudert sein Erbe mit Glücksspiel und Frauen."

„Die Hälfte der jungen Kerle in der Stadt tun das", sagte der Koch und rührte die Suppe um. „Dich eingeschlossen."

„Nun ja." Seth räusperte sich. „Ich versuche wenigstens,

meine Schulden zu bezahlen, während er immer mehr anhäuft, ohne sich darum zu scheren. Außerdem habe ich mit meinem Absturz niemanden verletzt. Außer ein paar Herzen vielleicht."

Der Koch schnaubte.

„Andrew Buchanan ist ein fieses Tratschmaul, das gern Ärger macht", fuhr Seth fort. „Er macht sich bei den Leuten unbeliebt und hat in seinem ganzen Leben noch keinen Tag gearbeitet. Und er glaubt, dass Frauen nur zu seinem Vergnügen existieren."

„Und du nicht?"

„Natürlich nicht! Ich behandle Frauen wie zarte Blumen."

„Reif zum Pflücken", fügte der Koch mit einem Schmunzeln hinzu.

Seth funkelte ihn wütend an.

„Die arme Lady H, dass sie sich mit Andrew herumschlagen muss", sagte ich. „Kann sie ihn nicht hinauswerfen?"

„Er kann es sich nicht leisten, woanders zu wohnen. Abgesehen davon würde ich sagen, dass Andrew ein geringer Preis ist für das, was sie durch die Heirat gewonnen hat."

Lady Harcourt war eine einfache Schulmeistertochter gewesen, ehe sie Lord Harcourt geheiratet hatte. Es war schon merkwürdig, dass diese schöne, kultivierte Frau nicht besser ins Leben gestartet war als ich. Was für unterschiedliche Wege wir beschritten hatten. Meiner hatte mich in die tiefsten Abgründe der Gesellschaft geführt, während ihrer sie in die obersten Schichten befördert hatte. Dennoch beneidete ich sie nicht. Nicht mehr.

„Ich gehe mich umziehen", sagte ich. „Bin gleich zurück."

Allerdings ging ich nicht in mein Zimmer. Ich klopfte an Lincolns Tür und als er öffnete, sah ich ihn böse an. Er betrachtete mich von oben bis unten und ich fühlte mich plötzlich wie eine lausige Ratte, die aus einem Kanal gekrochen war.

„Warum haben Sie mir nicht gesagt, dass Sie erfahren haben, wo Jimmy und Pete wohnen?", fragte ich ihn vehementer, als ich das getan hätte, wäre mir mein Erscheinungsbild nicht peinlich gewesen.

Eine seiner ernsten schwarzen Augenbrauen hob sich. „Woher weißt du, dass der zweite Mann Pete heißt?"

„Ist das wichtig?"

„Ja."

„Vielleicht hat Seth es mir gesagt."

„Er wusste es nicht."

Ich verschränkte die Arme. „Gus?"

„Der ist nicht hier." Seine Augen wurden schmal, aber das verschonte mich nicht von der geballten Kraft seines eisigen Blicks. „Du bist zum Red Lion gegangen, nicht wahr?"

Ich schluckte. So war das Gespräch nicht geplant. Sollte ich mich besser in meinem Zimmer in Sicherheit bringen oder mich durchbeißen? Er würde mich vermutlich schnappen, bevor ich die Tür erreichte, also entschied ich mich für Letzteres. Ich hätte es besser wissen sollen, als mich mit Lincoln anzulegen.

KAPITEL 4

„Ich bin zum Red Lion gegangen", sagte ich so wehrhaft, wie ich konnte angesichts seiner Kälte. „Ich war in der Gegend und dachte, ich könnte mehr herausfinden als Sie. Es scheint jedoch so, als hätten Sie mehr erfahren, als Sie preisgegeben haben. Hätte ich das gewusst, hätte ich mir die Mühe sparen können."

Er brummte. „Du bist nass und kalt. Du solltest dich umziehen, bevor du dich erkältest."

„Die Gefahr, mir von Ihrem eisigen Blick eine Erkältung zu holen, ist größer."

Seine Augen wurden schmal. „Ich verstehe nicht."

„Egal. Sie wechseln das Thema. Darf ich hereinkommen?"

„Nein."

Ich seufzte. „Der Wirt des Red Lion hat mir gesagt, Sie hätten sich gestern Abend mit Jimmy und Pete wegen eines Würfelspiels geprügelt. Sind Sie ihnen danach bis nach Hause gefolgt?"

„In der Tat. Die Befragung erwies sich als nutzlos. Sie weigerten sich, mir zu sagen, was sie taten, warum, und für wen sie arbeiten."

„Sind Sie sicher, dass sie für jemanden arbeiten?"

„Sie scheinen nicht intelligent genug zu sein, um zu wissen, was sie mit den Leichen anfangen sollen, also glaube ich das. Wer auch immer es ist muss sie sehr gut bezahlen, denn sie haben mir nichts Brauchbares gesagt. Deswegen bin ich ihnen gefolgt. Die Beobachtung wird mir letztendlich die Informationen liefern, die ich brauche, um festzustellen, ob ihr Herr etwas Übernatürliches tut oder nicht."

„Und warum haben Sie mir das nicht schon gestern bei Ihrer Rückkehr erzählt?"

„Mir war nicht bewusst, dass ich meine Magd über die Angelegenheiten des Ministeriums auf dem Laufenden halten muss, da es sie nichts angeht."

„Natürlich geht es mich etwas an. Wenn es Sie betrifft—und Seth und Gus—dann betrifft es auch mich. Abgesehen davon möchte ich helfen, so gut ich kann."

„Du hast hier genug zu tun, Charlie. Mehr musst du nicht tun."

Ich war mir nicht sicher, ob ich jetzt beleidigt oder erfreut sein sollte. Wollte er mich beschützen oder mich ausschließen? „Ihre Magd zu sein ist ja schön und gut, aber ich möchte gelegentlich mehr tun. Wenn Seth und Gus das können, warum nicht ich?"

Er trat zurück, aber ich bewegte mich in die offene Tür, sodass er sie nicht schließen konnte. „Du bist nicht bereit, mehr zu tun, Charlie."

„Das sehe ich anders", sagte ich spitz. „Ich bin bereit. Ich kann mich falls nötig verteidigen und ein zusätzliches Paar Augen könnte hin und wieder hilfreich sein. Ganz zu schweigen von meiner Nekromantie."

„Du möchtest sie einsetzen", sagte er platt. „In der Öffentlichkeit."

„Im Stillen und nur dann, wenn uns andere Möglichkeiten versperrt sind."

Er schien das einen Moment lang zu bedenken, dann sagte er: „Ich dachte, du magst deine Kräfte nicht."

„Es ist nichts, womit ich angeben möchte, aber ich hatte jetzt Zeit, sie zu akzeptieren. Ich finde mich nicht mehr so grauenerregend wie früher. Mein Vater—Anselm Holloway—hat mir das Gefühl gegeben, dass ich nicht besser bin als Gewürm im Sumpf, aber Sie ... Sie und die anderen hier in Lichfield haben mir geholfen zu erkennen, dass ich nicht widerwärtig bin."

„Das bist du ganz sicher nicht", sagte er leise.

„Dann lassen Sie mich helfen?"

„Unwahrscheinlich."

„Lincoln!"

„Das reicht, Charlie", knurrte er. „Geh und zieh dir deine nassen Sachen aus. Wir sehen uns später beim Training."

„Also gut, aber ich möchte klarstellen, dass es unfair ist, dass Sie sich in meine Angelegenheiten einmischen dürfen, aber ich nicht in Ihre."

„Ich verstehe nicht."

„Ich weiß, dass Sie versuchen, durch die Waisenhäuser meine Mutter ausfindig zu machen. Wir könnten viel mehr erreichen, wenn wir zusammenarbeiten würden. Oder ist es mir nicht erlaubt, nach meiner eigenen Mutter zu suchen, weil es geheime Ministeriumsangelegenheiten sind?"

„Wenn es zu gefährlich für dich wird, wird es verboten sein."

Ich blinzelte ihn hektisch an. „Aber sie ist *meine* Mutter." Es klang erbärmlich—kleinlaut—und ich wünschte, ich könnte es in dem Moment zurücknehmen, in dem ich es sagte. Er hatte vermutlich insoweit recht, als dass andere ebenfalls versuchen könnten, ihre Nekromantie zu nutzen, wenn sie davon erfuhren, so wie Frankenstein mich hatte benutzen wollen. Doch wer sonst wusste von ihr—oder von mir? Vermutlich bestand jetzt kaum Gefahr.

„Du rügst mich dafür, dass ich versuche, dich zu beschützen?", fragte er ruhig.

„Frankenstein ist weg und Holloway sitzt im Gefängnis. Niemand sonst weiß oder, so vermute ich, schert sich darum, was ich tun kann."

„Das können wir nicht sicher wissen. Im Moment möchte ich, dass du vorsichtig bist." Er schloss die Tür und diesmal ging ich zurück. Es war sinnlos, noch weiter mit ihm zu diskutieren.

Seine Worte erinnerten mich an den Mann, den ich aus dem Bus hatte aussteigen sehen—den gleichen Mann, der mich beobachtet hatte, als ich das Waisenhaus verließ. Es war allerdings vermutlich nur ein Zufall. Nichts Schlimmes war passiert und er hatte mich noch nicht einmal angesprochen.

Ich zog mich um und kehrte in die Küche zurück. Der arme

Gus war noch immer draußen im Regen und beobachtete Jimmy und Pete, und da ich den Tag frei hatte, spielte Seth die Küchenmagd und spülte das Geschirr.

„Du hattest gestern schon den Morgen frei", beschwerte er sich, während er die Suppenschüsseln einsammelte. „Warum hat er dir heute noch den ganzen Tag dazu gegeben?"

„Ich bin mir nicht sicher." Ich reichte ihm meine Schüssel und schenkte ihm ein süßes Lächeln. Es funktionierte nicht und er stürmte aus der Küche wie ein Junge, den seine Mutter ausgeschimpft hatte.

„Der Tod wird jetzt weich, wo eine Frau im Haus ist", sagte der Koch.

„Fitzroy und weich?" Ich lachte. „Wohl kaum. Komm und spiel mit mir Karten, bis es Zeit ist für mein Training."

Er setzte sich zu mir und zog ein Kartendeck aus der Tasche seiner Schürze. „Ich dachte, du hättest das Kartenspielen aufgegeben", sagte er, während er austeilte. „Weil du ja nichts taugst und so."

„Wenn ich mich konzentriere, bin ich gar nicht so schlecht." Ich prüfte meine Karten und legte die Herzkönigin auf den Tisch. „Wusstest du, dass Fitzroy einen Satz gezinkter Würfel besitzt?"

„Ich betrüge *nicht* beim Würfeln. Oder beim Kartenspielen."

Ich fuhr herum, während mir das Herz in die Hose rutschte. Lincoln stolzierte in die Küche und sah aus, als wollte er mich zu einem Duell herausfordern, weil ich seinen guten Ruf in den Dreck gezogen hatte. „Warum schleichen Sie sich immer an? Das ist extrem unfair."

„Ich schleiche nicht." Er machte eine Handbewegung und der Koch teilte ihm Karten aus. „Warum glaubst du, dass ich betrüge?"

„Der Wirt vom Red Lion hat gesagt, Sie hätten jeden Wurf gegen Jimmy und Pete gewonnen."

„Das war Glück."

„Jedes Mal? Wie viele Würfe gab es?"

„Achtundzwanzig." Er legte eine Karte ab und nahm den Stapel an sich. Die Runde hatte er gewonnen.

„Achtundzwanzig!" Ich schaute zum Koch. „Hat nach deiner

Erfahrung jemals irgendwer achtundzwanzig Würfelrunden am Stück gewonnen?"

Der Koch blickte von mir zu Lincoln und warf dann alles ab, was er auf der Hand hatte. „Ich habe ein Brot zu backen."

„Feigling", murmelte ich.

„Es war schlichtweg Glück, Charlie", sagte Lincoln erneut. „Jimmy und Pete konnten das nicht akzeptieren, selbst nachdem sie die Würfel untersucht hatten." Er trommelte mit den Fingerspitzen auf den Tisch. „Spielst du oder diskutierst du nur?"

Ich warf meine beste Karte ab und gewann die Runde.

„Du hättest etwas Niedrigeres abgeben sollen", sagte er. „Meine Karte war nur eine Sechs."

„Was ist, wenn ich nichts Niedrigeres hatte?"

Er schaute mich an, als würde er mir nicht glauben.

Wir spielten noch eine Stunde und er gewann jede Runde, außer denen, in denen er absichtlich eine niedrige Karte ausspielte. Es war verblüffend, als ob er mir in die Karten gucken könnte. Während einer Pause, in der er seine Suppe aß, überprüfte ich das Deck, doch ich konnte keine Markierungen darauf erkennen. Wenn er betrog, war nicht sofort klar, wie er es tat.

„Du verschwendest deine Zeit", sagte er. „Ich betrüge nicht. Ich habe einfach Glück mit Karten. Und Würfeln." Er klang gekränkt.

Ich widerstand dem Bedürfnis, ihm erneut zu sagen, dass niemand so viel Glück hatte. „Sie könnten in diesen verrufenen Spielhöllen ein Vermögen verdienen, in denen ihr Gentlemen euch so gern herumtreibt."

Er sagte nichts, sondern löffelte lediglich seine Suppe aus. Seth, der sich wieder zu uns gesellt hatte, lachte leise. „Wo glaubst du denn, dass wir uns kennengelernt haben? Es war in genau so einer verrufenen Spielhölle. Mr Fitzroy hat an dem Abend alles gewonnen."

Ich erinnerte mich an die Geschichte, die Seth vom Einsatz seines Körpers erzählt hatte, als letzten Ausweg, und wie Lincoln eingesprungen war und genug gewonnen hatte, um Seths Schulden zu begleichen. Sein Preis waren Seths Dienste gewesen, den er ein Jahr später offensichtlich immer noch abbezahlte.

„An dem Abend wurde er verbannt", sagte Seth lächelnd. „Wegen Betrugsverdacht."

„Ich habe nicht—"

„Betrogen", beendete ich den Satz für Lincoln. „Wie Sie ständig betonen."

Er knallte die Schüssel auf den Tisch. „Es ist Zeit für dein Training." Irgendwie hatte ich das Gefühl, dass er mich heute besonders hart rannehmen würde. „Zieh dir deine Trainingssachen an und komm in den Ballsaal. Draußen regnet es immer noch und da drinnen ist genug Platz."

Ich tat wie geheißen und ließ ihn in der Küche zurück. Meine Trainingskleidung bestand aus lockeren Herrenhosen und einem übergroßen Hemd. Selbst ohne Korsett schränkten mich Frauenkleider zu sehr ein. Eines Tages würde ich lernen müssen, auch darin zu kämpfen, wie Lincoln mir mitgeteilt hatte, aber jetzt noch nicht.

Der Ballsaal befand sich auf der ersten Etage. Ich betrat den riesigen leeren Raum selten, da kein Bedarf bestand, einen Raum zu reinigen, der nie benutzt wurde. Abgesehen davon machte es mich etwas traurig, so einen beeindruckenden Saal vergeudet zu sehen. In vergangenen Tagen hatten die drei Kristallleuchter über Gelagen und Skandalen residiert, aber jetzt sammelten sie nur Staub. Vielleicht konnte Lady Harcourt Lincoln überreden, hier eines Tages einen Ball abzuhalten, um dem Saal Leben einzuhauchen. Vielleicht würde er selbst einen abhalten wollen, wenn er anderswo an einigen teilgenommen hatte.

Oder auch nicht. Ich schätzte eher, dass er den Saal lieber zum Kämpfen als zum Tanzen nutzte.

Lincoln traf ein paar Minuten nach mir ein. Er hatte seine übliche Kleidung an, bestehend aus Hemd und Hose. Im Haus trug er selten eine Weste oder Krawatte, es sei denn, er empfing Besucher. Jetzt krempelte er die Ärmel seines Hemdes für das Training hoch. Wüsste er, welchen Effekt seine legere Kleidung auf mich hatte, würde er sicher einen kompletten Anzug tragen. Manchmal war es ein Wunder, dass ich überhaupt irgendetwas lernte.

„Ich bin bereit", sagte ich und platzierte meine Füße so auf die Dielen, dass ich sicher stand.

„Ich dachte, wir versuchen heute mal etwas anderes." Er nickte zur Anrichte und einem Tisch, die an die Wand gerückt und mit Staubtüchern abgedeckt waren. Auf dem Tisch waren ein langes und ein kurzes Messer sowie ein Knüppel bereitgelegt worden. „Wähle eine Waffe."

„Ich dachte, Sie hätten gesagt, ich wäre noch nicht bereit für Waffentraining."

„An irgendeinem Punkt müssen wir anfangen. Inspiziere die Waffen und sage mir, welche davon du benutzen willst, aber nimm sie noch nicht in die Hand."

„Warum nicht?"

„Stell keine Fragen."

Ich durchquerte den Saal, inspizierte die Waffen und drehte mich wieder zu ihm um. „Weiß der Koch—"

Ich hörte das Staubtuch schlagen, kurz bevor etwas in meinen Rücken krachte und ein paar Arme mich von hinten um die Taille packten. Die Warnung hatte mir nicht genug Zeit gelassen, um mich umzudrehen und meinen Angreifer abzuwehren—Seth, wie ich vermutete—aber ich konnte meine Arme so positionieren, dass er sie nicht zu packen bekam. Dann rammte ich ihm meinen Ellenbogen in die Rippen, stampfte auf seinen Zeh und landete einen Schlag, der mit viel Glück seinen Unterleib traf.

Er ließ mich los und ich fuhr herum. Er war zu sehr damit beschäftigt, seine Weichteile zu halten und blass zu werden, um meinen Angriff abzuwehren, also legte ich einfach meine Hand auf sein Gesicht, anstatt zu versuchen, ihm die Augen auszukratzen.

„Ich gewinne", sagte ich und bemühte mich, mein Grinsen unter Kontrolle zu behalten. „Ist alles in Ordnung?"

Er quiekte eine Erwiderung, die ich nicht verstand.

„Tut mir leid", sagte ich. „Wenn du leiser aus deinem Versteck gekommen wärst, hätte ich keine Zeit gehabt zu reagieren."

„Gut", sagte Lincoln und kam zu uns. „Aber du hättest dir die Waffen schnappen und fliehen sollen, während er außer Gefecht war."

„Sie haben gesagt, ich darf die Waffen nicht in die Hand nehmen. Ich habe nur Befehle befolgt."

„Im Falle eines Angriffs sind meine Befehle irrelevant. Du musst alles tun, um zu fliehen, und wenn das bedeutet, sich mir zu widersetzen, erlaube ich es dir."

„Wie gnädig von Ihnen." Ich packte Seths Schulter. Ein wenig Farbe war in seine Wangen zurückgekehrt, aber er schien immer noch Schmerzen zu haben. „Ich glaube nicht, dass ich dich so fest geschlagen habe. Hätte ich dir gegenüber gestanden, hätte ich viel mehr Kraft aufbringen können."

„Es ist der empfindlichste Teil der männlichen Anatomie", sagte Lincoln. „Merke es dir, ziele darauf ab und dann lauf, wenn du kannst. Dein Hauptziel ist es, von deinem Angreifer wegzukommen, nicht ihn zu besiegen."

Seth rieb sich den Schritt und ließ dann endlich seinen Unterleib los. „Jesus, Charlie, das nächste Mal nicht so fest. Ich brauche den vielleicht später noch."

„Tut mir leid." Ich biss mir auf die Lippe und schaute nach unten. „Ich hoffe, er funktioniert noch."

„Das hoffe ich auch!"

„Ebenso wie deine Freundin, da bin ich mir sicher." Ich grinste und er schaffte ein wackeliges Lächeln zur Erwiderung.

„Lass uns allein", knurrte Lincoln Seth an.

Der arme Mann ging vorsichtig aus dem Ballsaal. „Ich habe doch keinen bleibenden Schaden angerichtet, oder?", fragte ich Lincoln, als Seth außer Hörweite war.

„Unwahrscheinlich."

„Gut. Ich würde ungern den Damen ihre Lieblingsbeschäftigung verleiden."

Seine Augen verengten sich.

„Das war ein Witz", sagte ich.

„Junge Damen sollten nicht so derbe Witze reißen."

„Ich bin wohl kaum eine Dame und das ist noch brav im Vergleich zu dem, was ich früher gesagt habe." Um bei den Jungenbanden nicht aufzufallen, waren noch viel derbere Witze nötig gewesen. „Werden Sie mir jetzt gestatten, Ihnen bei den Ermittlungen zu helfen?"

„Ich werde darüber nachdenken."

„Bringen Sie mir bei, mit Waffen zu kämpfen?"

Er schüttelte den Kopf. „Das war nur ein Vorwand, um dich in die Nähe von Seths Versteck zu bringen. Das Training geht ganz normal weiter. Diese kleine Übung hat mir bewiesen, dass deine Reflexe schnell sind, dein Gehör hervorragend und deine Nerven stabil. Aber du musst noch kräftiger werden und dein Repertoire an Manövern erweitern, ehe du lernst, mit Waffen zu kämpfen."

Ich war ziemlich sprachlos, da ich nie gedacht hätte, je solches Lob aus seinem Mund zu hören. Während ich mich noch in seinen Worten sonnte, packte er mich plötzlich fast genauso um die Taille, wie Seth es getan hatte. Nur dass ich diesmal nicht die Chance gehabt hatte, meine Arme frei zu behalten. So war ich nur in der Lage, ihm auf die Zehen zu treten, mich zu winden und nach hinten zu treten, wobei ich seine Beine verfehlte.

„Das war nicht fair", sagte ich und gab auf. Wenn ich ihn schon nicht besiegen konnte, konnte ich wenigstens das Gefühl seiner Arme um mich genießen.

„Kein Angriff ist fair. Während des Trainings musst du immer achtsam sein. Wenn du draußen allein unterwegs bist, musst du immer achtsam sein."

Ich drehte den Kopf, um ihn anzusehen. Sein Kinn war auf Höhe meiner Augen, sein Hals in der Nähe meiner Lippen. Ich entspannte mich und legte den Kopf auf seine Schulter. Sein langsames Ausatmen strich über meine Haare. Sein Herz schlug einmal donnernd gegen meinen Rücken. Es brachte mein Blut in Wallung und fachte meine Hoffnungen an.

„Lincoln", flüsterte ich gegen die weiche Haut an seinem Hals.

Seine Arme lockerten sich, sodass ich mich umdrehen und meine Hände auf seinen Brustkorb legen konnte. Sein Herz schlug schnell, unregelmäßig, und noch während ich das registrierte, schob ich mich mit einer Hand fest von ihm weg und schlug die andere unter sein Kinn, sodass sein Kopf nach hinten flog.

Ich wollte ganz aus seiner Umarmung heraustreten, aber er hatte sich schon gefangen und packte meine Unterarme. Ich stand ihm jetzt allerdings gegenüber und hatte die Beine frei. Ich trat ihm auf die Zehen und hob das Knie, um es ihm zwischen die Beine zu rammen, aber er schlug es mit der Hand zur Seite. Da ich jetzt einen Arm frei hatte, zielte ich einen Hieb auf seinen Magen und einen weiteren auf sein Kinn, verfehlte ihn jedoch.

Im Bruchteil einer Sekunde hatte er meine beiden Arme wieder gepackt und beförderte mich deutlich sanfter auf den Boden, als ein Angreifer es je getan hätte. Er setzte sich auf meine Oberschenkel und streckte meine Arme über meinen Kopf, wobei er meine beiden Hände mit einer Hand festhielt und die andere neben meinem Kopf auf den Boden setzte.

Ich bockte und knurrte frustriert, konnte ihn aber nicht abwerfen. Wäre er ein echter Angreifer, wäre ich in großen Schwierigkeiten. Es war eine krasse Erinnerung daran, dass ich mich verbessern musste.

„Sie gewinnen diese Runde", murmelte ich.

Er ließ mich nicht los. Seine Lider senkten sich über seine Augen und behielten nur einen Schlitz offen, durch den er mich beobachtete. Sein Gesicht näherte sich meinem, als er sich vorbeugte, um seine große Hand um meine Hände zu schließen. Hitze flammte unter meiner Haut auf und jagte im Takt meines hastig hämmernden Herzens durch meine Adern. Sein würziger Duft füllte mich aus und raubte mir den Verstand. Ich konnte an nichts anderes denken als an diesen starken Mann und daran, wie sehr ich mich nach seinem Kuss sehnte.

„Sir, wann—? Oh." Seth stand mit offenem Mund im Türrahmen.

Lincoln sprang in Sekundenschnelle auf die Füße. „Was willst du?", schnappte er.

Seth ging rückwärts zur Tür hinaus. „Ich, äh, wollte nicht stören, Sir."

„Wir trainieren." Lincoln hielt mir die Hand hin und ich ergriff sie. Seine Berührung war klinisch und er ließ mich sofort los, sobald ich sicher auf den Füßen stand. „Einige von uns muss Charlie noch besiegen."

Ich suchte in seinem Gesicht nach Anzeichen, dass ihn das, was gerade beinahe passiert war, genauso berührte wie mich, aber es gab keine. Sein Mund war eine kompromisslose Linie, seine Augen schwarze Untiefen. Während mir das Herz noch bis zum Hals schlug, ging ich so stetig wie meine wackeligen Beine es erlaubten zum Tisch und hielt mich durch das Staubtuch an der Kante fest. Mit dem Rücken zu den Männern schnappte ich nach Luft und hoffte, dass meine Nerven sich wenigstens etwas beruhigten. Es funktionierte nicht.

„Ich wollte fragen, ob ich Gus ablösen soll", sagte Seth.

„Ich werde nach dem Abendessen gehen", sagte Lincoln.

„Wie lange?"

„Die ganze Nacht."

„Ist das klug, Sir? Sollten Sie sich nicht ausruhen?"

„Ich werde mich morgen ausruhen. Charlie, das Training ist beendet." Seine Schritte entfernten sich aus dem Ballsaal und ich schloss die Augen. Also würde er gegen seine Gefühle ankämpfen und das ignorieren, was beinahe geschehen war. Ich wusste nicht, warum ich etwas anderes erwartet hatte.

„Ist alles in Ordnung, Charlie?", fragte Seth dicht hinter mir.

Ich nickte.

Eigentlich dachte ich, er wäre gegangen, aber er setzte sich neben mir auf die Tischkante. „Darf ich dir einen Rat geben?"

„Wenn es sein muss."

„Vergiss ihn. Er ist zu unberechenbar, zu wild."

Was für eine seltsame Bemerkung. „Er ist kein Tier."

„Ist er nicht?" Er seufzte. „Darf ich frei sprechen?"

„Natürlich."

„Du sehnst dich nach einer Familie, nach einem Zuhause und Zugehörigkeit."

„Lichfield ist jetzt mein Zuhause und ihr alle seid meine Familie." Meine Kehle schnürte sich zu und ich konnte die Tränen nicht herunterschlucken. Warum wollte ich weinen? Ich hasste es, zu weinen, ganz besonders wegen eines Mannes. Es gab traurigere Dinge, die meine Tränen verdienten. Dinge, die mir in der Vergangenheit widerfahren waren und mich nicht so aufgelöst hatten.

„Ich weiß", sagte er sanft. „Deswegen solltest du nicht aufs Spiel setzen, was du hier hast. Er wird dich hinauswerfen, wenn er das Gefühl hat, dass deine Anwesenheit ihn schwächt."

Ich fuhr herum. „Wie schwäche ich ihn denn?"

„Wenn er Gefühle für dich entwickelt, macht ihn das verletzlich. Fitzroy hasst es, verletzlich zu sein und wenn du ihn schwächst ...“ Er zuckte mit den Schultern. „Er wird dich zwingen zu gehen.“

Ich blinzelte Tränen weg und schüttelte den Kopf. „Das würde er nicht“, flüsterte ich. „So grausam ist er nicht.“

„Ach nein? Jedenfalls, wie ich schon sagte, das gilt für den Fall, *dass* er Gefühle für dich entwickelt. Ich bin mir nicht ganz sicher, ob er überhaupt in der Lage ist, irgendetwas zu fühlen.“

„Du irrst dich in ihm, Seth.“

„Tue ich das? Ich kenne ihn länger als du.“

„Das bedeutet nicht, dass du ihn besser kennst.“

„Frauen“, murmelte er und drückte sich vom Tisch weg. „Motten haben mehr Sinn und Verstand. Die wissen, dass man von Flammen wie ihm besser fernbleibt.“

Ich sah ihm hinterher, mein Herz wie ein Mühlstein in meiner Brust. Wie viele Motten kreisten um Lincolns Flamme? Wäre es mir doch nicht so wichtig. Es würde mein Leben deutlich vereinfachen, wenn ich das tun könnte, was Seth wollte, und meine Gefühle einfach wegwischen. Lincoln schien jedenfalls problemlos in der Lage zu sein, sein Verlangen nach mir wegzuwischen.

* * *

„Charlie, wach auf.“ Lincolns tiefe Stimme schmiegte sich in meine Träume. Ich wollte sie festhalten und in ihren samtigen Tiefen versinken. Sein energisches Schütteln meines Fußes war allerdings wesentlich störender.

Ich setzte mich auf und er ließ meinen Fuß los, während ich mir die Augen rieb. „Was ist? Stimmt etwas nicht?“

„Komm mit.“

Ich blinzelte ihn an. Er war vollständig angezogen und sah nicht im Geringsten schläfrig aus. Er musste direkt von Jimmys und Petes Haus gekommen sein. „Wohin?“

„Whitechapel.“

„Warum?“

„Du wolltest helfen“, sagte er und wandte sich ab. „Jetzt hast du die Gelegenheit. Zieh dir Jungensachen an und deinen Mantel."

Ich krabbelte aus dem Bett, während er die Tür hinter sich schloss und im Flur wartete. Ich schlüpfte in die Jungensachen, die ich an dem Tag getragen hatte, als ich in Lichfield angekommen war, zog einen schwarzen Kapuzenmantel, Handschuhe und Stiefel an. Meine Haare würden offenbleiben. Ich bezweifelte, dass er mir Zeit lassen würde, sie hochzustecken.

Wortlos schritt er vor mir her durch die Dunkelheit. Wir benötigten beide kein Licht, um uns nachts im Haus zu bewegen, aber ich war beim Herabsteigen der Treppen langsamer als er. Es wäre so typisch, wenn ich eine Stufe übersehen und herunterpurzeln würde. Am Fuß der Treppe wartete er auf mich und ging dann weiter, durch die Küche und andere Diensträume zur Hintertür hinaus. Ich musste für jeden seiner Schritte zwei machen, um mithalten zu können.

Ein angebundenes Pferd blies nebeligen Atem aus seinen Nüstern. Das Licht des Mondes spiegelte sich in dem metallenen Steigbügel, den Lincoln mir hinhielt. Ich zögerte, aber nicht mehr als einen Herzschlag. Wenn er die Entscheidung, mich um Hilfe zu bitten, spontan getroffen hatte, wollte ich nicht riskieren, dass er zu viel darüber nachdachte und seine Meinung änderte. Vielleicht bekam ich nie wieder eine Gelegenheit.

Ich hievte mich in den Sattel und versuchte, meine Balance zu finden. Seth hatte mir ein paar Reitstunden gegeben, aber ich war nicht besonders gut, sondern zog es vor, mit beiden Füßen auf festem Boden zu stehen. Mit einer Hose fühlte es sich wesentlich natürlicher und bequemer an, da ich wie ein Mann im Sattel saß anstatt im Damensitz. Ich dachte gerade, dass ich mich durchaus ans Reiten gewöhnen könnte, wenn ich immer so saß—als Lincoln aufstieg und mich aus der Fassung brachte.

Er saß vor mir und wies mich an, mich festzuhalten. Ich umfasste seine Taille und legte meine Wange an seinen Rücken. Selbst durch die verschiedenen Lagen von Kleidung konnte ich seine Wärme und die harten Muskeln seines Bauches spüren. Alles an ihm war angespannt, aber ich hatte keine Chance, darüber zu grübeln, da das Pferd sich in Bewegung setzte. Es ging weder Schritt noch Trab, sondern flog förmlich die Einfahrt entlang zu den Toren. Jedenfalls fühlte es sich so an, so schnell, wie das Tier lief. Ich hielt mich fest, nicht nur mit meinen Händen und Armen, sondern auch mit den Oberschenkeln und Füßen.

„Charlie." Lincolns Hand legte sich auf seinem Bauch auf meine. „Entspann deine Finger. Ich muss atmen."

„Ich werde sie entspannen, wenn Sie die Zügel wieder in beiden Händen halten."

Er ließ mich los und ich lockerte meinen Griff etwas.

„Sind deine Augen offen?"

„Natürlich." Ich öffnete sie und war froh, dass es zu dunkel war, um viel zu erkennen. Die wenigen funktionierenden Straßenlaternen gaben genug Licht, dass ich sehen konnte, wie unglaublich schnell wir unterwegs waren. Ich unterdrückte das Verlangen, die Augen wieder zu schließen und fing stattdessen an zu zählen, um mich von dem beängstigenden Tempo abzulenken.

Es schien eine Ewigkeit zu dauern, ehe wir langsamer wurden. Wir hatten Whitechapel erreicht. Ich kannte die Gegend gut, da ich in dem elenden Stadtteil mehr Zeit verbracht hatte, als mir lieb war. Wo in Highgate keine Menschenseele in der kühlen, feuchten Nacht zu sehen war, gab es in Whitechapel Lebenszeichen, von den Obdachlosen, die sich in Vorgärten lümmelten, bis hin zu Huren, die sich uns anboten. Ihre fadenscheinige Kleidung sah viel zu dünn aus für die bitterkalte Herbstnacht. Ich wünschte, ich hätte ein paar Münzen zum Verteilen mitgebracht.

Lincoln ignorierte sie alle. Wir ritten durch die Schatten, schmale Gassen entlang, die nach menschlichem Leid rochen, bis wir schließlich hinter einer Häuserreihe anhielten. Lincoln stieg ab und öffnete ein Tor, durch das er das Pferd in einen kleinen Hof führte. Er war leer, bis auf einen kleinen Karren, einen Eimer und einige leere Kisten. Er schloss das Tor wieder und hielt das Pferd fest, während ich ohne Hilfe abstieg.

„Wohnen Jimmy und Pete hier?", fragte ich.

„Sie wohnen um die Ecke. Das hier ist der Metzgerladen. Sie haben früher am Abend eine weitere Leiche gestohlen, sie hier abgelegt und sind gegangen."

Mir stieg die Galle hoch. „Sie verkaufen menschliches Fleisch zum Verzehr?" Oh Gott, wie grässlich.

„Ich glaube nicht, aber sicher weiß ich es nicht."

„Also möchten Sie, dass ich meine Nekromantie nutze, um vom Geist der Leiche zu erfahren, was sie vorhaben?"

„Ich bezweifle, dass die Geister das wissen. Sie werden vermutlich ins Jenseits gegangen sein und nichts gesehen haben. Es ist unwahrscheinlich, dass sie überhaupt wissen, dass ihre Körper bewegt wurden."

„Wie kann ein Geist denn dann helfen? Wofür brauchen Sie mich?"

„Um einen zu beschwören, damit er denen Angst macht und sie uns alles verraten."

„Oh. Das ist eine gute Idee. Könnte klappen. Aber glauben Sie nicht, dass Ihre Verhörtechniken ausreichen, um ihnen genug Angst einzujagen?"

„Als ich sie im Red Lion befragt habe, haben sie nicht ausgereicht. Sie werden gut bezahlt, oder bekommen einen anderen Anreiz, um das Geheimnis zu wahren. Entweder töte ich einen und schüchtere den anderen damit so ein, dass es seine Zunge lockert, oder wir machen ihnen auf andere Art Angst."

„Ich denke, Sie haben die richtige Wahl getroffen."

„Das werden wir sehen."

„Glauben Sie, ich schaffe es? Einen Toten zu beschwören, wenn seine Seele bereits im Jenseits ist, meine ich. Das habe ich noch nie getan." Aus Lincolns Buch wusste ich, dass ein Nekromant eine Seele, die bereits ins Jenseits gegangen ist, mit Namen beschwören musste und sie dann anweisen, in einen toten Körper einzutreten, der nicht notwendigerweise ihr eigener sein musste. Aus Erfahrung wusste ich, dass eine Seele, die noch nicht hinübergetreten war, nicht namentlich angesprochen werden musste. In dem Fall genügten einfach Anweisungen.

„Du schaffst das", versicherte er mir.

„Aber ich kenne keine Namen."

„Gordon Moreland Thackery stand auf dem Grabstein des letzten Opfers."

„Oh. Gut gemacht." Ich zog meinen Mantel fester um mich, um die Kälte fernzuhalten. „Bringen Sie mich zu der Leiche."

„Ich habe das Schloss schon vorhin geknackt", sagte Lincoln, als er die Tür zum Metzgerladen aufschob. Innen war es so dunkel wie seine Augen und er zündete keine Kerze an.

„Ich kann nichts sehen."

Seine Hand rutschte in meine und er führte mich einen kurzen Flur entlang. Hinter mir fiel die Tür ins Schloss. Unsere Schritte hallten auf den Dielen und mein Atem klang laut in der angespannten Stille. Er trat auf eine knarzende Diele und blieb stehen. Als er meine Hand losließ, blubberte Furcht in mir hoch. Ich drängte mich näher an ihn und war erleichtert, als er mit einem Streichholz eine Kerze anzündete, die in einer kleinen Nische oberhalb eines Treppenabsatzes stand.

Er steckte die Streichholzschachtel zurück in die Innentasche seiner Jacke und dann, merkwürdigerweise, fummelte er an meiner Kapuze herum und stellte sicher, dass sie tief über Stirn und Ohren gezogen war. Er war dabei teilnahmslos und sah mich nicht an.

„Bleib warm", sagte er und senkte die Hand.

„Ist die Leiche da unten?", flüsterte ich.

Er nickte. „Charlie?"

„Ja?"

„Mach dich bereit."

Wir stiegen die steile, enge Treppe nach unten, Lincoln schob den Riegel einer Tür am unteren Ende zurück und öffnete sie. Ein Schwall kalter Luft traf mein Gesicht und ich zitterte. Er trat zuerst in den Raum und versperrte mir die Sicht, doch ich folgte ihm dicht auf den Fersen, denn ich wollte nicht in dem dunklen Korridor allein bleiben.

Er hob die Kerze und ich schnappte nach Luft. Hinter den geschlachteten Tieren, die an Haken unter der kühlen Decke hingen, befand sich nicht eine menschliche Leiche, sondern vier. Und sie standen alle aufrecht und starrten mich mit leblosen Augen an.

KAPITEL 5

„Sind Sie sicher, dass die tot sind?", flüsterte ich.

„Sind sie. Ich habe es vorhin überprüft." Lincoln fädelte sich an den Schweinehälften vorbei und packte den Arm einer der menschlichen Leichen. Er drehte sie herum, um mir den großen Haken zu zeigen, der oberhalb des Jackenkragens im Nacken des Kadavers steckte. Die Spitzen der Beerdigungsschuhe kratzen über den festgestampften Erdboden und der Rest der Kleidung hing lose von dem ausgezehrten Körper.

Mir drehte sich der Magen um und ich presste eine Hand über Mund und Nase, obwohl es in dem kühlen Raum kaum Gerüche gab. „Das ist widerlich." Sie wurden genauso behandelt wie die Schweine, als ob sie zerlegt und den Kunden im Laden serviert werden sollten. Wenigstens war so viel Anstand gewahrt worden, dass die Körper noch bekleidet waren.

„Wie lange, denken Sie, sind die schon hier drinnen?", fragte ich.

„Vielleicht zwei Monate. Ich würde sagen, das hier ist der Erste, den sie geholt haben, höchstwahrscheinlich aus Highgate an dem Tag, als du sie beobachtet hast." Er zeigte auf den Körper eines kleinen Mannes am Ende. Zu Lebzeiten war er vielleicht dreißig gewesen, doch jetzt war sein Fleisch grau und schlaff und die meisten seiner Haare waren ausgefallen. „Die Eisblöcke können den Verfall nicht ewig aufhalten."

Jetzt erst bemerkte ich die Holzkisten voller Eis, die in dem kleinen Raum verteilt waren. Sie standen unter den Marmorregalen hinter den Füßen der Leichen. Ich zog meinen Mantel enger um mich.

„Arbeiten Jimmy oder Pete hier?", fragte ich.

„Das weiß ich noch nicht, aber heute Nacht war das erste Mal, dass sie hergekommen sind, seit wir sie beobachten. Sie müssen irgendetwas mit diesem Ort zu tun haben."

„Ich frage mich, was der Metzger wohl mit ihnen vorhat." Ich wagte mich näher, vermied es, die Schweinehälften anzusehen und konzentrierte mich stattdessen auf den letzten Menschen rechts. Seine Haut war nicht so verwest wie die der anderen und er hatte auch noch den Großteil seiner Haare. Er sah nur wenig älter aus als ich und schien dem kühlen Raum zuletzt hinzugefügt worden zu sein, also musste er Gordon Thackery sein.

„Bist du bereit?", fragte Lincoln.

„Nein, aber ich bezweifle, dass ich das jemals sein werde." Ich stand einige Meter von Thackery entfernt und schnaufte mehrmals durch. Lincoln stellte die Kerze auf ein nahes Regal und holte ein Messer aus seinem Ärmel. Ich war nicht sicher warum, denn ich konnte die Seele kontrollieren, nachdem ich sie gerufen hatte.

„Gordon Moreland Thackery, kannst du mich hören?" Meine Stimme hallte durch den kleinen Raum, obwohl ich sie gedämpft hatte. „Geist von Gordon Thackery, ich brauche dich wieder hier in der Welt der Lebenden." Als nichts geschah, fügte ich hinzu: „Ich rufe dich."

Ein weißer Nebel bildete sich in der Luft über dem Körper. Er schwebte vor und zurück und formte dann die Gestalt von Gordon Thackery bis hin zur gebogenen Nase. „Wer bist du und was willst du?"

Meine Pulsfrequenz erhöhte sich. Obwohl ich wusste, dass ich die Geister kontrollierte, ängstigte es mich, die Toten zu beschwören. „Ich heiße Charlie", sagte ich. „Ich will dir nichts Böses."

„Dann lass mich zurückkehren."

„Das kann ich nicht. Ich brauche deine Hilfe. Jemand hat

deinen Körper aus seiner Ruhestätte entfernt." Ich nickte zu der toten Gestalt vor mir.

Der Nebel wirbelte um den Körper, glänzend im Kerzenlicht. Seine Geisterhand streckte sich nach einer Wange aus, berührte sie aber nicht. „Was ist das?" Er schoss auf mich zu und hielt so dicht vor meinem Gesicht an, dass ich mich zurücklehnen musste, um nicht vom Geisternebel bedeckt zu werden. „Hast du das getan?", tobte er. „Er?"

Lincoln stellte sich so neben mich, dass sein Arm meinen berührte. Er konnte den Geist weder sehen noch hören und es musste schwierig sein, dem einseitigen Gespräch zu folgen, doch er bat nicht darum, dass ich Gordon Thackerys Worte wiederholte. Seine handfeste Gegenwart gab mir Sicherheit.

Ich bemühte mich darum, meine Stimme gleichmäßig und meinen Blick direkt zu halten. Der Geist war verwirrt und wütend, weil er aus dem Jenseits gerissen worden war. Das konnte ich ihm nicht vorwerfen. Natürlich war es ebenso möglich, dass er im Leben kein guter Mann gewesen war.

Er kann dir nichts tun, Charlie.

„Wir waren das nicht", sagte ich ihm. „Diese Leichen wurden von zwei Männern ausgegraben, möglicherweise auf Anweisung von einem dritten. Wir wissen nicht warum und trotz aller Bemühungen wollen sie es uns nicht verraten."

„Habt ihr versucht, die Antworten aus ihnen heraus zu prügeln?", fragte Gordon abfällig.

Ich konnte mir ein Lächeln nicht verkneifen. „Ja, aber sie haben ihr Geheimnis bewahrt. Wir haben beschlossen, ihnen stattdessen Angst einzujagen."

„Wie? Sie können mich nicht sehen, das kannst nur du. Bist du ein Medium?"

„Nicht wirklich. Ich bin eine Nekromantin."

Er zog die Stirn kraus. „Das Wort ist mir nicht geläufig."

„Ich beschwöre die Toten aus dem Jenseits und leite sie in einen Körper, um ihn wieder zum Leben zu erwecken ... in gewisser Weise."

„Du meine Güte." Er sah gleichzeitig beeindruckt und entsetzt aus. Das war besser als sein Ärger. „Ein kleines Ding wie du kann das? Kann er das?"

„Er nicht."

Er nickte nachdenklich. „Das macht dich zu einer mächtigen Frau."

„Also wirst du uns helfen, die Männer aufzuhalten, dies hier zu tun?"

„Habe ich eine Wahl?"

Ich dachte daran, zu lügen, entschied dann aber, dass es sinnlos war. „Nein. Du musst das für uns tun und ich kann dich zwingen. Es tut mir leid, aber ich versichere dir, dass ich dich danach freilasse."

Der Nebel schwebte weg und umkreiste erneut seinen Körper. Geisterfinger rieben an seinem Kinn. „Was ist, wenn du stirbst, bevor du mich freilassen kannst, Charlie? Was passiert dann mit meinem Geist?"

„Das … das weiß ich nicht." Ich warf Lincoln einen Blick zu. Wenn seine Bücher das nicht ausführten, war es unwahrscheinlich, dass er es wusste. Diese Frage würde ich meiner echten Mutter stellen müssen—falls sie noch lebte.

„Dann solltest du besser nicht sterben", sagte Gordon.

„Habe ich nicht vor."

Er studierte seinen Körper und interessierte sich besonders für den Haken in seinem Nacken. „Werde ich Schmerz spüren?"

„Die Toten fühlen nichts. Du wirst anfangs etwas Mühe haben, deine Bewegungen zu kontrollieren, aber es wird nicht wehtun."

„Gut." Nebelige Finger glitten durch das, was sein Haar gewesen wäre, als ob es eine lebenslange Angewohnheit wäre. „Ich habe unangenehme Erfahrungen mit Schmerzen. Ich mag sie nicht, weißt du? Schlechte Sache für einen Soldaten." Er lachte humorlos. „Meine Schwäche hat mir das angetan."

„Dich getötet?", fragte ich erschrocken. „Ich verstehe nicht."

„Opium. Schwarzes Heroin. Das herrliche Vergessen des Schmerzes, den meine Verletzungen verursacht haben. Ich wurde in Burma ins Bein geschossen und konnte nach meiner Rückkehr nach London nicht mit dem Schmerz umgehen. Nur Opium brachte Erleichterung."

„Aber du wurdest abhängig", stellte ich abschließend fest. „Und die Abhängigkeit hat dich umgebracht."

„Das würde ich annehmen. Ich erinnere mich kaum. Aus dem Sinn, nicht wahr? Opium tut einem das an."

Lincoln berührte sanft meinen Arm. „Bereit?", fragte er.

Ich nickte. Zu dem Geist sagte ich: „Je eher wir anfangen, desto eher sind wir fertig. Gleite in deinen Körper."

Er wirkte unsicher, versuchte es aber trotzdem. Sobald der gesamte Nebel verschwunden war, zuckte der Körper an seinem Haken wie ein gerade gefangener Fisch. Er streckte seine Finger und hob den Kopf. Die Haut auf seinem Gesicht war so fahl, dass sie fast in dem schwachen Licht glühte, und durch die leeren Augen wirkten die Augenhöhlen noch tiefer eingesunken. Während ich noch jedes Anzeichen des Todes durchging, erwachte der restliche Körper allmählich zum Leben, ein Körperteil nach dem anderen. Gordons Geist schien jeden Finger, jeden Muskel zu testen, um zu sehen, ob sie noch funktionierten. Es war sowohl faszinierend als auch unheimlich. Ich konnte mich nicht abwenden.

Er griff nach hinten und hakte sich los. Der Körper brach auf dem Boden zusammen. Lincoln trat vor und hielt ihm die Hand hin. Gordon zögerte, dann nahm er sie. Lincoln half dem toten Mann auf und gab ihm Halt, während er sich auf Beinen ausbalancierte, die sowohl vertraut als auch fremd erscheinen mussten.

„Ist alles in Ordnung?", fragte ich.

Gordon nickte steif. „Ich fühle ... nichts." Seine Stimme war so spröde wie ein trockener Zweig. Er hob ein Hosenbein an und betrachtete eine offene, breiige Narbe auf seinem Schienbein. Wenn ich mich nicht irrte, war die Wunde durch eine Kugel verursacht worden. Mit einem zufriedenen Nicken ließ er das Hosenbein los.

„Du wirst bald mehr Kraft bekommen", sagte ich ihm. „Tatsächlich wirst du sehr stark werden. Stärker als zu Lebzeiten."

Die Muskeln in seinem Gesicht zuckten, aber ich konnte nicht ausmachen, welchen Ausdruck er darstellen wollte. Er betrachtete seine Hände und ich machte mir Sorgen, dass ich ihm zu viel verraten hatte. Wenn er im Leben skrupellos gewesen war, könnte er versuchen, uns zu töten.

Ich blieb auf Distanz. So lange ich sprechen konnte, konnte

ich ihn kontrollieren.

Lincoln bewegte sich ebenfalls, aber nicht auf den wiedererwachten Thackery zu. Er sprintete an mir und den Schweinehälften vorbei und hechtete zur Tür—der Tür, die im Begriff war, sich schnell zu schließen.

Er erreichte sie nicht rechtzeitig. Die Tür knallte zu und der Riegel auf der anderen Seite wurde vorgeschoben.

Wir waren eingeschlossen!

Lincoln rüttelte an der Tür, doch die bewegte sich nicht. Ich kam zu ihm und hämmerte dagegen. „Lassen Sie uns raus! Hier sind Leute drin. Lebende", fügte ich schwach hinzu.

Lincoln nahm meine Hände und hielt sie fest. „Er wollte uns einschließen, Charlie. Der wird uns nicht freilassen."

Ich biss mir auf die Lippe und suchte den Raum nach einem anderen Ausweg ab. Es gab keinen. Wir waren in einem fensterlosen Keller und der einzige Weg nach draußen war blockiert. Die Kälte sickerte in meine Knochen.

„Haben Sie gesehen, wer das getan hat?", fragte ich ihn.

Er nickte. „Es war Jimmy. Einen Augenblick, bevor er die Tür geschlossen hat, habe ich seine Schritte gehört."

„Ich habe nichts gehört."

Er rieb seine Daumen über meine Knöchel und ließ mich los. „Wir werden bald frei sein. Geh zur Seite."

Ich erwartete, dass er die Tür eintreten würde, aber stattdessen wandte er sich an Gordon. „Hast du deine Kraft zurück?"

Gordons weißes Gesicht verzog sich. Er versuchte, eine der Schweinehälften anzuheben, ließ sie aber fallen. Wieder und wieder probierte er es und hob sie jedes Mal ein Stückchen höher, bis er sie beim vierten Versuch über seinen Kopf wuchtete.

„Bereit." Seine Stimme hatte jede Spur von kratziger Trockenheit verloren, sein Lächeln war kontrolliert und sicher. Er wirkte beinahe lebendig, insbesondere, da das Lächeln recht freundlich war.

Fitzroy und ich gingen von der Tür weg. Gordon drückte vorsichtig dagegen, doch als sie sich nicht bewegte, rannte er los und rammte seine Schulter davor. Hätte er Schmerzen verspüren können, hätte das wehgetan. Er lachte.

„Glaubt ihr, von mir fällt ein Stück ab, wenn ich es übertreibe?"

Ich kniff die Lippen zusammen, um nicht zu grinsen. Es schien nicht angemessen, über einen solchen Witz zu lachen, besonders nicht, wenn wir Gefahr liefen, zu erfrieren.

Gordon rannte erneut gegen die Tür und benutzte seine Schulter als Rammbock. Das Knacken von splitterndem Holz und zerspringenden Türangeln verkündeten seinen Triumph. Lincoln half ihm und stellte die Tür an die Seite.

Ich holte die Kerze und wollte Gordon gerade darum bitten, zuerst die Treppe hinaufzugehen, als Lincoln schon zur Tür raus war. Ich hielt die Luft an, aber es erklangen keine Kampfgeräusche. Ich folgte Gordon hinaus in den kleinen Hof. Unser Pferd war verschwunden, ebenso wie Lincoln.

Ich rannte zum Tor und entdeckte ihn am Ende der Gasse. Er blieb stehen und winkte uns, ihm zu folgen. Gordon lief schwerfällig vor mir her, streckte seine Beine zu gigantischen Sprüngen und einmal drehte er sich sogar leichtfüßig um sich selbst und grinste mich an.

„Möchtest du tanzen, Miss Charlie?"

„Vielleicht später. Wir sind gerade ziemlich in Eile", sagte ich mit einem höflichen Lächeln. Gott sei Dank war es zu dunkel, als dass er mein Entsetzen angesichts seines Vorschlags hätte sehen können. Mit einem Toten zu tanzen entsprach nicht meiner Vorstellung eines vergnüglichen Abends.

„Hier entlang", sagte Lincoln und ging sofort weiter, sobald wir aufgeschlossen hatten.

Ich trabte, um mitzuhalten. Gordon hatte diese Probleme nicht. „Wo gehen wir hin?", fragte ich.

„Jimmy und Pete besuchen." Wir umrundeten eine Häuserecke und hasteten dann eine Gasse entlang, die plötzlich nach links abbog und vor einem hohen Holzzaun endete. Die Gasse war hier so schmal, dass ich beinahe die Gebäude auf beiden Seiten hätte berühren können, wenn ich meine Arme ausstreckte. Etwas raschelte und kratzte in einem Haufen Flaschen und Zeitungen in der Ecke, ansonsten umschloss uns Stille ebenso fest wie die Dunkelheit. Die Kerze war ausgegangen, als ich schneller gelaufen war.

Lincoln presste sein Ohr an eine Tür im letzten Haus. Gordon kam dazu und ich trat näher, aber beide Männer schüttelten die Köpfe. Ich verdrehte die Augen, was keiner der beiden sehen konnte.

„Sie sind da drinnen", sagte Lincoln und kam wieder zu mir. „Ich kann hören, wie Jimmy Pete erzählt, dass er Leute in der Kühlkammer des Metzgers gesehen hat und dass eine der Leichen, die sie ausgegraben haben, herumläuft und redet. Er scheint mich nicht erkannt zu haben. Ich denke, Thackery hat ihn zu sehr abgelenkt, um sonst etwas zu bemerken."

Er sah Gordon an, der dürftig zurücklächelte. „Er klingt aufgeregt. Sein Freund glaubt ihm nicht. Er hat ihn einen idiotischen, gelb-bäuchigen kleinen Scheißhaufen genannt. Entschuldige den Ausdruck, Miss."

„Ist schon gut", sagte ich. „Sollen wir Pete zeigen, dass Jimmy kein Idiot ist?"

Er fuhr sich mit der Hand durch die Haare und zog dabei ein ganzes Büschel mitsamt Wurzeln heraus. Missmutig schaute er auf die schlaffen Strähnen, die auf die Pflastersteine fielen. „Was soll ich sagen?"

„Mach ihnen klar, wer du bist", sagte Lincoln. „Frag sie, warum sie dich ausgegraben haben und wer dahintersteckt. Wenn du einen Namen bekommst, finde heraus, wo er wohnt. Wir werden uns hier draußen versteckt halten."

Lincoln und ich drückten uns auf der anderen Seite der Gasse in die Schatten. „Sie können dir nicht wehtun, Gordon", fügte ich hinzu, als ich ihn zögern sah.

Anstatt die Tür einzutreten, klopfte er. Ich war mir nicht sicher, ob das eine gute Idee war, bis jemand öffnete. Mit einem erschrockenen Aufschrei versuchte der Mann auf der anderen Seite, die Tür wieder zu schließen, aber Gordon steckte den Fuß in den Spalt und drückte die Tür auf. Der Mann innen fiel rücklings auf den Hintern und kroch über den Boden, bis er mit dem Rücken an ein Bett stieß. Er rutschte darunter und vergrub den Kopf in seinen Armen.

Der zweite Kerl war von einem Stuhl an einem kleinen Tisch gefallen. Er glotzte zu Gordon hoch und krabbelte dann ebenfalls rückwärts. „Bleib weg von mir! Teufel! Monster!"

„Sei still", befahl Gordon und betrat den Raum. Es schien eine Ein-Zimmer-Wohnung mit einer kleinen Kochstelle, einem Tisch, einem Stuhl und zwei Betten zu sein, die für keinen der beiden Männer lang genug waren.

Der Mann unter dem Bett wimmerte und rollte sich zusammen. Ich konnte sein Gesicht nicht sehen, aber der andere Kerl war etwa in meinem Alter und kräftig gebaut.

„Wer seid ihr?", fragte Gordon. „Und warum habt ihr meine Ruhe gestört?" Seine Stimme hatte eine raue Tiefe angenommen, die perfekt zu einem wiederbelebten Toten passte. Wenn ich ihn nicht die Straße hätte entlangtanzen sehen, hätte ich Todesangst gehabt.

„Ich bin Pete", sagte der Mann, der uns am nächsten war. Er nickte zu seinem Freund unter dem Bett. „Das ist Jimmy. Wir wollten Ihnen keinen Schaden zufügen, Sir. Ich schwör's bei Gott, wir sind nur ein paar arme Gesellen, die versuchen, ein ordentliches Auskommen zu haben. Tun Sie uns nicht weh, Sir."

Der Kerl unter dem Bett wimmerte weiter. Hin und wieder erreichte mich ein Wort. Es klang, als würde er beten.

„Wieso bekommt ihr Geld, wenn ihr meinen Körper ausgrabt?", fragte Gordon.

Petes Schlucken war so laut, dass ich es draußen hören konnte. „Wieso laufen Sie wieder herum, wenn ich fragen darf?"

„Darfst du nicht. Ich habe dir eine Frage gestellt." Gordon trat vor, aber Pete blieb standhaft. Er schien jetzt weniger Angst zu haben, da er erkannt hatte, dass Gordon kein durchgedrehter Dämon war.

„Kann ich nicht sagen", sagte Pete mit einem Schulterzucken. „Wir dürfen mit niemandem darüber sprechen."

„Ist das so?" Gordon schaute sich um und hob dann das Bett hoch, unter dem Jimmy kauerte.

Jimmy kreischte.

„Halt die Klappe", knurrte Gordon. Er setzte das Bett ab, packte Jimmy am Kragen, zerrte ihn hervor und hielt ihm den Mund zu.

Jimmy würgte und ich musste zugeben, dass sich auch mir der Magen umdrehte. Ich würde nicht wollen, dass sich eine tote

Hand über meinen Mund legt, selbst wenn diese Hand nicht so verwest war wie einige der anderen im Kühlraum.

Lincoln berührte meinen Rücken, was mich beruhigte.

„Wenn ich meine Hand wegnehme", sagte Gordon zu Jimmy, „wirst du meine Fragen beantworten. Verstanden?"

Jimmy nickte, ohne seine weit aufgerissenen Augen von Gordon abzuwenden.

„Es wird ihm nicht gefallen, dass wir geredet haben", warnte Pete seinen Freund.

„Es muss ja keiner erfahren", sagte Gordon. „Ich will nur Antworten, dann kehre ich in mein Grab zurück."

„Sie werden uns nicht wehtun?", fragte Pete. „Nachdem wir alles erzählt haben? Sie werden uns nicht mit in die Hölle nehmen?"

„Erstens war ich nicht in der Hölle. Zweitens habe ich nicht vor hierzubleiben. Ich möchte lieber ins Jenseits zurück. Aber ich brauche Antworten, oder ich kann nicht in Frieden ruhen. Kapieren eure kleinen Gehirne das?"

Pete und Jimmy nickten schnell. Gordon nahm seine Hand weg und Jimmy spuckte auf den Boden und wischte sich den Mund mit dem Ärmel ab.

„Wir wissen nicht, warum er Sie wollte", platzte er heraus, bevor Gordon auch nur eine Frage gestellt hatte. „Er hat uns gesagt, welche Leichen wir holen sollten und das haben wir gemacht."

„Wir haben nur die Anweisungen befolgt", sagte Pete und stand auf. „Ist nicht unsere Schuld."

Gordon ließ Jimmy los und der Mann rückte an seinen Freund heran. „Hier gibt es nicht viel Arbeit und der Mann hat gut bezahlt", sagte Jimmy. „Wer lehnt schon solche Arbeit ab? Wir nicht."

„Wer bezahlt euch? Der Metzger?", fragte Gordon.

Beide Männer schüttelten die Köpfe. „Das ist der Laden meines Onkels", sagte Pete. „Er hat zugestimmt, die Leichen dort aufzubewahren und den Captain reinzulassen, wann immer er sie sehen will."

„Der Captain ist der Mann, der euch bezahlt?"

Jimmy nickte.

„Hat der einen Namen?"

„Für uns ist er nur der Captain", sagte Pete. „Wir kennen seinen Namen nicht, wissen auch nicht wo er wohnt, also versuchen Sie nicht, das aus uns herauszuprügeln."

„Himmel noch mal, Pete." Jimmy rammte seinem Freund den Ellenbogen in die Rippen. „Bring ihn nicht noch auf Ideen."

„Ist er Kapitän eines Schiffes?", fragte Gordon.

Neben mir nickte Lincoln seine Zustimmung zu der Frage.

„Weiß nicht", sagte Pete. „Vielleicht von der Armee."

„Nee." Jimmy schüttelte den Kopf. „Der hat keine Befehle gebrüllt, wie die Armeeleute das machen. Der war stiller. Hat nicht viel geredet, aber wir haben ihn auch nicht oft gesehen. Nur wenn wir noch eine Leiche holen sollten."

„Er war aber ganz präzise, wie ein Armeemann", sagte Pete. „Hat uns genau gesagt, wo die Leichen sein würden und wie tief sie begraben waren."

„Also hat er nach bestimmten Leichen gefragt? Namentlich?"

„Ja, Sir."

Das schien Gordon ebenso zu überraschen wie mich. Ich fragte mich, ob er jetzt wusste oder einen Verdacht hegte, wer der Captain war. Er hatte ja erwähnt, dass er selbst in der Armee gewesen war. „Wie sieht er aus?"

„Wie ein Adeliger", sagte Pete. „Fast kahl, trägt eine Brille."

„Etwa Ihre Größe", fügte Jimmy hinzu. „Dünner Kerl."

„Abgesehen davon, dass ihr die Leichen in den Kühlraum bringen sollt, was hat er mit ihnen gemacht?"

Beide Männer zuckten mit den Schultern. „Nichts, soweit wir erkennen können", sagte Pete. „Mein Onkel sagt, der Captain schaut ab und zu mal rein und will da drinnen allein gelassen werden. Echt seltsam."

„Das ist alles?", fragte Gordon. „Könnt ihr mir noch etwas sagen? Wisst ihr, wo ich ihn finden kann? Oder mit ihm Kontakt aufnehmen?"

„Nein, Sir. Er kommt immer her, wenn er uns braucht", sagte Jimmy.

„Was wollen Sie denn jetzt machen?", fragte Pete.

„Ich gehe", erklärte Gordon. „Und ihr hört auf, für den Captain Leichen auszugraben. Oder für irgendjemand anderen."

„Werden Sie bei uns spuken, wenn nicht?"

„Ja."

Jimmy schluckte. „Danke Sir. Wir werden sofort damit aufhören." Er stieß Pete wieder an.

Doch Petes Mut war zurückgekehrt. Er trat vor und blickte in Gordons Augen. Das erste Mal, als ich einem Toten in die Augen gestarrt hatte, hatte ich gebebt, aber Pete zuckte nicht mal. „Ist das irgendein Zaubertrick, um uns zum Reden zu bringen? Sie sind nicht der Erste, der solche Fragen stellt. Vielleicht hat der Zigeuner Sie auf uns angesetzt, oder die Bullen."

„Ihr habt einiges Interesse geweckt", sagte Gordon. „Niemand mag Grabräuber. Ihr seid ekelhaft, abartig."

„Ja, aber die Bezahlung ist gut." Pete pikste ihm in die Schulter. „Ich glaube, Sie nutzen die Nacht, um uns auszutricksen. Wir hätten nicht drauf reinfallen sollen, Jimmy. Das ist nicht die Leiche aus dem Kühlraum, die zurückgekommen ist, um zu spuken. Das ist nur ein Tölpel, der sein Gesicht mit Kreide—"

Gordon packte den Finger und knickte ihn nach hinten. Der Knochen brach. Pete schrie auf und drückte seinen Finger an seine Brust.

„Verdammt noch mal!", schrie er. „Bist du irre?"

„Tot, nicht irre." Gordon nahm ein Messer vom Tisch und grinste. Die beiden Männer wichen zurück. „Da das noch nicht Beweis genug war, gibt es hier etwas Deutlicheres." Er steckte sich das Messer zwischen die Zähne und krempelte seinen linken Ärmel hoch. Er drehte den Arm, sodass sie ihn sehen konnten. „Nichts versteckt. Mein Arm ist echt." Er spreizte seine Finger auf der Tischplatte aus und rammte das Messer durch seinen Handrücken. Wo ich stand, hörte ich das widerliche Knirschen der Knochen.

Jimmy und Pete zuckten zusammen, ihre weit aufgerissenen Augen auf Gordons blutleere Hand gerichtet, während er das Messer aus seinem Fleisch zog. Jimmy bekreuzigte sich und fing wieder an, ein Gebet zu murmeln.

„Das ist kein Trick", sagte Pete mehr zu sich selbst als zu seinem Freund, der sowieso nicht zuhörte. Plötzlich schoss er los, rannte zur Tür hinaus und die Gasse hinunter.

Lincoln hätte ihn aufhalten können, aber er ließ ihn laufen.

„Er hat uns alles gesagt, was er weiß", sagte er.

„Was ist, wenn er zum Captain rennt und ihm alles erzählt?", fragte ich.

„Er behauptet, nicht zu wissen, wo er ihn findet. Ich bezweifle ohnehin, dass man ihm glauben würde."

„Komm zurück!", schrie Jimmy. „Lass mich mit diesem Dämon nicht allein!"

„Ich bin kein Dämon", sagte Gordon ruhig. „Nur ein wiederbelebter Toter."

„Jesus", stotterte Jimmy.

„Nicht Jesus. Gordon Thackery." Er schlenderte aus dem Raum und winkte dem sprachlosen Jimmy mit den Fingern. „Vergiss nicht, meinen Namen zu erwähnen, wenn du irgendwelche Geschichten ausplauderst."

Jimmy knallte die Tür zu.

Keiner von uns sagte etwas, während wir die Gasse hinter uns ließen und zum Laden des Metzgers zurückkehrten. Wir sahen, wie Lincolns Pferd von einem gebückten Mann in einem Mantel weggeführt wurde. Lincoln fing ihn ab, ehe der Mann auch nur bemerkte, dass er sich ihm genähert hatte. Ein paar Worte reichten aus, dass der Dieb sich verzog.

„Was geschieht jetzt?", fragte Gordon mich.

„Ich werde dich freisetzen, damit du ins Jenseits zurückkehren kannst."

Lincoln kam mit dem Pferd zu uns, das unruhig wurde und versuchte, Lincoln zur Seite zu drängen, doch er beruhigte es mit einer Hand im Nacken und einigen Worten. Die Ohren spielten und die Nüstern blähten sich, aber es scheute nicht noch einmal.

„Er riecht den Tod an mir", sagte Gordon. „Ich kenne Pferde gut und weiß, wann sie Angst haben. Der hat Angst vor mir." Er seufzte. „Schade. Ich hätte einen letzten Ritt genossen, solange ich noch hier bin."

„Vielleicht sollte ich dich jetzt freilassen", sagte ich. „Es wäre das Beste."

Als er nicht antwortete, begann ich mir Sorgen zu machen, dass er protestieren würde und verlangen, dass wir ihn bleiben lassen. Doch schließlich nickte er. „Es hat schon Spaß gemacht, aber nun muss es enden. Schade."

„Noch nicht." Lincoln deutete auf das Tor zum Hof des Metzgers und Gordon öffnete es.

„Sie haben noch eine Aufgabe für ihn?" Ich wollte ihn gerade davor warnen, einem Toten zu erlauben, für längere Zeit durch die Straßen zu wandern, doch er schüttelte den Kopf.

„Eine letzte Reise. Inklusive Deinem, Thackery, haben wir vier Körper, die wir zurück zum Friedhof transportieren müssen. Die passen nicht alle auf den Karren."

„Natürlich", sagte Gordon. „Aber werden Sie nicht die Polizei verständigen? Diese beiden Idioten sollten ins Gefängnis gesperrt werden."

„Darum kümmere ich mich Morgenfrüh."

Gordon schien mit der Antwort zufrieden zu sein, aber ich kannte Lincoln besser und ahnte, dass er nicht sofort die Polizei verständigen würde, sondern versuchen, mehr über den Captain und seine Gründe für die Diebstähle herauszufinden.

„Es ist nett von Ihnen, dass Sie sie zurückbringen", sagte Gordon, während er die Tür zum Metzgerladen öffnete.

Lincoln entdeckte das Geschirr für das Pferd in einem Lagerraum, während Gordon die Leichen heraufbrachte. Sie stapelten sie auf den Karren und ich saß neben Lincoln, der den Karren lenkte. Unser Tempo war langsam genug, dass Gordon nebenherlaufen konnte. Wir mussten einen seltsamen Anblick bieten mit den Gliedmaßen, die aus dem Karren ragten, aber die Straßen waren jetzt komplett leer.

Es hatte wieder angefangen zu regnen. Ich kauerte mich in meinen Mantel und zog die Kapuze eng um mein Gesicht. Weder Lincoln noch Gordon schien der Regen und die Kälte etwas auszumachen. Gordon hob sogar das Gesicht zum Himmel und öffnete wie ein Kind den Mund, um die Regentropfen aufzufangen. Ich lächelte. Es war das erste Mal, dass ich mich in der Gegenwart einer von mir zum Leben erweckten Leiche wohlfühlte. Ich hatte überhaupt keine Angst vor Gordon.

„Du musst im Leben ein guter Mann gewesen sein", sagte ich zu ihm. „Ich glaube, ich hätte dich gern gekannt."

Er klappte den Mund zu und starrte mich an. Trotz der eingefallenen Augenhöhlen und der Leere seiner Augen hatte ich nicht das Gefühl, mit einem Toten zu sprechen. „Danke, Miss

Charlie. Ich weiß das zu schätzen, aber ich bezweifle, dass du meine Gesellschaft genossen hättest. Vielleicht vor meiner Verletzung, aber nicht danach."

„Das Opium hat dich verändert", sagte ich leise.

„Die Heilung der Schmerzen war überhaupt keine Heilung. Ich wünschte, jemand hätte mich gewarnt, bevor ich es ausprobiert habe. Es ist wie eine schöne Geliebte. Anfangs verführerisch und verlockend, doch dann wird es gierig und verlangt immer mehr. Bis man erkannt hat, dass es einem letztendlich schadet, ist es zu spät. Es hat dich bereits zu fest in seinen Klauen."

Ich wusste wenig über Opiumsucht. Es gab Häuser, wo man es rauchen konnte, aber ich war noch nie in einem gewesen. Die Leute, die dort ein und ausgingen, waren manchmal respektable Mitglieder der Gesellschaft, viele von ihnen verletzte Soldaten, die Erleichterung für ihre Schmerzen suchten. Ich hatte noch nie einen Süchtigen kennengelernt. Soweit ich gehört hatte, waren die Süchtigen stundenlang nicht zu gebrauchen, nachdem sie das Zeug geraucht hatten. Sie verloren ihr Leben an die Droge, im übertragenen Sinne ebenso wie im wörtlichen.

„Kennst du den Mann, den Jimmy und Pete als den Captain bezeichnet haben?", fragte Lincoln.

„Ich glaube ja", sagte Gordon. „Wenn er es ist, dann kann ich nicht sicher sagen, ob er zum Militär gehört oder gehört hat. Ich habe ihn kennengelernt, *nachdem* ich als Invalide entlassen wurde. ‚Kennenlernen' verwende ich hier sehr vage."

„Du warst zu der Zeit unter dem Einfluss von Opium", vermutete Lincoln.

Gordon nickte. „Er kam mich besuchen, redete mit mir, aber meine Erinnerung versagt und ich kann nicht mehr sagen, worüber wir gesprochen haben oder wie er hieß."

„Mist", murmelte ich.

„Ich erinnere mich aber, dass er mir etwas gegeben hat."

„Ein Objekt?", fragte Lincoln.

„Eine Flüssigkeit. Er hat sie mir mit einem Löffel verabreicht."

„Merkwürdig", sagte ich. „War es vielleicht Wasser? Oder Suppe?"

„Das klingt nach der Tat eines guten Samariters." Gordons trockene, spröde Lippen verzogen sich. „Das passt nicht zu dem, was wir über unseren Grabräuber wissen."

„Nein", sagte ich leise. „Du hast recht. Glaubst du, er hat dich vergiftet?"

„Vielleicht. Aber warum? Die Sucht hätte mich doch sowieso umgebracht."

„Hat er dich im Opiumhaus oder zu Hause besucht?", fragte Lincoln.

„In der Opiumhöhle. Ich war selten zu Hause. Ich habe unter Fremden gelebt, die von meiner Schwäche profitiert haben. Und bin dort gestorben. Es ist keine noble Existenz, Miss Charlie. Ich hoffe, du musst die elenden Seelen nie sehen, die mit diesem Zeug vor sich hin vegetieren."

„Wo ist das Haus?", fragte Lincoln abrupt.

„Lower Pell Lane, in der Nähe des Ratcliffe Highways bei den Docks."

„Ich kenne es."

Ich schaute Lincoln verwundert an. „Woher kennen Sie es?"

„Ich war schon dort. Ein Chinese namens Lee ist der sogenannte Apotheker."

Gordon schnaubte. „Der ist kein Apotheker."

Lincoln führte das nicht weiter aus und ich bezweifelte, dass ich noch mehr Informationen aus ihm herausbekam. Das bedeutete aber nicht, dass ich es später nicht versuchen würde.

„Was ist mit denen?" Ich zeigte auf die Leichen hinter uns, die unansehnlich auf den kleinen Karren gestapelt waren. „Erkennst du die aus Mr Lees Laden?"

Gordon schüttelte den Kopf. „Das heißt nicht, dass sie nicht auch dort waren. Ich hätte nicht mal bemerkt, wenn die Königin mit einer Krone auf dem Kopf hereinspaziert wäre."

Wir hielten neben den Toren des Friedhofes an und legten die Leichen dort ab, wo die Gärtner sie am nächsten Morgen unweigerlich finden mussten. „Ich hoffe, sie legen die richtige Leiche ins richtige Grab", sagte ich und trat zurück, um unsere Arbeit zu betrachten.

„Das Ausmaß der Verwesung eines jeden sollte ihnen Aufschluss geben, in welcher Reihenfolge sie ausgegraben wurden." Lincoln fuhr mit der Hand über die Augen einer Leiche, um sie zu schließen. „Thackery?"

Gordon legte sich auf den Rücken, die Hände an den Seiten. Er wirkte recht friedvoll. „Bereit", sagte er.

Ich kniete mich neben ihn und berührte seine Hand. Es war nicht nötig, um seinen Geist zu entlassen, aber ich wollte ihm eine Verbindung zur Welt der Lebenden bieten, wenigstens am Ende. „Danke, Gordon. Du hast uns sehr geholfen. Ruhe jetzt in Frieden. Kehre ins Jenseits zurück. Du bist entlassen."

Weißer Nebel stieg auf und der jetzt leere Körper fiel zusammen, als ob er einen tiefen Atemzug ausgestoßen hätte. Ich schloss ihm die Augen und lächelte dann Gordon Thackerys Geist zaghaft an.

Er lächelte zurück. „Falls du jemals wieder meine Dienste benötigst, Miss Charlie, ruf mich bitte. Ich werde gern helfen." Er winkte, dann löste sich sein Geisternebel auf und verflog.

„Er ist weg", sagte ich und stand auf.

Lincoln reichte mir seine Hand, um mir auf den Karren zu helfen. „Alles in Ordnung?"

„Ja." Meine Antwort überraschte mich. Es ging mir gut. Das Erlebnis war überhaupt nicht furchtbar gewesen.

Lincoln stieg neben mir auf den Kutschbock und trieb das Pferd an.

„Ich hoffe, diesmal bleiben sie begraben", sagte ich und schaute zurück auf die Leichen. „Glauben Sie, der Captain wird versuchen, sie sich wiederzuholen?"

„Möglich. Allerdings wird er sich andere Arbeiter suchen müssen. Ich bezweifle, dass Jimmy und Pete in nächster Zeit auch nur in die Nähe des Friedhofs gehen werden."

„Gordon hat seine Sache ziemlich gut gemacht." Ich kicherte, doch das endete in einem Gähnen.

„Du auch", sagte er leise.

Ich warf ihm einen Blick zu, aber er schaute stur geradeaus. Es war normalerweise schon schwierig zu erkennen, was er dachte, aber im Dunkeln war es unmöglich. „Bedeutet das, Sie werden mir öfter erlauben, für das Ministerium zu arbeiten?"

„Falls und wenn es nötig ist."

„Das macht mich vermutlich zur Nekromantin ihrer Majestät." Ich lachte leise. „Das klingt doch beeindruckend, wenn man die makabre Natur der Sache ignoriert. Was bekomme ich wohl als offizielle Anerkennung? Eine Medaille? Eine Schärpe?"

„Ein warmes Feuer und Suppe."

„Ich bevorzuge heiße Schokolade."

„Dann mache ich dir eine Tasse, wenn wir nach Hause kommen."

Ich legte meinen Kopf an seine Schulter. Überraschenderweise rückte er weder weg, noch verspannte er sich. Ich schloss die Augen und unterdrückte ein weiteres Gähnen. „Ich frage mich, wie viele Geister meine Mutter—also meine leibliche Mutter—beschworen hat."

„Das werden wir vielleicht nie erfahren."

„Wenn sie noch lebt, können wir sie fragen."

Er schwieg und ich vermutete, dass er überlegte, ob er mich warnen sollte, mir keine Hoffnungen zu machen, dass sie noch lebte. Ich war nicht dumm. Ich wusste, dass sie höchstwahrscheinlich tot war nach all den Jahren, aber ich wollte es trotzdem herausfinden.

„Wir könnten eine Liste aller Waisenhäuser in London anfertigen und diejenigen ausstreichen, die wir schon besucht haben. Das spart Zeit. Als Erstes nehmen wir das in Kentish Town."

„Das stand als Nächstes auf meiner Liste."

Ich ruckte hoch. „Aber Sie haben doch den Verwalter dort schon angeschrieben und sich nach meiner Adoption erkundigt."

„Nein, habe ich nicht."

„Das haben Sie mir aber gesagt."

„Du hast nie erwähnt, aus welchem Waisenhaus du gerade zurückgekommen warst. Ich hatte angenommen, es wäre das in Clerkenwell gewesen, wo ich als Letztes war. Ich habe keine Briefe geschrieben."

„Es war nicht Clerkenwell", flüsterte ich. „Der Verwalter des Waisenhauses in Kentish Town hat gesagt, jemand hätte die gleichen Fragen gestellt wie ich, und ich habe angenommen, Sie wären es gewesen. Lincoln, das bedeutet, jemand anderes sucht nach Informationen über meine Adoption."

KAPITEL 6

Das Feuer in der Bibliothek gab genug Hitze ab, um den ganzen Raum zu heizen. Ich saß auf dem rot-goldenen Aubusson-Läufer und streckte meine Zehen in Richtung Kamin. Bis Lincoln mit einer großen Tasse heißer Schokolade zurückkam, dampfte meine Kleidung und meine Haare ringelten sich an den Spitzen.

„Möchten Sie keine?", fragte ich, als ich die Tasse entgegennahm.

„Ich mag keine Schokolade."

„Seltsamer Mann." Noch seltsamer war, dass er erstmals eine Meinung zu so etwas Gewöhnlichem wie Schokolade geäußert hatte. Mir fiel auf, dass ich keine Ahnung hatte, was er mochte und nicht mochte, obwohl ich manches erraten konnte. Ich nahm an, dass er gesellschaftliche Anlässe wie Bälle beispielsweise verabscheute.

„Ist dir warm?", fragte er.

Ich nickte. „Setzen Sie sich?"

„Meine Kleider sind feucht."

„Die Möbel trocknen wieder. Oder der Läufer."

Er zögerte erst, setzte sich dann aber in einen Sessel. Ich hatte erwartet, dass er sich entschuldigen und in seine Gemächer zurückziehen würde, also fühlte sich seine Gegenwart wie ein kleiner Sieg an.

„Wenn Sie Ihre Jacke und Stiefel ausziehen, trocknen Sie schneller", sagte ich.

„Ich werde sie anlassen."

So viel zum Thema kleine Siege. Ich starrte schweigend in die flackernden Flammen. Ihr Tanz faszinierte mich und die Wärme machte mich schläfrig. Es musste schon beinahe Tagesanbruch sein und ich war hundemüde, dennoch wollte ich Lincolns Nähe nicht verlassen. Es war zu selten, dass wir außerhalb des Trainings Zeit allein miteinander verbrachten.

Ich zog die Knie an und spürte seinen Blick auf mir, also legte ich eine Wange auf die Knie und sah ihn an. Allerdings hatte ich mich getäuscht. Er schaute nicht zu mir, sondern ins Feuer.

„Werden Sie die Gräber bewachen?", fragte ich. „Falls der Captain zu den Leichen zurückkommt?"

„Seth und Gus können sich morgen abwechseln. Heute." Er rieb sich die Stirn. Er musste erschöpft sein. Ich hatte wenigstens ein paar Stunden geschlafen, aber er war die ganze Nacht auf gewesen. „Es ist unwahrscheinlich, dass der Captain jetzt zurück sein wird."

„Wenn er überhaupt erfährt, wohin die Körper verschwunden sind."

„Pete und Jimmy werden ihm irgendetwas erzählen müssen, aber ob sie ihm die Wahrheit sagen oder nicht, kann ich nicht einschätzen."

„Ich frage mich, ob der Captain wütend sein wird."

„Wahrscheinlich. Wir haben ihn mit Sicherheit zurückgeworfen."

„Was er wohl tut? Ich kann mir nicht einmal ansatzweise vorstellen, wofür man Leichen über Monate in einem Kühlraum aufbewahren muss. Wenn er Arzt wäre, hätte er sie doch sicherlich inzwischen seziert." Ich erschauerte und drückte meine Knie enger an mich.

„Vielleicht."

„Ist Ihnen schon mal aufgefallen, dass Sie unverbindliche Antworten geben?"

„Manchmal." Sein Mundwinkel zuckte und diesmal war ich mir sicher, dass es ein Lächeln war.

Ich lächelte zurück. Es fühlte sich wie ein weiterer Sieg an. Zwei in einer Nacht! Nein, drei. Er hatte mich auf dem Karren nicht korrigiert, als ich ihn beim Vornamen genannt hatte. Es gab keinen besseren Zeitpunkt, um mein Glück an einem vierten Gewinn zu versuchen. „Sie werden Mr Lees Opiumhöhle aufsuchen, um mehr über den Captain herauszufinden, nicht wahr?"

Seine schwarzen Augen zogen sich zu Nadelköpfen zusammen. „Warum?"

„Ich möchte mitkommen."

„Nein."

„Aber—"

„Nein, Charlie."

Ich streckte meine Beine aus und strich mit den Fingern über den weichen Läufer. „Der Tod könnte dort sein. Kürzlich Verstorbene. Ich könnte mit einem Geist sprechen, während Sie Mr Lee befragen."

„Ich will dich nicht mal in der Nähe dieses Ortes haben."

Ich seufzte. „Lincoln—"

„Fitzroy", bellte er.

Ich schob die Schultern zurück. So angeblafft zu werden hatte ich nicht verdient! „Ich bin keine zarte Blume, die beim ersten Anzeichen von Gefahr verwelkt, *Sir*, also behandeln Sie mich nicht so."

„Ich bin dein Arbeitgeber", sagte er mit unbeweglichem Kinn. „Ich behandle dich so, wie ich verdammt noch mal will."

„Das würde mir Sorge bereiten, würden wir nicht gerade darüber streiten, wie übermäßig beschützend Sie sich mir gegenüber verhalten."

Er sprang vom Stuhl auf und ragte über mir auf. „Während du unter meinem Dach lebst, hältst du dich an meine Regeln."

„Und wenn ich mich entscheide, das nicht zu tun?" Ich hielt die Luft an. Würde er mich hinauswerfen? Würde er dem Vorschlag des Komitees zustimmen und mich aus London verbannen?

„Wenn ich deine Hilfe bei Lee brauche, werde ich darum bitten", sagte er nur.

Das beantwortete meine Frage nicht, aber es war besser als

eine klare Abfuhr. „Mehr will ich ja gar nicht—Ihre faire Beurteilung. Ich kann nützlich sein, Linc—Mr Fitzroy. Das habe ich heute Nacht bewiesen."

Er machte einen tiefen Atemzug, der seinen Brustkorb aufblähte, und ging dann aus der Bibliothek.

* * *

Es war schon nach Mittag, als ich aufstand und von unten Stimmen hörte. Eine der Stimmen war Seths, die andere weicher und weiblich. Sie musste Lady Harcourt gehören, die einzige Frau, die nach Lichfield kam. Ich zog mich schnell an und ging über die Haupttreppe nach unten, blieb aber außer Sichtweite oberhalb der beiden auf dem Treppenabsatz stehen. Seths hitzigen Ton hatte ich von ihm noch nie ihr gegenüber gehört.

„Warum nicht?", forderte er. „Habe ich kein Recht, dort zu sein?"

„Natürlich hast du das." Ihre Stimme war kaum mehr als ein Flüstern. Sie sah sich um, dachte aber nicht daran, nach oben zu schauen, wo ich mich versteckte. „Aber es ist weder mein Ball noch meine Einladung."

„Würdest du mich einladen, wenn es so wäre?"

„Natürlich", beruhigte sie ihn.

„Selbst, wenn es einen Skandal auslösen würde?" Als sie nicht antwortete, fügte er hinzu: „Das würde es, wie du weißt. Du wärst das Ziel von Tratsch und Verunglimpfung."

„Es wäre ein Skandal, aber an mir würde nichts hängen bleiben. Ein bisschen Tratsch und Verunglimpfung machen mir nichts aus. Wenn das so wäre, wäre ich nicht hier."

Er brummte, doch ich konnte nicht ergründen, was er damit meinte.

„Lieber Seth." Sie tätschelte seine Wange. „Ich weiß, dass deine momentane Lage dir zusetzt."

„Du kannst unmöglich eine Ahnung haben, Julia."

„Dein Erinnerungsvermögen ist offensichtlich knapp bemessen."

Er brummte erneut.

„Du wirst einen Ausweg finden, Seth. Ich tue alles in meiner Macht Stehende, um dir zu helfen."

Er schnappte etwas aus ihrer Hand—einen Umschlag?— und wedelte damit vor ihrem Gesicht herum. „Du hättest hierbei helfen können. Wenn du es geschafft hast, dem Tod eine Einladung zu verschaffen, warum nicht mir? Ich bin deutlich weniger knurrig als er und meine Abstammung ist kein Mysterium. Mich kriegt man auch leichter ins Bett und ich bin wesentlich weniger wählerisch, wen ich dorthin mitnehme, wofür ich Lady Plumtons Dankbarkeit erwartet hätte."

Sie pflückte sich die Handschuhe von den Händen, Finger für Finger. „Das ist Teil des Problems. Du bist nicht gerade diskret."

„Ah", sagte er mit einem theatralischen Seufzen. „Wenn das doch nur mein einziger Fehler wäre."

„Doch leider hast du viele?" Sie grinste und nahm den Umschlag zurück. „Ich werde im Empfangszimmer warten."

„Er könnte noch länger brauchen."

„Leistest du mir Gesellschaft, bis er zurückkommt?"

Er schaute über die Schulter zum Dienstbotenbereich. „Warum nicht?" Er hielt ihr den Arm hin und sie hakte sich ein. Zusammen schlenderten sie zum Empfangszimmer.

Ich kroch die Treppe hinunter und ging in die Küche, wo ich den Koch allein vorfand. „Gibt es Frühstück?", fragte ich.

„Kalte Wurst. Ich habe keine Zeit, sie aufzuwärmen, da ihre Ladyschaft jetzt hier ist." Er rührte den Inhalt einer Schüssel um, die er in die Armbeuge geklemmt hatte.

„Möchte sie Tee?"

„Sie bleibt zum Mittagessen. Ich wollte eigentlich nicht viel machen, wo Fitzroy und Gus nicht da sind, aber jetzt muss ich was Besonderes zaubern."

„Kannst du keine Sandwiches servieren?"

Er funkelte mich böse an.

„Vermutlich nicht. Kann ich helfen?"

„Du kannst dir dein Frühstück selbst machen und mir nicht in die Quere kommen."

Ich salutierte ihm, gerade als Lincoln in die Küche kam. „Guten Morgen, Sir. Sind Sie durch den Hof gekommen?"

Er nickte und blieb an der Tür stehen, die Arme verschränkt, während er zusah, wie der Koch den Inhalt der Schüssel schlug. Ich spießte eine Wurst in der Pfanne auf dem Herd auf und aß sie ganz. Entgegen der Aussage des Kochs war sie warm. Er hatte vielleicht schlechte Laune, aber er hatte gewusst, dass ich hungrig auftauchen würde.

„Lady Harcourt ist hier", sagte ich zu Lincoln.

„Ich weiß."

Der Koch wurde langsamer und schaute zu seinem Herrn auf. Ich starrte ihn ebenfalls an und wartete darauf, dass er verkündete, jetzt zu ihr zu gehen. Das tat er nicht. Ging er ihr aus dem Weg?

„Kann ich Ihnen was bringen, Sir?", fragte der Koch schließlich.

Lincoln nickte mir zu. „Charlie." Er drehte sich um und ging weg.

Ich blinzelte und schaute dann fragend den Koch an. Der zuckte mit den Schultern. „Geh besser", flüsterte er.

Ich schnappte meine Schürze vom Haken und rannte Lincoln hinterher. Ich hatte sie gerade umgebunden, als er aus einem kleinen Raum trat, der eigentlich als Büro des Butlers gedacht war, den wir aber als Lagerraum für Tennis- und Krocketmaterial nutzten. Einige Haarsträhnen waren aus dem Lederband gerutscht und legten sich um sein Kinn. Es sah ausgesprochen wild aus und in Verbindung mit der Intensität seines Blicks machte ich mich auf das Schlimmste gefasst. Was hatte ich jetzt wieder getan?

„Ich muss Tacheles mit dir reden", sagte er.

Ich schluckte. „Bitte, tun Sie das."

„Wir sind gestern Abend nicht im Guten auseinandergegangen."

„Nei-n", versicherte ich.

„Charlie ..." Er schaute über meinen Kopf hinweg und holte tief Luft. „Ich möchte dir danken."

Oh. Nun. Dankbarkeit hatte ich nicht erwartet. „Dafür, dass ich Gordon Thackery zurückgeholt habe?"

„Zum Teil, aber auch dafür, wie du mit ihm umgegangen bist, als er da war. Du hast ihn gestern Abend bezirzt. Wenn du ihn allein in meiner Gesellschaft gelassen hättest, bezweifle ich, dass die Dinge so reibungslos verlaufen wären."

Das war regelrecht überschwängliches Lob und einen Moment lang war ich sprachlos. Nach unserem Streit in der Bibliothek war ich mir nicht sicher gewesen, was er von der Rolle hielt, die ich gespielt hatte. Ich hatte sogar angefangen zu vermuten, dass er es bereute, mich überhaupt darum gebeten zu haben, Gordons Geist zu beschwören. „Ich weiß Ihren Dank zu schätzen, Mr Fitzroy, aber ich helfe gern. Es war keine Mühe. Ich habe es sogar ziemlich genossen, trotz der Leichen. Gordon war ganz Gentleman. Ich bin nur froh, dass er so willig war. Es wäre nicht angenehm gewesen, wenn ich ihn hätte zwingen müssen."

„Du mochtest ihn."

„Ja. Ich vermute, er hat mich ebenso bezirzt wie ich ihn." Ich lachte leise, doch das verging mir, als seine Augen sich verfinsterten. Ich räusperte mich. Da er sich weder wegbewegte noch etwas Weiteres sagte, beschloss ich, aufs Ganze zu gehen. „Bedeutet Ihre neuentdeckte Dankbarkeit, dass Sie mich doch mit zu Mr Lee nehmen?"

„Nur wenn ich dort für dich Verwendung finde. Im Moment ist es besser, wenn ich allein arbeite."

„Gut. Sie lernen dazu."

Er zog beide Augenbrauen hoch.

„Ihre Reaktion heute ist einsichtiger und diplomatischer als die gestern Abend. Ich mache Abstriche aufgrund von Müdigkeit und vergeben Ihnen vollständig." Ich grinste ihn breit an, um ihm zu zeigen, dass ich ihn foppte.

„Danke", sagte er trocken. „Und ich mache Abstriche aufgrund deines beharrlichen Charakters und vergebe dir dafür, dass du mich schon wieder gefragt hast."

Ich schnappte mit gespieltem Entsetzen nach Luft. „Mr Fitzroy, haben Sie gerade einen Witz gemacht?"

„Nein." Er ging davon und ließ mich im Flur zurück, wo ich versuchte zu ergründen, in was für einer Stimmung er sich befand. Das gab ich auf, als Seth sich zu mir gesellte und wir gemeinsam die Küche betraten.

„Warum ist Lady H hier?", fragte ihn der Koch.

„Der Tod wurde zu einem Ball eingeladen und sie überbringt die Einladung."

Der Koch schnaubte. „Er wird nicht hingehen."

„Das habe ich ihr auch gesagt. Er würde sich lieber einen Arm ausreißen, als mit albernen Mädchen zu tanzen."

„Warum würde er mit albernen Mädchen tanzen?", fragte ich. „Es werden doch sicher auch ein paar Vernünftige dort sein."

„Vernünftige *Frauen*, ja, aber nicht Mädchen. Und es sind die Mädchen, die einen Ehemann benötigen, deswegen jagen sie einen der wenigen verfügbaren Junggesellen in der Stadt. Die deutlich interessanteren Frauen sind größtenteils vergeben, abgesehen von der einen oder anderen vertrockneten Witwe."

„Ich bezweifle, dass Lady Harcourt es schätzen würde, als vertrocknet bezeichnet zu werden."

„Sie ausgenommen, aber in dem Wasser hat er schon gebadet und es sagte ihm nicht zu."

Der Koch, der neben dem Herd stand, kicherte.

Ich folgte Seth ins Esszimmer der Dienstboten, das auch als kleines Wohnzimmer diente. Wir benutzten es nicht oft, da wir die Wärme und Gemütlichkeit der Küche vorzogen. Abgesehen davon war er dazu übergegangen, auf dem Esstisch Schuhe zu polieren.

„Bewacht Gus den Friedhof?"

Seth nickte und warf einen Blick auf die Uhr auf dem Kaminsims. „Ich löse ihn bald ab."

„Ich schätze, es wird ein Treffen des Komitees geben, um sie über die neuesten Entwicklungen zu informieren." Ich nahm ein Paar von Lincolns Schuhen, die seit zwei Tagen auf der Bank standen, und gesellte mich zu Seth an den Tisch.

Er schob die Schuhcreme zu mir. „Fitzroy sagt, es gibt keins."

„Warum nicht?"

Er grinste. „Er will warten, da wir nicht wissen, ob schon etwas Übernatürliches passiert ist. Abgesehen davon bauen die eine unnötige Menge an Bürokratie auf, reine Zeitverschwendung."

„Ist das deine Meinung oder seine?"

„Definitiv meine. Ich kann mir nicht vorstellen, was er denkt, und würde es auch nicht wagen, zu raten."

„Sehr weise." Ich rieb die schwarze Politur ab, stellte den Schuh weg und nahm den anderen. „Ich wünschte, ich wüsste, worüber sie reden. Glaubst du, er hat die Einladung bereits abgelehnt?"

„Warum gehst du nicht lauschen? Das machst du doch gern."

Ich ließ den Schuh fallen. „Äh …"

„Ich habe schon sehr viele Dinge durchs Lauschen erfahren, also werde ich dir nicht empfehlen, es nicht zu tun. Sei nur vorsichtig, dass dich niemand erwischt. Besonders nicht der Tod."

Ich nahm den Schuh wieder zur Hand. „Bei dir klingt das so, als ob ich ständig lausche. Ist doch nicht meine Schuld, dass Leute Sachen sagen, wenn ich in der Nähe bin. Ich lausche nicht mit Absicht."

Er tippte mir mit dem Finger auf die Nase und runzelte die Stirn. „Tut mir leid. Ich habe einen Fleck hinterlassen."

Mit dem sauberen Tuch, das er mir reichte, rieb ich meine Nase. „Ist er weg?"

Er schüttelte den Kopf. „Du brauchst Seife."

Der Koch winkte mir von der Tür her zu. „Die Suppe für den ersten Gang ist fertig."

„Bring du sie ihnen", sagte ich zu Seth. „Ich kann nicht. Nicht, wenn ich so aussehe."

Er schob den Stuhl zurück und stand auf. „Entschuldige Charlie, aber ich muss Gus ablösen." Dabei hatte er die Schuhe noch nicht einmal fertig poliert.

„Das ist unfair."

„Du siehst aus wie ein bezaubernder Schornsteinfeger, wenn du schmollst."

Ich warf ihm einen vernichtenden Blick zu. Er grinste zurück.

Eiligst lief ich zum Empfangszimmer und machte einen Knicks vor Lady Harcourt, wobei ich mit gesenktem Kopf verkündete, dass das Mittagessen bereit war. „Wenn Sie ins Esszimmer gehen, werde ich gleich die Suppe servieren."

„Was ist mit deiner Nase passiert?", fragte Lady Harcourt.

„Sie ist schwarz."

So viel zum Thema Kopf senken. „Das ist Schuhcreme."

„Das Zeug ist schwer zu entfernen."

„Ja, danke", sagte ich knapp.

„Wie hast du die an deine Nase bekommen?", fragte Lincoln. Seine Stimme klang leicht, beinahe amüsiert.

„Das war Seth."

Er spannte das Kinn an. Falls er amüsiert gewesen war, war er es jetzt definitiv nicht mehr.

Lady Harcourt sah ihn mit hochgezogenen Brauen an und ich erwartete fast, sie würde „Siehst du?" sagen, doch sie sagte nichts. Zweifelsohne dachte sie, dass ich mit Seth flirtete und er mit mir. Sie hatte nicht gewollt, dass ich in diesem Haushalt voller Männer lebe. Anscheinend traute sie weder ihnen noch mir. Anfangs hatte ich sie für anmaßend gehalten, aber jetzt, da ich Zeit gehabt hatte, darüber nachzudenken, hatte ich beschlossen, dass es mehr über sie aussagte als über uns. Nicht, dass ich ihr das ins Gesicht sagen würde. Niemand warf einer Lady lockere Moral vor.

Ich kehrte in die Küche zurück und brachte dann die Suppe ins Esszimmer. Gus kam während des nächsten Ganges nach Hause und ich reichte ihm eine dampfende Schüssel. Er kippte die Suppe herunter und bat um Nachschlag, noch ehe ich im Esszimmer hatte abräumen können.

„Es freut mich, dass du so einen gesunden Appetit hast", sagte ich und setzte mich endlich mit dem Koch an unser eigenes Mittagessen. „Ich habe mir um dich Sorgen gemacht, da draußen im Regen neulich Nacht."

„Das is nett von dir, Charlie", sagte er. „Aber 'n bisschen Regen hat noch keinem geschadet."

Da war ich mir nicht so sicher. Ich hatte schon Kinder sterben sehen, die zu lange draußen in der nassen Kälte gewesen waren. „Fitzroy hat dir alles erklärt, was letzte Nacht passiert ist?"

„Ja. Sieht aus, als hättet ihr 'n Abenteuer erlebt." Er nahm die Schüssel entgegen und tauchte seinen Löffel ein. „Du bist mutiger als ich, die Toten so zu rufen."

„Das hat nichts mit Mut zu tun. Es war einfach nötig. Hast du jemanden beim Friedhof gesehen, auf den die Beschreibung vom Captain passt?"

Er schüttelte den Kopf. „Keine Menschenseele."

Nachdem Lady Harcourt gefahren war, gesellte Lincoln sich zu uns und befragte Gus ebenfalls. Dann befahl er mir, mit ihm ins Empfangszimmer zu kommen.

„Ich muss noch abwaschen", sagte ich ihm.

„Später."

Sobald wir im Empfangszimmer waren, schloss er die Tür und ging auf mich los. Diesmal hatte ich keine Probleme, seine Gefühle zu entziffern. Er war eindeutig wütend. Das Einzige, was noch fehlte, war, dass ihm Dampf aus den Ohren quoll.

Ich schluckte. „Habe ich etwas falsch gemacht?" Mit einer energischen Kopfbewegung versuchte ich, dem erbärmlich mickrigen Klang meiner Stimme entgegenzusteuern. Ich hatte nichts getan, um seine plötzliche Kälte zu verdienen.

„Du hast Lady Harcourt besucht und sie nach Gurry ausgefragt."

Das hatte ich vergessen. „Das hat sie Ihnen erzählt?" Die Verräterin! So viel dazu, dass ich dachte, wir hätten eine Abmachung und sie würde den Mund halten. Ich hätte das nicht annehmen sollen.

Er trat so nahe an mich heran, dass uns nur noch wenige Zentimeter trennten. Ich konnte den Duft seiner Seife riechen und das Beben seiner Wut spüren. „Warum bist du zu ihr gegangen?"

„Ich musste wissen, wer Mr Gurry ist und warum Sie ihn getötet haben."

„*Musste* es wissen?"

Die Wucht seines Blicks schob mich einen Schritt rückwärts. Ich packte die Lehne eines Sessels in der Nähe und versuchte, einen selbstgerechten Trotz an den Tag zu legen, doch das war gar nicht so leicht, wenn man nicht glaubte, dass man im Recht war. Er hatte allen Grund, wütend auf mich zu sein, aber zu meiner Verteidigung musste ich sagen, dass ich allen Grund hatte, die Wahrheit zu kennen. „Es ist nur fair, dass ich weiß, was die anderen Leute, die hier wohnen, in der Vergangenheit getan haben."

„Ist es das?", knurrte er.

Ich hob das Kinn. „Ja. Sie haben Mr Gurry ermordet, Mr Fitzroy. Den Berichten zufolge hat er Sie um Gnade angefleht und Sie haben ihn trotzdem getötet." Bei all den anderen Dingen, die mich beschäftigten, hatte ich Gurry ganz vergessen, aber jetzt stürzte alles wieder auf mich ein. Lincoln hatte etwas so Schreckliches getan, dass ich es nicht so einfach hätte beiseiteschieben sollen, und doch war es so. Ich hatte meine Augen vor dieser Seite von ihm verschlossen und nur das gesehen, was ich sehen wollte—einen guten, wenn auch gefühlsarmen Mann. Aber ich wusste, dass nur ein Dummkopf seine Augen vor so einem abscheulichen Verbrechen verschließen würde. Ich hasste es, dass ich so dumm sein konnte.

Ich ging noch einen Schritt von ihm weg und rieb meine kalten Arme.

„Und hat dir dieses Wissen in irgendeiner Art geholfen?", schnappte er.

„Es hat mir verdeutlicht, was für ein Mann Sie sind."

Er verhielt sich ganz still. Nicht einmal sein Brustkorb hob sich mit seiner Atmung. „Nimm nicht an, dass es dir auch nur das Geringste über mich sagt."

„Tue ich nicht. Hauptsächlich, weil ich glaube, dass es einen Grund dafür geben muss, warum Sie getan haben, was Sie getan haben. Lady Harcourt kannte diesen Grund allerdings nicht. Sie hat mir nur gesagt, dass er Ihr Tutor war."

Er schaute mich suchend an. Was hoffte er, in meinem Gesicht zu erkennen? Was auch immer es war, er musste enttäuscht sein, denn er drehte mir den Rücken zu. „Du hättest zu mir kommen sollen", sagte er mit dieser leisen, ruhigen Stimme, die bedeutete, dass er sein Temperament gezügelt hatte, so gerade eben. Unter der Oberfläche brodelte es noch und konnte jeden Moment explodieren.

„Hätten Sie es mir gesagt? Erzählen Sie es mir jetzt?"

Seine breiten Schultern hoben und senkten sich. „Ich ... kann nicht." Er verließ das Empfangszimmer.

Ich sackte gegen den Sessel. Durch die Begegnung fühlte ich mich zerschunden und gebeutelt. Während es mich krank machte, dass es herausgekommen war, bereute ich nur, dass ich Lady Harcourt vertraut hatte, nicht, dass ich nach Antworten gesucht hatte. Es *musste* einen guten Grund dafür geben, dass

Lincoln diesen Mann Gurry getötet hatte. Wenn es so war, warum wollte er es mir nicht sagen?

Oder hatte ich Unrecht und die einzige Erklärung war, dass der Tutor das gewalttätige Monster in Lincoln zum Vorschein gebracht hatte; das, welches er meistens gut versteckt hielt?

KAPITEL 7

Den Rest des Nachmittags sah ich Lincoln nicht mehr. Ich wischte im ganzen Haus Staub, bis Gus mich holte, um mit ihm zu trainieren. Anscheinend hatte ihn Lincoln angewiesen, das zu tun. Seth war noch unterwegs. Der trübe Tag versprach Regen, also schlug ich vor, wieder den Ballsaal zu nutzen.

Die Übungen halfen mir, den Kopf frei zu kriegen und lenkten mich von dem Gespräch mit Lincoln ab. Bis wir die Einheiten erledigt hatten, die mich kräftigen sollten, hatte ich es vollständig verdrängt. Ich trainierte selten mit jemand anderem als Lincoln, also war es gut, gegen Gus anzutreten. Er war ein rauflustiger Kämpfer und seine Fußarbeit war längst nicht so ausgefeilt wie die von Lincoln oder Seth, wodurch er wesentlich weniger effektiv war. An Ende unserer Einheit konnte ich mich aus seinem Schwitzkasten befreien und ihn krachend zu Boden werfen.

Der Koch applaudierte vom abgedeckten Tisch her, wo er saß und zuschaute. „Du hast einen gelangweilten Mann sehr glücklich gemacht, Charlie." Er grinste mich an. „Ich wollte ihn auf den Arsch setzen, seit ich ihn kennengelernt habe."

Gus kam wieder auf die Füße und klopfte seine Hände ab. „Mit dir würde sie das in der Hälfte der Zeit machen, du überdimensionale Schmalzbacke."

Das machte das Grinsen des Kochs nur noch breiter. Er hüpfte vom Tisch. „Willst du lernen, wie man ein Messer wirft, sodass es immer sein Ziel trifft?"

Ich hatte gesehen, wie akkurat sein Messerwerfen war. Er hatte ein Hackbeil in Anselm Holloways Schulter versenkt, als mein Adoptivvater mich im Hof angegriffen hatte. Es wäre eine nützliche Fähigkeit. „Ja, bitte."

„Da sollten wir erst den Tod fragen", warnte Gus.

„Der ist nicht da", sagte der Koch und bedeutete mir, ihm nach draußen zu folgen.

„Warum sollte er nicht wollen, dass ich lerne, Messer zu werfen?", fragte ich.

Gus schloss zu mir auf, während wir die Treppen hinabliefen. „Das wird er, wenn er das Gefühl hat, du bist so weit."

„Und warum bin ich jetzt nicht so weit?"

Er seufzte. „Weiß ich nich. Ich weiß nur, dass er's nich erlaubt hat."

„Mach dir keine Sorgen, Gus. Das ist nicht deine Art."

Wir gingen hinaus in den Hof hinter dem Haus. Der Bereich diente lediglich der Annahme von Lieferungen sowie den Freizeitaktivitäten der Angestellten. Obwohl ich mich während der ersten Wochen nach meiner Ankunft dort oft auf eine Bank gesetzt und gelesen hatte, hatte das kühlere Wetter mich in letzter Zeit nach drinnen getrieben.

„Sind im Stall ein paar Holzfässer?", fragte der Koch Gus.

„Schon, aber die kannste nich nehmen. Die taugen ja nichts mehr, wenn du Löcher reinmachst. Im Kutschenhaus liegen ein paar Bretter."

Er verschwand in dem an die Ställe angeschlossenen Gebäude, während der Koch in die Küche zurückging. Beide tauchten kurz darauf wieder auf, Bretter und Messer in den Händen.

Gus stellte drei Planken aufrecht und lehnte sie an einer Seite des Hofes an die Wand des Lagerhauses. Als Nächstes malte er mit Kreide ein lachendes Gesicht auf die Mittlere. „Ein Punkt, wenn du das Gesicht triffst. Einer extra für das Auge."

Er gesellte sich zu uns und der Koch reichte mir ein Messer. „Das schwere Ende wirft man zuerst", sagte der Koch. „Ein

Messer, bei dem die Klinge schwerer ist als der Griff sollte am Griff gehalten werden. Hats einen schwereren Griff, hältst du es an der Klinge. Wie ist es mit deinem? Klinge oder Griff schwerer?"

Ich prüfte das Gewicht, indem ich es auf der Handfläche balancierte. „Weder noch."

„Gut. Dann ist es ein ausgewogenes Messer. Für Anfänger das Beste. Meins ist klingenlastig." Er nahm seins am Griff und ich tat das Gleiche und beobachtete genau, wo er seine Finger und seinen Daumen platzierte. „Halte es weder zu fest noch zu locker. Jetzt stell deinen linken Fuß vor, behalte dein Gewicht aber auf dem Rechten. Beuge deinen Arm. Nicht zu sehr, sonst schneidest du dir ins Ohr." Er korrigierte meinen Arm. „Verlagere dein Gewicht auf das vordere Bein, strecke den Arm und lass das Messer los, wenn er ganz ausgestreckt ist. Schau mir zu."

Er tat alles, was er gerade beschrieben hatte, nur in einer schnellen Bewegung. Das Messer bohrte sich in das Auge, das Gus gerade gemalt hatte.

Gus jubelte und klatschte.

„Wo hast du das gelernt?", fragte ich den Koch.

„Mein Paps hats mir beigebracht. Der war Messerwerfer in einer fahrenden Schaustellertruppe. Sie sind auf Jahrmärkten aufgetreten."

„Du bist nicht in seine Fußstapfen getreten?"

„Eine Weile schon, aber das unstete Leben war nichts für mich."

„Wie bist du hier nach Lichfield gekommen?"

„Ich war Hilfskoch bei Lord Gillingham."

Ich verzog das Gesicht. Gillingham war ein Komiteemitglied und er hatte es unzweifelhaft klargemacht, dass er mich nicht leiden konnte. Dabei blieb unklar, ob er mich nicht leiden konnte, weil ich Nekromantin war, oder weil ich auf der Straße gelebt hatte. Oder beides. „Er hat dich Gillingham geklaut?"

„Gillingham hat mich rausgeschmissen, der kleine Drecksack."

„Warum?"

„Dachte, ich würde heimlich den Wein aus seinem Keller

saufen, aber das war nicht ich. Der Koch wars, aber der hat mich beschuldigt. Der Koch war eifersüchtig, weil ich einmal ein Essen für die Gäste der Lordschaft gekocht hatte, als er krank war, und alle fanden, es war das Beste, was sie je gegessen hatten."

„Hast du dich verteidigt und Lord Gillingham gesagt, dass du den Wein nicht getrunken hast?"

„Klar, aber dann hat der Koch rausgefunden, dass ich vor ein paar Jahren wegen Diebstahls im Gefängnis saß und danach war alle Hoffnung dahin, dass ich noch bleiben kann. Keiner will einen Dieb im Haus."

„Außer Mr Fitzroy", bemerkte ich trocken. Ich war auch ein Dieb gewesen und war nur aus dem Gefängnis entkommen, weil ich einen Toten beschworen und die Wärter verschreckt hatte. „Hatte Fitzroy Mitleid mit dir und hat dich deswegen hier eingestellt?"

Sowohl der Koch als auch Gus schnaubten. „Der hat mit niemandem Mitleid", sagte der Koch. „Er hat mich eingestellt, weil ich der beste Koch in London bin."

Gus verdrehte die Augen.

„Los, Charlie", sagte der Koch. „Du bist dran."

Ich setzte meine Füße auseinander, wie er es mir gezeigt hatte, und hielt das Messer nahe am Kopf, Arm gebeugt. In einer geschmeidigen Bewegung ließ ich es lossausen und es verfehlte alle Planken und prallte von der Mauer ab. „Was habe ich falsch gemacht?", fragte ich und holte es zurück.

„Falsch gezielt."

„Das ist mir auch klar. Noch was?"

„Geh vielleicht näher ran. Du bist schwächer als ich."

Ich stellte mich einen Meter vor meiner vorherigen Position auf und bereitete mich vor. Gerade wollte ich werfen, als Lincoln auf seinem Pferd in den Hof geritten kam.

„Was wird das denn?", knurrte er, während er abstieg.

Gus eilte hin, um die Zügel zu übernehmen.

„Zielübungen." Ich hielt das Messer hoch und zeigte auf die Bretter. „Der Koch bringt mir bei, wie man wirft, um jemanden zu verletzen."

„Das habe ich nicht erlaubt."

„Es war nur eine kleine Übung. Warum brauchen wir dafür Ihre Erlaubnis?"

„Weil ich dein Arbeitgeber bin." Er stolzierte ins Haus und zog mit Schwung den Mantel von seinen Schultern.

Ich gab dem Koch das Messer zurück, verdrehte die Augen und folgte Lincoln. „Das ist doch kein Grund."

„Du musst lernen, meinen Anweisungen zu gehorchen, Charlie. Das müsst ihr alle. Wenn du mir bei den Geschäften des Ministeriums helfen willst, musst du lernen zu tun, was ich dir sage. Ich kann es mir nicht erlauben, dass ihr plötzlich alle in verschiedene Richtungen rennt, nur weil euch danach ist. Es ist unabdingbar, dass ihr tut, was ich sage, oder Pläne gehen vor die Hunde."

Ich beschleunigte meine Schritte, um mit ihm mitzuhalten. „Das klingt ja ganz vernünftig, aber wir trainieren nur hier in Lichfield. Wir sind nicht in Ministeriumsdingen unterwegs. Ich finde, Sie überreagieren."

Er blieb plötzlich stehen und ging auf mich los. „Findest du? Dann wirst du wenig überrascht sein zu erfahren, dass ich den Koch entlassen werde."

„Was? Das können Sie nicht!"

Er ging weiter. „Er sollte es besser wissen."

Inzwischen hatten wir die Treppe erreicht und ich fing an zu schnaufen dank der Anstrengung, ihm zu folgen. „Ihr Verhalten ist unangemessen."

Er sagte nichts, sondern nahm nur zwei Stufen auf einmal.

„Mr Fitzroy, warten Sie." Er tat es nicht. „Das ist doch absurd. Ich werde nicht zulassen, dass Sie ihn entlassen. Er wird keine andere Stelle in einem großen Anwesen finden, nicht bei seiner Geschichte."

„Du hast in der Sache kein Mitspracherecht. Du bist eine Magd."

„Das ist mir egal!", rief ich und blieb auf dem Treppenabsatz stehen. „Dann feuern Sie mich auch, wenn Sie wollen. Es war schließlich mein Fehler. Ich habe ihn gebeten, es mir beizubringen." Ich widerstand dem Bedürfnis, nach unten zu sehen, ob Gus und der Koch zuhörten und Lincoln sagen würden, dass das nicht stimmte.

„*Er* hätte es besser wissen sollen", sagte er erneut. Er klang nicht mehr ganz so wütend, also nahm ich an, dass ich zu ihm durchdrang.

„Sie werden es morgen bereuen."

„Werde ich das?" Er kam zurück die Treppe herunter, blieb aber eine Stufe über mir stehen, sodass ich den Kopf in den Nacken legen musste, um ihn anzusehen. „Du glaubst, du kennst mich so gut?"

Ich stellte mich auf seine Stufe und verschränkte die Arme. „Das tue ich, ja."

Die Muskeln in seinem Kiefer spannten sich an. „Du liegst falsch, Charlie. Du kennst mich überhaupt nicht."

„Blödsinn."

Seine Augen wurden schmal.

Ich nahm sein Schweigen als Erlaubnis, fortzufahren. „Ich weiß, dass Sie es bereuen werden, so mit mir geredet zu haben. Und ich weiß auch, dass Sie es bereuen werden, den Koch entlassen zu haben."

„Warum sollte ich?"

„Nun, zum einen ist er ein verdammt guter Koch. Seine Biskuittörtchen sind köstlich. Aber praktisch gesehen würde es mehrere Tage dauern, bis wir ihn ersetzen könnten und Sie möchten nichts essen, was ich gekocht habe. Ich könnte mir vorstellen, dass Seth und Gus in der Küche genauso nutzlos sind. Außerdem hat der Koch mein Leben gerettet. Also bitte", sagte ich jetzt leiser, „behalten Sie ihn hier. Es war schließlich eine Kleinigkeit, die er getan hat."

Er nahm die Hände hinter den Rücken und betrachtete mich unter halb gesenkten Lidern. „Warum liegt dir in letzter Zeit so viel daran, dich mir zu widersetzen?"

Ich fuhr zurück und schüttelte den Kopf. „Tue ich das? Da bin ich anderer Ansicht."

Er zog eine Augenbraue hoch.

„Nun, also, auch wenn das vielleicht unverschämt klingt, würde ich es kaum als widersetzlich bezeichnen, wenn ich mich für den Koch stark mache. Sie haben nie gesagt, dass ich nicht lernen darf, wie man Messer wirft. Tatsächlich sehe ich das Problem nicht."

„Ich werde mich um dein Training kümmern. Weder Seth, noch Gus, noch der Koch."

„Sie waren nicht hier."

„Und ich werde nicht gestatten, dass meine Angestellten sich meinen Anweisungen widersetzen", sagte er und stieg die Treppe wieder hinauf.

„Sie haben nie eine direkte Anweisung gegeben, die es mir verbietet, Messer werfen zu lernen."

Er stockte und sah mich über seine Schulter an.

Ich zuckte mit den Achseln. „Wenn Sie in dieser Sache kleinlich sein wollen, bin ich das auch."

Er marschierte weiter. „Sag dem Koch, er kann bleiben", gab er zurück. „Er hat Glück, dass du für ihn in die Bresche springst."

* * *

LINCOLN Aß NICHT MIT UNS, kam aber später nach unten und verkündete, dass er Mr Lees Lower Pell Lane Etablissement besuchen wollte.

„Schon wieder?", fragte ich und legte meine Stopfarbeiten beiseite.

„Kein schon wieder. Ich war noch nicht dort." Er warf sich seinen Reitmantel über und nahm die Handschuhe, die er auf dem Küchentisch abgelegt hatte.

„Ich dachte, da wären Sie heute Morgen gewesen."

Er schüttelte den Kopf, ohne mich anzusehen. Tatsächlich war er meinem Blick noch nicht begegnet, seit er hereingekommen war.

Gus gähnte und sackte faul auf seinem Stuhl zusammen. „Wo waren Sie dann?"

„Im Waisenhaus in Kentish Town." Bei meinem leisen Ausruf sah er mich endlich an. „Ich habe den Verwalter Mr Hogan gefragt, ob er eine Kopie des Briefes von der Person aufbewahrt hat, die sich nach deiner Adoption erkundigt hatte."

„Und?"

„Hat er nicht. Er konnte sich auch nicht erinnern, wohin er

die Antwort geschickt hat. Wenn er bei mir angestellt wäre, würde ich ihn wegen Unfähigkeit entlassen."

„Er muss viel Korrespondenz erhalten." Ich nahm meine Nähsachen wieder auf, um meine Enttäuschung zu verstecken. „Danke, dass Sie es versucht haben. Ich weiß, dass Sie sehr beschäftigt sind."

Mir war nicht bewusst, dass er sich genähert hatte, bis sein Handschuh in meinem Blickfeld auf dem Tisch ruhte. „Jemand möchte mehr über deine Herkunft erfahren, Charlie. Möglicherweise suchen sie sogar nach dir."

„Das wissen wir nicht sicher."

„Nein."

„Wenn sie wissen wollten, wo ich wohne, könnten sie einfach Anselm Holloway befragen. Ist ja nicht so, als wäre er schwer zu finden, eingesperrt in einer Gefängniszelle." Ich sah zu ihm hoch. „Ich werde hier nicht als Gefangene leben."

„Ich weiß."

Seine Antwort überraschte mich nach seiner Überreaktion zuvor. Da hatte es gewirkt, als wollte er mich übermäßig beschützen. Jetzt war ich mir da nicht mehr so sicher.

„Werden Sie einen der Männer mitnehmen?", fragte ich.

„Seth ist noch unterwegs und Gus kann nicht wachbleiben."

Gus grunzte und richtete sich auf. „Ich bin wach!"

Der Koch schnaubte.

„Abgesehen davon möchte ich Mr Lee nicht auf mein Interesse aufmerksam machen", sagte Lincoln. „Ein einzelner Gentleman, den er bereits kennt, kann diskrete Nachforschungen anstellen. Ein ganzer Trupp wirft Fragen auf und macht misstrauisch."

„Warum waren Sie schon mal bei Mr Lee?"

„Warum geht irgendjemand zu Mr Lee? Warte nicht auf mich. Ich werde vermutlich die ganze Nacht unterwegs sein."

Ich blinzelte seinen Rücken an, während er wegging. Sobald er aus der Küche war, wandte ich mich an Gus. „Wusstest du, dass er schon mal in einer Opiumhöhle war?"

„Nee, aber bei dem überrascht mich gar nix", sagte Gus und machte es sich wieder auf dem Stuhl bequem.

„Klar", warf der Koch ein, der neben mir saß. „Am besten

nicht drüber nachdenken, wo unser Herr schon überall war. Er ist der weltliche Typ."

Weltlich war eine Sache, aber ein Opiumhaus zu besuchen eine ganz andere. Es gab nur einen Grund, um einen Ort wie Lees aufzusuchen—um Opium zu rauchen.

Ich fuhr mit dem Stopfen fort und fragte mich, ob ich überhaupt würde schlafen können, während ich abwechselnd über diese neue Information grübelte und mich um ihn sorgte. Eins würde mich jedenfalls nicht beschäftigen—er schien sich beruhigt und dem Koch die Messer-werf-Geschichte verziehen zu haben.

* * *

BEIM FRÜHSTÜCK INFORMIERTE mich der Koch, dass Lincoln noch nicht zurück war. Ich versuchte, nicht besorgt auszusehen, da er auch nicht so wirkte. Gus hatte Seth vor einigen Stunden am Friedhof abgelöst und Letzterer schlief jetzt oben in seinem Dachzimmer.

„Kopf hoch", sagte der Koch, während er mir ein gekochtes Ei im Eierbecher reichte. „Später gibt es Biskuitkuchen."

„Lecker! Erwarten wir Gäste?"

„Ich denke nicht. Fitzroy hat mich gebeten, welchen zu backen."

„Aber er isst doch so gut wie nie Kuchen. Warum fragt er extra danach, wenn er keine Gäste erwartet?"

Seine haarlosen Augenbrauen hoben sich. „Das kannst du nicht erraten?"

„Nein."

„Er weiß, dass es dein Lieblingskuchen ist."

Ich verzog das Gesicht. „Ich bezweifle, dass das der Grund ist."

Er grinste, sagte aber nichts weiter. Vielleicht hatte er recht und der Kuchen war ein Friedensangebot wegen seiner Launenhaftigkeit. Da es nichts war, was er selbst zubereiten musste, war es allerdings kein sehr überzeugendes.

Ich schlug mein Ei mit einem Löffel auf und pellte einen Teil der Schale ab. „Er ist in letzter Zeit ziemlich widersprüchlich. Ist dir das aufgefallen?"

Der Koch setzte sich mit zwei gekochten Eiern und einer Scheibe Toast zu mir. „So ist er, seit du eingezogen bist."

„Das beruhigt mich nicht gerade. Im Gegenteil, jetzt fühle ich mich schuldig. Schönen Dank auch."

Er hob die Hände. „Ich sag dir nur, wie ich es sehe."

Ich konnte nicht wissen, ob er recht hatte oder nicht, aber ich hatte das Gefühl, dass Lincolns schlechte Laune in letzter Zeit zugenommen hatte—seit er erfahren hatte, dass ich Lady Harcourt nach Gurry gefragt hatte. Der Gedanke, dass meine Schnüffelei einen Keil zwischen uns getrieben hatte, der sich vielleicht nie wieder entfernen ließ, machte mir zu schaffen, aber so ganz leid tat es mir nicht. Wie hätte ich sonst mehr über ihn herausfinden sollen?

Am späten Vormittag wachte Seth endlich auf, etwa zur gleichen Zeit, als Lincoln mit Gus zusammen zurückkam. Letzterer hatte blauschwarze Ringe unter den Augen und ein Netz von roten Linien auf seinen Augenlidern. Er stürzte sich auf die Suppe, die der Koch vor ihm auf den Küchentisch stellte und verschlang sie in wenigen Schlucken.

Lincoln stellte eine rechteckige Schachtel auf den Tisch und setzte sich. Eine blaue Seidenschleife war um die Schachtel gebunden. Seidenschleifen waren teuer. Seth, Gus, der Koch und ich warfen uns alle gegenseitig Blicke zu, aber falls Lincoln es bemerkte, sagte er es nicht. Er saß lediglich am Tisch und nahm eine Schüssel Suppe vom Koch entgegen. Er aß weniger gierig als Gus, verlangte jedoch einen Nachschlag.

„Verderbt euch nicht den Appetit für den Kuchen", sagte ich.

„Es gibt Kuchen?", fragte Gus.

„Biskuit. Ich glaube, das haben wir Ihnen zu verdanken, Mr Fitzroy."

Lincolns Blick fiel auf den Koch und wurde frostig. „Wir hatten schon länger keinen. Ich dachte, es wäre an der Zeit."

„Tatsache ist, dass wir letzte Woche welchen hatten."

„Ich vergaß."

„Wirklich? Und ich dachte schon, Sie vergessen nie etwas." Ich hielt es für besser, ihn nicht zu sehr zu ärgern, da er sich um

Frieden bemühte. Es wäre nicht klug, den knurrigen Bären zu reizen. „Biskuitkuchen wird nachher wunderbar zu einer Tasse Tee passen."

Als er die zweite Schüssel Suppe vom Koch entgegennahm, nickte er mir sehr zögerlich zu.

„Wollen Sie, dass ich zum Friedhof zurückgehe?", fragte Seth von dort, wo er am Türrahmen lehnte.

„Noch nicht", sagte Lincoln. „Bisher gab es keine Spur vom Captain und ich vermute, dass er nicht dorthin zurückkommen möchte. Er wird kaum das Risiko eingehen, die Leichen zu holen."

Ich zog meine Schürze aus und setzte mich zu ihm an den Tisch. „Das wird ihn zurückwerfen, falls er gezielt hinter diesen Leichen her war."

„Ich würde sagen, dass er es war. Er hat sie aus einem bestimmten Grund ausgewählt. Heute Morgen habe ich Mr Tucker befragt und er behauptet, drei der Leichen sind von seinem Friedhof, die erste und die beiden letzten."

„Wobei Gordon Thackery der Allerletzte war."

„Bei der Ersten warst du Zeuge, Charlie. Sein Name war Lieutenant Martin Jolly, der andere Captain John Marshall. Mr Tucker ist gestern zu den anderen Londoner Friedhöfen gefahren. Er entdeckte, dass die zweite ausgegrabene Leiche aus Kensal Green stammt."

„Hat er den Namen herausgefunden?"

„William Bunter. Alle außer Bunter waren in der Armee."

„Oder er war es auch, aber es stand nicht auf dem Grabstein?"

Er schüttelte den Kopf. „Ich habe bei der Familie nachgehört. Bunter war Verkäufer im Konfektionskleidungsgeschäft der Familie in Piccadilly."

Ich beäugte die Schachtel. „Haben Sie bei der Gelegenheit etwas eingekauft? Was haben Sie erstanden?"

„Alter Schwede", murmelte Gus und verdrehte die Augen. „Typisch Frau. Denkt mitten in einem wichtigen Gespräch ans Einkaufen."

„Einen Mantel", sagte Lincoln.

„Was stimmt mit Ihrem alten Mantel nicht?", fragte ich.

Er betrachtete mich aus diesen tiefschwarzen Augen und ich klappte den Mund zu. Schon wieder hatte ich die Grenze überschritten, die er zwischen uns gezogen hatte. Ich musste lernen, mich wie eine Magd zu benehmen.

„Bitte entschuldigen Sie", murmelte ich. „Also waren nicht alle Männer durch die Armee miteinander verbunden."

Er schüttelte den Kopf.

„Es muss eine andere Verbindung geben", sagte Seth und setzte sich zu uns an den Tisch. „Da muss es einen Grund geben, warum der Captain genau diese vier ausgewählt hat."

„Die Bunters erwähnten, dass ihr Sohn sich merkwürdig verhalten hat, bevor er starb", fuhr Lincoln fort. „Er verschwand tagelang, ohne ein Wort zu sagen, und wenn er nach Hause kam, war er unerklärlich müde. Er schien Geld zu verlieren, behauptete aber, nicht an Glücksspielen teilzunehmen. Er nahm auch ab."

„Opium", sagte der Koch leise.

Lincoln nickte. „Ich vermute es. Die Bunters wussten nicht, wo William hinging, wenn er verschwand. Trotz allen Flehens sagte er es ihnen nicht."

„Was haben Sie bei Mr Lee herausgefunden?", fragte ich.

„Er gab zu, dass ein Mann, auf den die Beschreibung des Captains passt, ab und zu das Etablissement besucht, aber nie Opium genommen hat. Lee behauptete, nicht zu wissen, was der Captain im Schilde führte. Er hat für seine Privatsphäre gut bezahlt."

„Und Lee hat ihm erlaubt, mit den Männern allein zu sein, während sie unter dem Einfluss des Opiums so angreifbar waren?"

„Leute wie Lee scheren sich nich um die Sicherheit anderer", sagte Gus. „Nur um Bares."

„Mir ist nicht klar, wie viel Lee tatsächlich weiß", erklärte Lincoln uns. „Er könnte Informationen zurückhalten."

„Spricht er gut Englisch? Vielleicht benötigen Sie einen Übersetzer."

„Wir haben uns verstanden."

Seth lehnte sich zu mir herüber. „Mr Fitzroy spricht fließend Chinesisch."

„Kantonesisch, und ein wenig Mandarin."

Wie beeindruckend. Ich fragte mich, wie viele Sprachen er noch beherrschte. „Was hat Mr Lee Ihnen noch erzählt?"

„Dass der Captain seit dem Morgen von Thackerys Tod nicht wiedergekommen ist und dass möglicherweise alle vier unserer Toten sein Etablissement in den Wochen und Monaten vor ihrem Tod aufsuchten, aber er ist sich nicht sicher. Es erscheint logisch, dass die meisten Soldaten waren."

„Gordon sagte, das Opium lindert die Schmerzen der Kriegsverletzungen."

Er nickte. „Soldatenfluch nennen es manche."

„Mr Lee notiert sich die Namen seiner Kunden nicht?"

Er schüttelte den Kopf. „Die Süchtigen schätzen die Anonymität, die er bietet." Er stand auf und nahm die Schachtel an sich. Zu Seth und Gus sagte er: „Tucker und seine Leute behalten die Gräber von Thackery, Marshall und Jolly im Auge und berichten mir von jeglichen Besuchern. Wir werden uns stattdessen auf Lee konzentrieren."

„Ich gehe", sagte Seth und stand ebenfalls auf. „Das entbindet mich von der Spülpflicht."

„Was ist, wenn der Captain das nächste Mal eine andere Opiumhöhle aufsucht?", fragte ich. „Wenn er glaubt, dass man ihm auf die Schliche gekommen ist, wäre er klug, seine Gewohnheiten zu ändern, falls er weiterhin tun will, was auch immer er tut."

Lincoln nickte nachdenklich. „Wir werden an anderen bekannten Stellen nachfragen."

„Nachdem Sie sich ausgeruht haben", sagte ich. „Sie müssen erschöpft sein."

Er antwortete nicht, sondern ging mit der Schachtel unter dem Arm aus der Küche. „Charlie, komm mit."

„Du wurdest gerufen", tönte Gus mit Grabesstimme.

„Berichte uns, was in der Schachtel ist", sagte Seth und schubste mich an der Schulter, um mich anzutreiben.

Ich war mir nicht sicher, ob ich das herausfinden oder einfach nur Aufgaben für den Nachmittag bekommen würde. Ich erwartete, dass ich eine Rüge dafür erhalten würde, den Kamin im Empfangszimmer nicht geschwärzt zu haben, doch er ging stattdessen in die Bibliothek. Es war das einzige Zimmer, das vollkommen sauber war. Je länger ich dort putzte, desto länger konnte ich die Bücher durchforsten.

Er stand am Tisch und hielt mir die Schachtel hin. Ich blieb an der Tür stehen, denn ich erwartete beinahe, dass Seth oder Gus hinter mir herschleichen würden, um zu spionieren, aber da waren keine Geräusche. Das Haus war still. Nur mein Herzschlag machte Lärm, während er gegen meine Rippen schlug.

„Was ist das?", fragte ich.

„Der Laden der Bunters verkauft keine Herrenkleidung."

„Oh."

„Nimm es." Seine knappe Antwort unterband jegliche Aufregung. Es war vermutlich nur eine neue Schürze.

Ich ging weiter ins Zimmer und nahm die Schachtel an. „Danke."

„Bedanke dich erst, wenn du ihn gesehen hast. Mrs Bunter sagte, wenn er dir nicht gefällt, könnte ich ihn zurückbringen und du kannst dir etwas anderes aussuchen."

Ich stellte die Schachtel auf den Tisch und zog vorsichtig die Schleife auf. Ich wollte das kostbare Stück Seide nicht beschädigen. Mein Puls beschleunigte sich, während ich mit bebenden Fingern den Deckel abhob. Was auch immer sich darin befand, musste wunderschön sein—man packte keine Schürzen mit Seidenschleifen ein.

Ich legte den Deckel zur Seite und nahm ein plüschiges, schwarzes Kleidungsstück aus der Schachtel. Es war ein kurzer, mit grauem Pelz besetzter Mantel, der rundum mit einem verschnörkelten Muster bestickt war. Das königsblaue, seidene Innenfutter hatte die gleiche Farbe wie die Schleife.

„Du meine Güte", sagte ich atemlos. Ich betrachtete ihn von allen Seiten und rieb den weichen Plüsch an meiner Wange. „Ich … Ich weiß nicht, was ich sagen soll. Schenken Sie mir den?"

Er verschränkte die Arme vor der Brust. „Gefällt er dir nicht?"

„Doch, er ist wunderschön. Danke. Aber … wo soll ich den denn anziehen? Der ist viel zu vornehm, um darin mit dem Koch zum Markt zu gehen. Ich möchte ihn nicht ruinieren."

„Trag ihn, wann immer du möchtest. Dafür habe ich ihn

gekauft—um getragen zu werden." Er klang beleidigt, aber mir war nicht klar, was ihm an meiner Frage nicht passte. Der Mantel musste ihn ein ordentliches Sümmchen gekostet haben und ich wollte ihn nicht einfach überall hin anziehen. Es war die Art Mantel, die man zu einem Spaziergang im Park mit reichen, adeligen Freunden trug. Meine Freundschaften beschränkten sich auf die anderen Angestellten in Lichfield Towers und mein alter Mantel reichte für ihre Gesellschaft völlig aus.

„Warum haben Sie mir den gekauft? Sie haben mir bereits einen Mantel gegeben, als das Wetter kalt wurde."

„Dieser hier ist wärmer. Ich habe neulich Nacht bemerkt, wie du gezittert hast."

„Oh. Danke, Lincoln. Das ist das Hübscheste, das ich je besessen habe."

Er neigte den Kopf und marschierte aus der Bibliothek, die Hände hinter dem Rücken. Er hatte noch nicht einmal etwas dagegen gesagt, dass ich ihn Lincoln genannt hatte. Ich drückte den Mantel an mich, halb in der Erwartung, dass er zurück-kommen und ihn mir wegnehmen würde, um ihn jemandem Geeigneteren zu geben, wie Lady Harcourt. Doch das tat er nicht und ich blieb eine ganze Weile in der Bibliothek und streichelte meinen neuen Mantel.

* * *

Damit, dass Lincoln an diesem Nachmittag mein Training durchführen würde, hatte ich nicht gerechnet. Zwischen seiner Ruhe und seiner Arbeit hatte er sehr wenig Freizeit. Doch nachdem er gerade einmal vier Stunden geschlafen hatte, suchte er mich in der Küche auf, wo ich dem Koch half, und befahl mir, mich umzuziehen und nach draußen auf den Rasen vor dem Haus zu kommen.

Der Tag hatte sich zwar aufgeklart, aber die knauserige Sonne schaffte es nicht, der Luft die Kälte zu nehmen. Es war das perfekte Wetter für das energische Trainingsprogramm, durch das Lincoln mich die nächsten zwei Stunden scheuchte. Die mangelnde Wärme verhinderte nicht, dass ich am Ende schwitzte, wenn auch nicht mehr so sehr wie vor zwei Monaten.

Von seiner schlechten Laune war nichts mehr zu spüren, auch nicht von der seltsamen Atmosphäre, die unsere Begegnung in der Bibliothek überschattet hatte. Er verströmte eine rigide Förmlichkeit, während er mir befahl, die verschiedenen Bewegungsabläufe ein ums andere Mal zu wiederholen. Genau so war es immer zwischen uns gewesen. Beinahe zog ich den schwelenden Ärger vor. Wenigstens war das eine Emotion.

Wir hatten noch ein ganzes Stück unserer Einheit vor uns, als wir wegen eines Besuchers eine Pause einlegen mussten. Die Kutsche rumpelte die lange Einfahrt entlang und es dauerte geraume Zeit, bis mir klar wurde, wem sie gehörte. Lincoln musste die Pferde und den Kutscher erkannt haben, denn noch ehe das Wappen auf der Seite sichtbar wurde, schickte er mich ins Haus.

„Zieh deine Uniform an", sagte er hastig. „Und bleib in der Küche."

Ich hatte vor, seine Wünsche genau zu befolgen und hielt nur auf den Stufen inne, um zu sehen, wer unangekündigt mit solchem Grandeur auftauchte. Während die Kutsche einen weiten Bogen nahm und vor Lincoln anhielt, stöhnte ich auf. Das Wappen zeigte eine Schlange, die sich um ein Schwert wand. Das Wappen Lord Gillinghams. Ich eilte die Stufen hinauf.

„Du da! Mädchen!" Bei Gillinghams gebelltem Befehl sträubten sich mir die Nackenhaare. Ich blieb stehen, drehte mich um und neigte fragend den Kopf. Vor diesem Mann würde ich keinen Knicks machen.

„Was wollen Sie?", fragte Lincoln, als Gillingham aus der Kutsche stieg.

Die Sonne betonte die grauen Flecken in seinem roten Bart. Er pflanzte das Ende seines Spazierstocks in den Kies und betrachtete erst mich, dann Lincoln mit seinen faden Augen. „Lady Harcourt hat eine Sonderbesprechung einberufen. Es scheint, als wäre ich der Erste, der ankommt."

„Eine Besprechung? Warum wurde ich nicht informiert?"

„Ich informiere Sie jetzt." Er wollte losgehen, doch Lincoln stellte sich vor ihn.

„Worum geht es in der Besprechung?"

„Angelegenheiten des Ministeriums." Er ging um Lincoln

herum und zeigte mit dem Ende seines Spazierstocks auf mich. „Warum ist sie so gekleidet?"

„Das geht Sie nichts an."

„Ich trainiere", sagte ich. Lincoln warf mir über die Schulter einen Blick zu. Sein Gesicht war absolut starr vor Wut. „Mr Fitzroy bringt mir bei, zu kämpfen und mich im Falle eines Angriffs zu verteidigen."

Gillinghams rot-goldene Augenbrauen hoben sich. Dann brach er in Gelächter aus. „Ist das ein Witz?"

Keiner von uns antwortete.

„Sie versuchen, diesem Mädchen Kämpfen beizubringen? Herr im Himmel, Fitzroy, Sie sind weicher im Kopf als ich dachte. Glauben Sie, es wird ihr die Kraft, Schnelligkeit und Fähigkeiten eines Jungen geben, wenn Sie sie in Jungenkleidung stecken? Das ist absurd."

„Niemand interessiert sich für Ihre Meinung, Gillingham", sagte Lincoln. „Behalten Sie sie für sich oder gehen Sie."

Ich traute Gillinghams Lächeln nicht. Es spielte nur um seine Lippen und zeigte keine Zähne. „Sie werden in der Besprechung bald genug herausfinden, was ich und die anderen denken. Ihnen wurde zu lange freie Hand gelassen, Fitzroy, und das ist Ihnen zu Kopf gestiegen. Diese Zeit hat nun ein Ende. Ihnen darf nicht gestattet werden, alberne Entscheidungen zu fällen, wenn so viele Leben von Ihnen abhängen."

Ich hatte keine Ahnung, wovon er redete, und wenn Lincoln es wusste, gab er nichts preis. Er antwortete Gillingham noch nicht einmal, sondern drehte sich um und kam zu mir. „Komm rein", sagte er leise.

„Warten Sie einen Moment", rief Gillingham. „Mädchen, komm her und nimm meinen Hut und Schal." Er zeigte auf die Kutsche, wo Hut und Schal auf dem Sitz lagen.

Ich wollte sie holen gehen, doch Lincoln hielt mich am Arm fest. „Lass ihn das selbst holen."

„Ist schon in Ordnung. Ich bin die Magd in Lichfield und er ist unser Gast. Ich sollte das tun."

„Mein Gast ist er nicht", knurrte er.

„Wir müssen ihn im Moment tolerieren, wenn eine Besprechung einberufen wurde. Es ist in Ordnung", sagte ich noch einmal. „Ich mache das. Gehen Sie rein und sagen Sie dem Koch, er soll Tee vorbereiten."

Er zögerte, ehe er seine Hand wegnahm. Ich trabte die Treppen hinunter zu Gillingham und griff in die Kutsche. Doch just in dem Moment, als meine Finger die Seide seines Hutes berührten, ließ mich das Knirschen von Kies herumfahren.

Mit gebleckten Zähnen hieb Gillingham mit seinem Spazierstock nach meinem Kopf.

Und Lincoln war zu weit weg, um zu verhindern, dass er mich traf.

Ich tauchte zur Seite weg, sodass der Stock die Kutsche traf, nicht mich, und landete auf Händen und Knien im Kies. Meine Handflächen brannten, doch ich sprang auf und wollte Gillinghams Arm packen und umdrehen, wie Lincoln es mir beigebracht hatte.

Nur, dass er zuerst da war. Er stand zwischen uns und packte Gillinghams Handgelenk, riss ihm dann den Spazierstock aus der Hand und zerbrach ihn auf seinem Knie in zwei Teile. Es war schon der zweite Stock von Gillingham, den er in ebenso vielen Monaten zerbrochen hatte.

„Armselig", sagte Gillingham, während eine weitere Kutsche hinter uns heranrollte. Er lachte; ein sprödes, trockenes Lachen, das so humorlos war wie der Mann selbst. „Sie ist eine Magd, Fitzroy, und eine Kreatur des Todes. Sie sollten—"

Lincoln umfasste den Kiefer des anderen Mannes und schloss seinen Mund mit einem hörbaren Schnappen von Zähnen. Seine Finger gruben sich in das weiche Fleisch an Gillinghams Wangen und das Geräusch, das er von sich gab, hätte Ersticken, Protest oder ein Schmerzensschrei sein können.

„Lincoln! Lassen Sie ihn los!", brüllte General Eastbrooke aus seiner Kutsche. Die beiden Fahrer warfen sich alarmierte und unsichere Blicke zu.

Lincolns Gesicht wurde nur härter, etwas, das ich nicht für

möglich gehalten hatte. Sein Mund verzog sich und die schwarzen Wölbungen seiner Augen waren so stechend, dass ich Angst hatte, er würde niemals einen Ausweg aus seinem Zorn sehen.

Großer Gott, er würde Gillingham den Kiefer brechen.

General Eastbrooke versuchte, Lincoln von Gillingham wegzuzerren, aber Lincoln gab kein Anzeichen, dass er seine Anwesenheit überhaupt bemerkt hatte. Ich legte ihm ebenfalls eine Hand auf den Arm, doch das nützte nichts, also drückte ich meine Handfläche gegen seine Wange.

Er blinzelte.

Ich strich mit dem Daumen über sein Gesicht und er blinzelte wieder. Er nahm seine Hand weg und schubste Gillingham, als er das tat. „Kommen Sie nicht in ihre Nähe", sagte er mit so rauer Stimme, dass ich sie kaum wiedererkannte. Er nahm meine Hand und zog mich mit sich. Ich musste rennen, um mit seinen ausholenden Schritten mitzuhalten.

„Ich habe sie nur getestet", grummelte Gillingham. „Sie haben behauptet, Sie würden ihr beibringen, sich zu verteidigen. Ich wollte sehen, ob Sie Ergebnisse erzielen."

„Ist das so?" General Eastbrooke klang amüsiert. „Und wie hat sie sich bei ihrem kleinen Test angestellt, Gilly?"

Gillingham grunzte und falls er antwortete, hörte ich es nicht.

Sobald wir im Haus waren, ließ Lincoln mich los. Da erst schien er mich zu sehen. Er nahm meine Hände und begutachtete die Handflächen, dann schickte er mich nach oben. „Kümmere dich um die Abschürfungen."

„Werden Sie zurechtkommen?", fragte ich und suchte in seinem Gesicht nach Anzeichen, dass er Gillingham in meiner Abwesenheit umbringen könnte.

Er nickte steif. „Natürlich. Geh."

Ich lief die Treppe hinauf in mein Zimmer und wusch den Dreck ab, ehe ich mir meine Hausuniform anzog. Um in die Küche zu gelangen, benutzte ich lieber die Dienstbotentreppe als das Haupttreppenhaus, damit ich Begegnungen mit weiteren Komiteemitgliedern vermied.

Gus schaute von dem Tablett am Küchentisch auf, auf dem er Tassen und Untertassen arrangierte. „Charlie, was ist passiert?"

Ich schaute von ihm zum Koch, der den letzten Zuckerguss auf dem Kuchen anbrachte. „Was meinst du?"

„Der Tod kam hier rein, als wollte er jemanden umbringen, und befahl uns, Kuchen und Tee für die Komiteemitglieder ins Empfangszimmer zu bringen. Hat Lord Gillingham ihn wieder mit irgendetwas geärgert?"

„Geärgert? So kann man es auch nennen. Stell den Kuchen auf das Tablett und ich bringe es rein." Ich holte die Kuchenteller und Gabeln aus dem Schrank.

„Er hat mich gebeten, zu servieren", sagte Gus. „Ich will ihn nich noch wütender machen als er sowieso schon is, indem ich nich gehorche."

„Du kannst trotzdem servieren. Ich bringe den Kuchen rein und du die Teesachen. Zwei Tabletts, zwei Diener."

Er lenkte ohne Widerworte ein, also hatte Lincoln nicht gesagt „Lass Charlie das nicht machen." Selbst wenn er das getan hätte, hätte ich darum gekämpft, meine Rolle auszufüllen. Ich würde Lord Gillingham nicht in dem Glauben lassen, er hätte mir Angst eingejagt, wenn es nicht so war. Im Gegenteil, ich war stolz auf mich, dass ich seinen sogenannten Test vereitelt hatte. Ohne es zu wollen, hatte er mein Selbstbewusstsein gestärkt. Das musste ich Lincoln später unbedingt sagen. Vielleicht war er dann etwas weniger wütend.

Ich hörte seine Stimme, noch ehe ich das Empfangszimmer erreichte. Er berichtete von dem Abend, als wir die Leichen bei dem Metzger entdeckt hatten und durch Pete und Jimmy von dem Captain erfahren hatten. Es gab einige Löcher in seiner Geschichte, und die Komiteemitglieder stürzten sich darauf.

„Wie haben Sie die Leichen zurück zum Friedhof geschafft?", fragte Lord Marchbank.

„Ich habe den Karren des Metzgers verwendet."

„Und sie alle ganz allein verladen?"

„Genüge ich nicht?"

Ich trat ein, gefolgt von Gus, und stellte das Tablett auf den Tisch in Lincolns Nähe. Ich wich seinem Blick aus und schnitt den Kuchen auf. Normalerweise hätte ich den Tee neben Lady Harcourt gestellt, da sie gern die Gastgeberin spielte, doch auf diese Art musste ich länger im Empfangszimmer verweilen. Ich schielte zu Lord Gillingham, als ich ihm seinen Kuchen reichte. Beide Wangen zeigten blaue Flecken über seinem Bart und seine Schultern wiesen eine Steifheit auf, die zuvor nicht da gewesen war. Er hatte mich nicht beachtet, wofür ich dankbar war.

„Lincoln", sagte Lady Harcourt und nahm eine Tasse Tee von Gus entgegen. „Wie hast du—"

Sie stockte, als Lord Gillingham die Hand hochhielt. „Warte, bis die Magd weg ist", sagte er.

„Alle meine Angestellten wissen, was passiert ist", sagte Lincoln. „Sie sind Angestellte des Ministeriums und als solche müssen sie die Angelegenheiten des Ministeriums kennen."

„Haben Sie das gehört?" Gillingham richtete seinen gestotterten Einwurf an General Eastbrooke und Lord Marchbank. „Er hat den Verstand verloren! Eine Magd in unsere Angelegenheiten zu involvieren ist gefährlich und außerdem aberwitzig. Insbesondere *diese* Magd."

„Beruhige dich, Gilly", sagte Eastbrooke mit einem Kopfschütteln. „Sie weiß bereits, was wir tun, und Lincoln wird ihr nichts sagen, was seiner Meinung nach von ihr ferngehalten werden sollte. Das weißt du."

„Verdammter Fehler", grummelte Gillingham.

„Wenn man jemandem trauen kann, dann Lincoln", sagte Lady Harcourt. „Können wir weitermachen? Ich habe eine Frage. Wie hast du die Grabräuber dazu gebracht, dir etwas von dem Captain zu erzählen?"

Lincoln riss seinen stählernen Blick von Gillingham los und richtete ihn auf sie. „Ich habe meinen Charme benutzt."

Sie starrte genauso zurück, ohne zu lächeln. Gillingham schnaubte.

„Sie haben es aus ihnen herausgeprügelt, nicht wahr?", sagte Eastbrooke um einen Bissen Kuchen herum. „Stellen Sie nur sicher, dass Ihr Name außen vor bleibt. Wir wollen nicht noch mehr Ärger mit der Polizei."

Lincoln schüttelte den Kopf, als ich ihm Kuchen anbot. Unsere Blicke begegneten sich und einen Augenblick lang schien seiner wärmer zu werden. Doch es war ein flüchtiger Moment und die Pupillen wurden wieder zu dunklen, kalten Brunnen.

„Sie hätten mehr von ihnen erfahren sollen", sagte Gillingham. „Sie haben keinen Namen des Mannes, der sie bezahlt, keine Anschrift und nur eine allgemeine Beschreibung. Wenn es an mir gewesen wäre, hätte ich etwas Brauchbareres aus ihnen herausgeholt."

Wenn es an ihm gewesen wäre, hatte er sich vermutlich in die Hose gemacht.

„Nicht gut genug, Fitzroy", murmelte er in seine Teetasse. „Ihr *Charme* hat diesmal nicht funktioniert."

„Das ist nicht fair", schnappte ich und ging auf ihn los.

Lord Gillingham schluckte zu viel heißen Tee und hustete, bis ihm die Augen tränten. Ich nutzte den Moment, um fortzufahren, wobei ich Lincolns „Charlie, nicht" ignorierte. Es war nicht fair, dass man ihm die Schuld gab, und es war an der Zeit, dass ihnen bewusst wurde, wie nützlich ich sein konnte.

„Es war nicht Lincoln, der ihnen Angst eingejagt hat, sondern der Körper eines Toten."

„Was meinst du?", fragten sowohl Eastbrooke als auch Marchbank.

„Ich habe eine der Leichen im Metzgerladen zum Leben erweckt und diesen Toten benutzt, um Pete und Jimmy Angst einzujagen. Es war sehr effektiv. Bis zu dem Zeitpunkt waren die Männer schweigsam gewesen und hätten uns gar nichts verraten. *Wir* glauben, dass sie uns genug geliefert haben, um mit den Ermittlungen fortzufahren. Wenn Sie das nicht tun, dann ist es meine Schuld, nicht Mr Fitzroys."

„Du hast *was* getan?", explodierte Gillingham. „Bist du wahnsinnig, Mädchen? Fitzroy, Sie haben ihr das erlaubt?"

„Ich habe es ihr befohlen", sagte Lincoln. „Nicht, dass es Sie etwas anginge, was ich tue und wie ich die Angelegenheiten des Ministeriums regele."

„Das will ich aber verdammt noch mal meinen!" Gillingham hatte einen Hauttyp, der schnell rot wurde, doch jetzt verwandelte sich sein Gesicht in eine Tomate.

„Das reicht!", rief Eastbrooke. „Du schlägst über die Stränge, Gilly. Lincolns Methoden sind vielleicht unkonventionell, aber sie sind effektiv. Und genau wegen seiner unkonventionellen Methoden ist er so gut in dem, was er tut. Das weißt du so gut wie jeder hier im Raum. Jetzt halt den Mund und hör dir an, was er zu sagen hat."

„Unkonventionell und kein Gentleman."

Lady Harcourt ließ ihre Teetasse auf die Untertasse knallen, um alle Aufmerksamkeit auf sich zu lenken. „Er ist wesentlich mehr Gentleman als Sie, Gillingham, und zwar in jeder Hinsicht."

Gillingham schaute sie höhnisch an, doch sie hob lediglich ihre Tasse wieder an und nahm einen Schluck. Ich versuchte, ihr zustimmend zuzulächeln, aber sie schaute nicht in meine Richtung.

„Wenn hier schon eine Nekromantin wohnt, kann sie sich ebenso gut nützlich machen", sagte Lord Marchbank ruhig und nickte mir zu. „Solange sie diskret ist."

„Wie diskret ist es, einen Toten in den Straßen herumlaufen zu lassen?", knurrte Gillingham in einem letzten Versuch, seine Meinung kundzutun. Danach schwieg er Gott sei Dank zu dem Thema. Noch ein Protest, und Lincoln hätte möglicherweise beschlossen, ihm doch noch den Kiefer zu brechen.

„Ich habe weitere Nachforschungen angestellt", fuhr Lincoln fort. „Die vier Männer, deren Leichen gestohlen wurden, waren vermutlich alle opiumabhängig. Der Captain suchte sie zu Lebzeiten in einer oder mehreren Opiumhöhlen auf und wählte sie nach dem Tod gezielt aus. Warum, ist unklar. Er trug eine Brille und ist nicht sehr kräftig gebaut. Das, in Kombination mit seinem Interesse an Kadavern, lässt mich vermuten, dass er möglicherweise ein Mediziner bei den Streitkräften ist, kein regulärer Offizier."

Das hatte ich nicht bedacht, aber es war eine gute Vermutung aufgrund dessen, was wir wussten.

Jeder sah den General an. „Ihr erwartet doch nicht, dass ich ihn kenne, oder?" Er schüttelte den Kopf. „Es gibt unzählige Captains in den medizinischen Abteilungen. Abgesehen davon habe ich mich vor einigen Jahren zur Ruhe gesetzt."

„Wir haben nicht genug Informationen", stimmte Marchbank zu. „Wir brauchen einen Namen."

„Vielleicht gibt es unzählige medizinische Offiziere", fügte

Lincoln hinzu, „aber wie viele von denen wurden wegen ungebührlichen Verhaltens entlassen?"

„Es ist vermutlich möglich, dass er etwas Ähnliches während seiner Dienstzeit getan hat." Der General strich über seinen Backenbart und starrte in die Ferne. „Mir fällt niemand ein, aber ich werde mich umhören."

„Guter Ansatz, Fitzroy." Marchbank nickte zustimmend. Ich mochte den Adeligen im mittleren Alter, auch wenn sein Gesicht vielleicht das furchteinflößendste von allen Komiteemitgliedern war. Er war vernarbt und besaß eine krumme Nase und eine schroffe Art. Auf jeden Fall sah er überhaupt nicht wie der weichliche Gillingham aus, doch von den beiden würde ich lieber Zeit in Marchbanks Gesellschaft verbringen.

Gus hatte das Empfangszimmer bereits verlassen und ich war so lange geblieben, wie ich nur konnte, ohne Misstrauen zu erregen. Ich wollte gehen, doch Lincoln, der neben der Tür stand, hielt mich am Ellenbogen fest.

„Bleib", sagte er leise. „Es geht um dich." Er ließ mich los und richtete das Wort an den Rest des Raumes. „Jemand versucht, Charlies Mutter zu finden."

„Verdammt", murmelte Eastbrooke. „Das hatte ich befürchtet."

„Woher weißt du das?", fragte Lady Harcourt.

„Wir wurden darauf aufmerksam, als wir ein Waisenhaus aufsuchten. Jemand war bereits dort gewesen und hatte die gleichen Fragen gestellt."

„*Wir*?" Sie hob die Brauen. „Habt ihr auch nach ihr gesucht? Zusammen?"

„Ja", log er.

Ich zog ebenfalls die Augenbrauen hoch, doch er ignorierte mich.

„Verdammt", sagte Eastbrooke noch einmal. „Ich dachte, niemand außer Holloway wusste, dass sie adoptiert war."

Gillingham schüttelte den Kopf. „Diese Bedrohung hätte ausgeschaltet werden sollen, sobald wir von der Adoption erfahren hatten."

Ich schnappte nach Luft. „Ausgeschaltet? Sie hätten meinen

—Holloway getötet?" Ich schaute zu Lincoln, doch sein Gesicht war steinern.

„Was hast du denn erwartet, Mädchen?", schnappte Gillingham.

„Aber wenn er es niemandem gesagt hat?"

„Wer hätte es sonst sein können? Er ist der einzige Lebende, der weiß, dass du eine Nekromantin und adoptiert bist."

„Abgesehen von Ihnen allen."

Er erhob sich halb aus seinem Sessel, das Gesicht wieder krebsrot. „Wie *kannst* du es wagen, uns des Betrugs am Ministerium zu bezichtigen!"

„Ich bezichtige niemanden des Betrugs, nur der Suche nach meiner echten Mutter, ohne jemanden darüber zu informieren."

„Setz dich, Gilly", schnappte Eastbrooke. „Das Mädchen hat recht. Sie hat niemandem etwas vorgeworfen. Aber ich muss dich darüber informieren, Miss, dass alles Übernatürliche erst vom Ministerium genehmigt werden muss. Du und deine Mutter sind übernatürliche Kreaturen und als solche muss jegliche Ermittlung im Zusammenhang mit dir erst in einer Sitzung auf den Tisch, *bevor* Lincoln sich darum kümmert."

„Ich bin *keine* Kreatur, Sir." Ich hatte das Gefühl, dass seine kleine Rede sich mehr an die Allgemeinheit richtete als an mich persönlich. Vielleicht eine Erinnerung an ihre Pflicht, nicht ohne offizielle Genehmigung zu handeln?

„Natürlich bist du das nicht, Charlie", sagte Lady Harcourt. Ihre sanften, braunen Augen ruhten auf mir. „Der General hat verallgemeinert."

„Wir müssen herausfinden, wer es ist und wie er zu seinem Wissen kam", sagte Marchbank.

„Charlie und ich werden weiter nach ihrer Mutter fahnden", sagte Lincoln. „Hoffentlich werden wir dabei mehr über die andere Partei herausfinden."

„Dann haben Sie viel zu tun. Bekommen Sie das hin, Fitzroy?"

„Natürlich. Meine Leute werden helfen."

Marchbank schwang sich aus dem tiefen Ohrensessel und taumelte auf die Füße. „Ihre Aufgaben im Haushalt werden leiden, wenn Sie sie zu viel einspannen."

„Wir werden sicherstellen, dass der Standard erhalten bleibt", antwortete ich.

Marchbank brummte. „Ein Haus dieser Größe sollte mehr Angestellte haben. Haben Sie in Erwägung gezogen, noch ein paar einzustellen?"

„Das würde nur Komplikationen verursachen", sagte Lincoln. „Ich brauche keine große Dienerschaft. Es sind nicht alle Räume in Gebrauch."

„Eine Schande", sagte Lady Harcourt, setzte ihre Teetasse ab und erhob sich ebenfalls. „Ich wünsche mir sehr, den Ballsaal voller Musik und Tanz zu sehen. Es ist ein prächtiger Saal."

„Sind wir durch?", fragte Marchbank. „Ich muss mich für das Abendessen bereit machen. Lady Marchbank erwartet mich zu Hause, um Gäste zu empfangen."

General Eastbrooke schmunzelte. „Da bin ich froh, dass ich nie geheiratet habe. Die Armee war so lange meine Frau und meine Kinder, ich glaube nicht, dass ich mich an ein häusliches Leben als Pensionär gewöhnt hätte. Ich lebe gern allein."

Keine Frau und keine Kinder? Wenn das der Fall war, welche Familie hatte Lady Harcourt dann gemeint? Ich hatte gehört, wie sie Lincoln vorgeworfen hatte, seiner Familie gegenüber beschützend zu sein, doch anscheinend war er in General Eastbrookes Haus allein aufgewachsen, nur mit Tutoren. Da war doch sicherlich jemand gewesen, den sie als seine Familie bezeichnet hatte, auch wenn sie nicht mit ihm verwandt gewesen waren. Konnte sie die Dienerschaft des Generals meinen? Lincoln behandelte uns keinesfalls, wie ein Gentleman seine Angestellten behandeln sollte, also hatte diese Angewohnheit vielleicht ihren Ursprung in seiner Kindheit, als er nur den Menschen nahe gewesen war, die er regelmäßig sah: Mägde und Diener.

Ob er es mir wohl erzählen würde? Bisher hatte er über Gurry nichts preisgeben wollen und mir nur nackte Fakten über seine Kindheit genannt, wenn ich ihn gefragt hatte. Vielleicht stellte ich die falschen Fragen. Lincoln war als Leiter des Ministeriums erzogen worden, also war seine Kindheit untrennbar mit dem Ministerium verwoben. Wenn ich nun nach dessen Vergangenheit fragte, würde ich etwas über seine erfahren. Zumindest würde ich mehr Einblicke in die Organisation bekommen, für die ich arbeitete—*falls* er mir Antworten gab.

„Hole Gus. Er soll die Mäntel holen", wies Lincoln mich an. „Und nimm den restlichen Kuchen mit."

„Ich will noch ein Stück", protestierte Gillingham und hielt mir seinen leeren Teller hin.

Lincoln nahm das Tablett mit dem restlichen Kuchen und reichte es mir.

„Ich glaube, es wäre klug, jetzt zu gehen", warnte Lady Harcourt Gillingham.

Mit dem Tablett ging ich schnell in die Küche. Der Biskuit— mein Biskuit—war halb aufgegessen, aber wenigstens würde ich etwas davon abbekommen. Ich lächelte in Erinnerung an Gillinghams Gesicht, als Lincoln ihm ein weiteres Stück verweigert hatte.

„Was grinste so?", fragte Gus, als ich in die Küche kam.

„Nichts." Ich stellte das Tablett ab. „Der ist für uns, aber erst müssen wir den Gästen die Mäntel holen. Sie brechen alle auf."

„Verdammt höchste Zeit."

„Ich mache Tee", sagte der Koch, während Gus und ich gingen. „Ist in fünf Minuten fertig."

Wir wollten gerade die Eingangshalle betreten, als Lady Harcourts lyrische Stimme zu uns herüberdrang. Ich streckte den Arm aus, um Gus aufzuhalten und schüttelte den Kopf. Ich wollte die beiden nicht stören.

„Er hat es nicht so gemeint, Lincoln", säuselte sie.

„Wer hat was nicht so gemeint, Julia?"

„Der General. Du bist sein Kind, in gleichem Maße, wie ein leibliches Kind es hätte sein können."

Nach einer kurzen Pause sagte er: „Du könntest kaum mehr irren."

Ich hörte draußen eine Kutsche davonrollen. Die Räder knirschten auf dem Kies. Lord Marchbank, wie ich vermutete, der nach Hause zu seiner Frau und den Dinnergästen eilte. Er musste sich seinen Mantel selbst geholt haben. Lady Harcourt und Lincoln schienen allein zu sein. Gus bewegte sich an mir vorbei und ich folgte ihm.

Er holte die Mäntel von der Garderobe und reichte mir Lady Harcourts. Lincoln griff danach und ich reichte ihn weiter.

„Warum hast du das Treffen einberufen, Julia?", fragte er beiläufig, während er ihr in den Mantel half.

Ihr Blick sprang zu mir und Gus und sie schüttelte leicht den Kopf.

„Antworte mir", sagte Lincoln. Die Beiläufigkeit wurde durch Eiseskälte ersetzt.

„Sie mussten wissen, was du getrieben hast. Das mussten wir alle. Die groben Details, die du mir heute Morgen genannt hast, reichten nicht aus, und ich bezweifelte, dass du mir mehr sagen würdest, hätte ich gefragt."

Er ging an ihr vorbei und hielt die Tür auf. „Hintergehe mich nicht noch einmal. Ist das klar?"

Das schwarze Band an ihrem Hals bewegte sich mit ihrem deutlichen Schlucken. „Ich habe dich nicht hintergangen, Lincoln. Ich habe ein Treffen einberufen. Als Mitglied darf ich das tun." Ihre Hände zitterten, als sie die Handschuhe anzog, aber ihr Kinn hielt sie trotzig erhoben.

Der General und Gillingham kamen aus dem Empfangszimmer. „Ist alles in Ordnung?", fragte der General und maß beide mit einem kritischen Blick.

Gillingham schien die Spannung im Raum nicht zu bemerken, trat an Gus heran, schnappte sich seinen Mantel und ging zur Tür.

„Alles bestens", sagte Lady Harcourt mit einem Lächeln zu Eastbrooke. „Begleite mich bitte hinaus, Gilly."

Gillingham blieb in der Tür stehen, seufzte und hielt ihr den Arm hin. Zusammen gingen sie hinaus. Lincoln folgte ihnen mit General Eastbrooke und Gus und ich kehrten in die Küche zurück.

Ich sank auf einen Stuhl und nahm vom Koch eine Tasse Tee entgegen. Das dampfende Getränk half, meine Nerven zu beruhigen, doch ich nahm an, dass ein Stück Kuchen dafür noch besser geeignet war.

„Bin ich froh, dass das rum is." Gus setzte sich mir gegenüber an den Tisch und streckte die Beine aus. „Also, was war los, nachdem ich aus dem Empfangszimmer raus bin?" Seine dichten

Brauen zogen sich zusammen, während ich ihm und dem Koch von dem Treffen berichtete.

Als ich fertig war, schnitt ich den restlichen Kuchen in vier Stücke. Ich wollte gerade den ersten Bissen in den Mund schieben, als Lincoln eintrat.

„Das sollte alles für dich sein", sagte er mit einem Nicken zum Kuchen.

„Es ist noch genug für uns vier übrig." Ich schob einen Teller zu einem leeren Stuhl, während er sich am Herd eine Tasse Tee eingoss. „Seth muss diesmal verzichten."

Er setzte sich zu uns, aß den Kuchen aber nicht. Der Koch, Gus und ich schlangen unsere Stücke herunter. Als Lincoln mir seinen Teller hinschob, aß ich auch sein Stück.

„Wünschen Sie zu Abend zu essen, Sir?", fragte der Koch.

„Nur eine Kleinigkeit, bevor ich gehe. Ich will noch mal zu Lee und mich im Laufe der Nacht in einigen anderen Etablissements umsehen."

Ich tupfte mir den Mund ab, um alle Krümel zu erwischen. „Das war schlau zu vermuten, dass der Captain ein medizinischer Offizier in der Armee sein könnte."

„Es ist eine Möglichkeit."

„Eine wahrscheinliche, glaube ich. Ob der General wohl noch mehr herausfindet? Es kann nicht so schwer sein, Einzelheiten über Ärzte herauszufinden, die wegen Fehlverhaltens aus dem Korps entlassen wurden."

„Für den Fall, dass er entlassen wurde", sagte er. „Er könnte noch dort arbeiten. Seine Dienstakte könnte tadellos sein."

„Stimmt, aber wäre er nicht in Übersee stationiert? Er hätte die Männer hier nicht in den letzten Monaten regelmäßig aufsuchen können, wenn das der Fall wäre."

„Er könnte hier stationiert oder für einen längeren Zeitraum krankgeschrieben sein." Er zuckte mit den Schultern. „Doch hoffentlich hast du recht. Ein entlassener Offizier wird in den Aufzeichnungen eher auffallen als ein aktiver." Er beobachtete mich weiter und ich wusste nicht einmal ansatzweise, warum.

Nach einer Weile hielt ich es nicht mehr aus, stand auf und sammelte das Geschirr ein.

„Charlie", rief er mir nach, ehe ich in der Spülküche

verschwinden konnte. „Wirst du morgen ein weiteres Waisenhaus aufsuchen?"

„Ich ... geben Sir mir frei, damit ich das tun kann?"

Er nickte.

„Dann werde ich das tun, ja. Danke." Ich stapelte das Geschirr im Spülbecken. Während ich Wasser holte, konnte ich nicht aufhören zu grinsen. Er hatte mir nicht nur frei gegeben, sondern traute mir zu, das Haus zu verlassen, obwohl er wusste, dass jemand nach meiner Mutter und eventuell auch nach mir suchte. Das bedeutete, dass er mir zutraute, mich selbst schützen zu können.

Eines Tages würde er mir hoffentlich auch zutrauen, nachts allein auf der Straße unterwegs zu sein, doch für den Moment reichte es mir, dass er es am helllichten Tag unter vielen Menschen akzeptierte.

Wenn er allerdings gewusst hätte, dass mir neulich jemand gefolgt war, hätte er mich vermutlich nicht gehen lassen.

KAPITEL 9

*L*incoln war die ganze Nacht unterwegs gewesen und auch dann noch nicht zurückgekehrt, als ich morgens das Haus verließ. Im Tor von Lichfield hielt ich inne, schaute nach links und rechts und ging erst weiter, als ich sah, dass niemand in der Nähe war. Ich nahm den Bus in die Stadt, dann einen anderen, um die Brücke zu überqueren. In meinem neuen Mantel fühlte ich mich schrecklich auffällig unter den ganzen Frauen, die schlichte Wollmäntel trugen, doch bis ich in The Borough ausstieg, war es mir egal. Tatsächlich fühlte ich mich elegant und wichtig. Ein Gentleman bot mir sogar seinen Platz an und ein anderer hob den Hut zum Gruß.

Trotzdem blieb ich aufmerksam und war mir ziemlich sicher, dass mir niemand gefolgt war, als ich in Bermondsey ankam. Im Vergleich zu den anderen, die ich bisher im Norden der Stadt besucht hatte, war das Waisenhaus klein und unglückliche Gesichter schauten aus den Fenstern des zweiten Stocks auf mich herab. Angesichts dieses Mantels mussten sie glauben, dass ich eine wohlhabende Dame war, und ich bereute es doch wieder, ihn angezogen zu haben. Ich war keine Dame; ich war genau wie sie. Oder war es zumindest einmal gewesen, als Säugling und dann wieder mit dreizehn, als Anselm Holloway mich aus dem Haus geworfen hatte. Während ich es vorgezogen hatte, auf der Straße zu leben, anstatt mich in ein Waisen- oder Arbeitshaus zu begeben, war ich dennoch in der Stadt ohne Freunde gewesen.

Ich zog meinen Mantel enger um mich und klopfte. Sich über vergangene Entscheidungen den Kopf zu zerbrechen, war niemals eine gute Idee. Von jetzt an wollte ich nur noch in die Zukunft blicken.

Nachdem ich den älteren, schwerhörigen Verwalter angeschrien hatte, konnte ich das Bermondsey Waisenhaus von meiner Liste streichen. Dank seines exzellenten Erinnerungsvermögens hatte er nicht in seine Unterlagen schauen müssen. Niemand namens Holloway hatte vor achtzehn Jahren ein kleines Mädchen adoptiert und es hatte auch niemand in letzter Zeit die gleichen Fragen gestellt.

Ich suchte zwei weitere Waisenhäuser im Süden Londons auf und bekam die gleichen Antworten. Nur das in Brixton hatte einen Brief mit Fragen nach meiner Adoption erhalten. Genau wie Mr Hogan vom Waisenhaus in Kentish Town konnte der Verwalter sich nicht an die Adresse erinnern, an die er die Antwort geschickt hatte, und hatte den Brief auch nicht aufgehoben. Er behauptete, er wäre auf einfachem Papier ohne Monogramm mit unleserlicher Unterschrift geschrieben gewesen. Eine weitere Sackgasse.

Mit dem Zug fuhr ich zurück in die Stadt und wollte gerade nach einem Bus Richtung Highgate schauen, als mir eine andere Idee kam. Ich wusste, dass der Name meines Vaters Frankenstein war, also hatte meine Mutter ihn möglicherweise auf meiner Geburtsurkunde angegeben. Ich erkundigte mich beim Postamt in St. Martins Le Grand und erfuhr, dass das allgemeine Standesamt nicht weit entfernt war. Es war im Nordflügel des Somerset House angesiedelt, einem imposanten Gebäude, das mehr einem Palast ähnelte, dem die muffige Atmosphäre der Verwaltung anhaftete. Ich wartete, bis ich zu einem der Schreibtische gerufen wurde, an dem ein weißhaariger Mann mit Spitzbart mich über den Rand seiner Brille anblinzelte.

Er bat mich, meinen und Frankensteins Namen auf ein Formular zu schreiben, das er an einen jüngeren Mann weiterreichte. Der arme Kerl war bereits beladen mit Formularen und

Dokumenten und ich befürchtete, dass ein weiteres Blatt den ganzen Stapel zu Fall bringen würde.

„Warten Sie einen Moment", rief ich ihm zu, als er weitergehen wollte.

Er sah erst mich, dann den Weißhaarigen verwirrt an. „Was ist denn?", fragte der ältere Mann am Schreibtisch gelangweilt. „Wir sind sehr beschäftigt."

„Ich würde mich gern nach einer weiteren Geburt erkundigen." Ich setzte mein süßestes Lächeln auf. Der jüngere Mann kam näher und erwiderte mein Lächeln. Der Ältere brummte, reichte mir aber ein weiteres Formular zum Ausfüllen. Schnell schrieb ich Lincolns Namen in das linke Feld für den Namen des Kindes, solange ich die Nerven behielt. Ich reichte es direkt dem Assistenten und legte eine Hand auf seinen Arm. „Vielen Dank, dass Sie auf mich gewartet haben, Sir. Ich weiß das zu schätzen."

„Es könnte etwas dauern", sagte der Ältere.

„Oh."

„Ihre liegen obenauf, Miss", sagte der Jüngere. Er zwinkerte mir zu und verschwand.

Ich setzte mich zu einigen anderen Leuten, die ebenfalls warteten, und bereute augenblicklich, mich nach Lincolns Geburt erkundigt zu haben. Das war eine Spontanentscheidung gewesen, auf die ich jetzt, da ich darüber nachdachte, nicht sonderlich stolz war. Er würde mich dafür hassen, dass ich ihn wieder hintergangen hatte. Ich hasste mich selbst dafür und beschloss, mir die Auskunft nicht anzusehen.

Lediglich eine halbe Stunde musste ich warten, ehe der junge Assistent nach mir suchte. Er lächelte und fummelte an seiner Krawatte herum, aber mir stand nicht der Sinn nach einem Flirt.

„Was haben Sie herausgefunden?", fragte ich.

Er breitete die Hände vor sich aus. Sie waren leer. „Nichts, fürchte ich. Es gibt keine Einträge unter dem Namen Frankenstein."

Ich lächelte trotz meiner Enttäuschung, doch es fühlte sich gezwungen an, was er zu bemerken schien. Sein eigenes Lächeln verrutschte etwas. „Die andere Sache interessiert mich nicht mehr", sagte ich ihm, während ich aufstand. „Was auch immer Sie herausgefunden haben, können Sie für sich behalten."

Sein Gesicht hellte sich auf. „Das ist gut, denn ich habe sowieso nichts gefunden. In den letzten fünfzig Jahren wurde kein Kind mit dem Namen Lincoln Fitzroy geboren."

Ich verließ das Standesamt und lief The Strand wie im Traum entlang. Es war nicht der Mangel an Informationen über meine eigene Geburt, der mich verwirrte, da ich vermutete, dass meine Mutter Frankenstein von mir fernhalten wollte und daher seinen Namen nicht auf die Geburtsurkunde hatte setzen lassen. Keinen Eintrag über Lincoln zu finden war überraschender. Ich hatte angenommen, dass seine Eltern arm gewesen waren und ihn nicht hatten aufziehen können. Wenn das der Fall gewesen wäre, hätte es aber einen Eintrag gegeben.

Ich verwarf alle weiteren Fragen, die ich in dieser Sache hatte, und war froh, nichts Brauchbares durch meine Unbedachtheit erfahren zu haben. Das flaue Gefühl, das ich im Magen gehabt hatte, seit ich den Kerl mit der Anfrage losgeschickt hatte, ebbte ab.

Mit dem Bus fuhr ich aus der Stadt nach Highgate, doch anstatt direkt nach Hause zu gehen, nahm ich den Umweg über den Friedhof. Der Straßenhändler mit seinem Karren war heute Gott sei Dank nicht da und nach mir stieg niemand aus. Ich war mir sicher, dass mir niemand gefolgt war und ich nicht länger beobachtet wurde. Das war eine enorme Erleichterung.

Mr Tucker konnte ich nicht finden, also suchte ich nach dem Kerl mit dem weinroten Leberfleck. Er saß unter einem Baum und kaute auf seinem Mittagessen. Sobald ich mich näherte, rappelte er sich auf, zog die Kappe vom Kopf und klemmte das Kinn auf die Brust.

„Bitte entschuldigen Sie die Störung." Es war, als würde man mit einer streunenden Katze reden. Ich musste sowohl meine Bewegungen als auch meine Stimme sanft und beruhigend halten. „Ich hoffe, Sie können mir eine Frage über das Grab beantworten, das ausgehoben wurde."

Er nickte.

„Waren Sie in der Nähe, seit die Leiche wieder begraben wurde?"

Er nickte.

„Ist sie noch begraben?"

Ein weiteres Nicken.

„Ist Ihnen jemand aufgefallen, der seither Interesse an dem Grab gezeigt hat?"

„Nein, Miss", murmelte er.

„Danke, das ist schon alles. Bitte, essen Sie weiter."

Also schien es, dass wir recht gehabt hatten; der Captain wollte das Risiko nicht eingehen, Gordon wieder auszugraben. Wir konnten den Mann nur bei Mr Lee finden—*falls* er dort noch einmal hinkam.

* * *

OBWOHL ICH DEN Tag frei hatte, erledigte ich einige Dinge nach dem Mittagessen. Lincoln war während meiner Abwesenheit zurückgekehrt und ruhte sich in seinen Gemächern aus, während Gus bei Lee Wache hielt. Es war schon recht spät am Tag als Lincoln zu mir ins Empfangszimmer kam, wo ich die Tischplatten mit Bienenwachs polierte.

„Wir können eine Stunde trainieren, ehe ich wieder los muss", sagte er.

Ich sah aus dem Fenster. Die letzten Strahlen der Sonne tauchten den Vorgarten in glühende Sepiatöne. Es würde bald dunkel sein. „Heute nicht, wenn es Ihnen recht ist. Ich würde stattdessen gern mit Ihnen reden."

Er legte eine Hand auf das Kaminsims. „Über?"

„Über das Ministerium."

Er holte tief Luft und stieß sie langsam wieder aus. „Nun gut. Aber erst sagst du mir, was deine Nachforschungen heute Morgen ergeben haben."

Ich erzählte ihm, welche Waisenhäuser ich besucht und was ich erfahren hatte, ebenso wie die Dinge vom Friedhof. Den Abstecher zum Standesamt erwähnte ich nicht. „Der Captain hat Thackerys Grab nicht wieder aufgesucht."

„Wir werden ihn bei Lee oder in einer der anderen Opium-höhlen finden", sagte er. „Nicht auf dem Friedhof."

„Sie sind sehr zuversichtlich, doch ich wüsste nicht, wieso. Sie können unmöglich alle Opiumhöhlen in London überwachen. Sie sind nur zu dritt."

„Ich habe jedem Inhaber eine anständige Summe dafür gezahlt, dass sie mir Bericht erstatten, sollte jemand auftauchen, auf den die Beschreibung des Captains passt und der selbst nicht raucht. Ich bin sicher, dass mein Geld Resultate erzielt."

Ich lächelte. „Sie haben an alles gedacht."

„Ich weiß, wie diese Operationen ablaufen."

„Woher? Sie sagten, Sie kennen Lee ..." Ich konnte seinem Blick nicht mehr standhalten und wandte mich wieder dem Polieren des Tisches zu.

„Du möchtest wissen, ob ich Opium rauche."

Ich zuckte mit einer Schulter. „Es kam mir in den Sinn."

„Das habe ich."

Seine Antwort schreckte mich genug auf, um ihn wieder anzusehen. „Oh. Ach so. Gut."

„Möchtest du nicht mehr erfahren?"

„Ich will nicht bohren."

„Doch, das willst du." Trotz seines Vorwurfs klang er nicht wütend oder aufgebracht. „Du bist von Natur aus neugierig."

„Manche würden sagen, ich stecke meine Nase überall hinein."

Sein Mundwinkel hob sich. „Mir ist es lieber, du fragst mich direkt anstatt andere. Auf diese Art bekommst du mit Sicherheit die richtigen Antworten."

Wenn er denn überhaupt antworten wollte. „Also gut. Wie kam es, dass Sie opiumabhängig wurden?"

„Ich war nicht abhängig. Ich habe als Teil meiner Studien damit experimentiert, als ich jünger war."

„Sie haben damit experimentiert?", wiederholte ich. „Wie experimentiert man denn mit Opium? Und wozu?"

„Ich habe es fünfmal innerhalb von fünf Wochen geraucht, um die Auswirkungen zu studieren."

„Warum?"

Er zuckte mit den Schultern. „Warum nicht? Es ist ein weiteres Stück Wissen, und Wissen ist in meiner Position dringend erforderlich."

„Wenn Sie es so formulieren, klingt es recht harmlos. Wenn ich ans Opiumrauchen denke, denke ich an eine schäbige Gewohnheit, die verzweifelte Männer anlockt."

„So kann es sein, wenn man es zu oft nimmt, wie Gordon Thackery nach eigener Aussage. Ein Abhängiger ist kein schöner Anblick."

„Ich habe Männer in einer Dachstube in Bluegate Fields ein- und ausgehen sehen. In der Nähe habe ich mal gelebt. Wir wussten alle, dass es ein Opiumhaus ist. Oft sah ich die gleichen Männer an den Straßenecken, wo sie um Geld gebettelt haben, dass sie dann später in der Dachstube wieder ausgegeben haben. Sie wirkten so hoffnungslos, als ob sie in einem Netz gefangen wären, aus dem sie sich nicht befreien können. Es war schrecklich."

„So läuft es meistens bei Abhängigkeit. Es ist schwierig, sich zu befreien, wenn sie einmal zugeschlagen hat."

„Haben Sie den Zug des Opiums nie gespürt, als Sie damit experimentiert haben? Wollten Sie es nie öfter nehmen als einmal in der Woche?"

Er schüttelte den Kopf. „Wie du hatte ich gesehen, was es aus einem Mann machen kann. Einer meiner Tutoren hat mir die Süchtigen gezeigt, die du beschrieben hast."

„Das ist merkwürdig für einen Tutor. Welches Fach hat er unterrichtet?"

„Es hatte keine offizielle Bezeichnung. Ich nannte es die Elends- und Abschaumstudien, aber nicht vor meinem Tutor."

Ich lachte. „Wie viele Tutoren hatten Sie?"

„Zweiundzwanzig, aber nicht alle gleichzeitig. Über mehrere Jahre verteilt hatte ich vielleicht drei oder vier verschiedene Tutoren für ein Fach."

„Ihr Unterricht war privat?"

Er nickte.

„Es nahmen keine anderen Kinder teil?"

„Nein. Warum?"

„Ich bin nur neugierig." Es bestätigte meine Theorie, dass er eine einsame Kindheit verbracht haben musste. „Waren es verstaubte alte Männer?"

Er zögerte, ehe er antwortete. „Nicht alle."

Ich runzelte die Stirn. Warum hatte er gezögert? Dann ging mir ein Licht auf. „Wollen Sie damit sagen, dass Sie auch weibliche Tutoren hatten?"

Noch eine Pause. „Nur eine."

„Welches Fach hat sie unterrichtet?"

„Frauen."

Ich verschluckte beinahe meine Zunge, um nicht zu lachen. „Frauen?"

„Ich hatte zu der Zeit wenig mit Frauen zu tun, also beschloss der General, dass ich mehr über sie lernen sollte. Da es im Haushalt nur eine mürrische alte Haushälterin gab, stellte er eine Frau ein, um mich mit weiblichen Dingen vertraut zu machen. Wie sie sich benahmen und dachten, ihre Schwächen und Stärken. Ich habe viel von ihr gelernt."

„Also haben wir ihr den charmanten Mann zu verdanken, der Sie heute sind?"

Seine Augen verengten sich. „Sie hat ihr Bestes getan. Es ist nicht ihre Schuld, dass ich schon sechzehn und in meinem Verhalten festgefahren war, als sie die Aufgabe übernahm."

„Etwas muss sie richtig gemacht haben", sagte ich und beendete mein Putzen.

„Ist das so?"

„Lady Harcourt findet Sie auf jeden Fall anziehend."

„Wirklich?", sagte er lässig.

Ich fragte mich, was seine Tutorin ihm noch beigebracht hatte. Wie man einer Frau intim Freude bereitete? Oder war diese Aufgabe Lady Harcourt zugefallen, oder möglicherweise einer früheren Liebschaft? Wie viele hatte dieser gut aussehende, faszinierende Mann in sein Bett geholt?

Die schmierigen Hände wischte ich an einem sauberen Tuch ab und schraubte den Deckel auf die Wachstube. Ich versuchte, nicht über seine Liebschaften nachzudenken. Von Lady Harcourt zu wissen, reichte vollkommen.

„Sind das die einzigen Fragen, die du mir stellen wolltest?", fragte er.

„Nein. Diese Fragen hatte ich noch nicht einmal geplant. Danke, dass Sie sie beantwortet haben. Ich weiß Ihre Aufrichtigkeit zu schätzen." Ich biss mir auf die Lippe. Mir war mehr als bewusst, dass er mich beobachtete und dass ich als seine Magd kein Recht hatte, ihn nach seinem Privatleben auszufragen.

„Ich möchte, dass du dich hier wohlfühlst", sagte er und verschränkte seine Hände hinter dem Rücken.

„Das tue ich bereits."

Er bedeutete mir, auf dem Sofa Platz zu nehmen, also setzte ich mich und achtete darauf, dass ich den Brokatstoff nicht mit den Händen berührte. Er setzte sich mir gegenüber in den Sessel. „Weiter."

„Erzählen Sie mir vom Ministerium", sagte ich.

„Ich dachte, das hätte ich bereits getan."

„Sie haben mir erzählt, was jetzt seine Ziele sind und warum es ein Komitee gibt, aber von seiner Geschichte weiß ich nichts. Sie scheinen alle unterschiedliche Meinungen über die Aufgaben des Ministeriums zu haben und was man mit Leuten wir mir tun sollte. Ich dachte, wenn ich die Vergangenheit des Ministeriums kenne, hilft es mir, die Gegenwart zu verstehen."

Er beugte sich vor und stützte die Ellenbogen auf seine Knie. „Lass dich nicht von Gillingham einschüchtern. Seine Meinung ist nur eine unter vielen."

„Ich weiß. Und er schüchtert mich nicht ein." Nicht mehr.

Er lehnte sich zurück und saß sehr still da. Er war oft still, sowohl im Sitzen als auch im Stehen, als ob er jedes Gramm Energie für später aufbewahrte. „Das Ministerium ist aus einem Orden entstanden, den es eine sehr lange Zeit gab. Es wurde in das Ministerium für merkwürdige Dinge umbenannt, als ich die Leitung übernahm."

„Dinge?" Ich schmunzelte. „Wer hat sich denn den Namen ausgedacht?"

Seine Lippen zogen sich zusammen. „In jüngerer Vergangenheit erhielt es den jetzigen Namen das Ministerium der Kuriositäten. Vor meiner Übernahme hatte es viele Jahre brachgelegen, ohne Leiter und nur mit einem Komitee, das die Erinnerung an seine Funktion wachhielt und die Informationen von Generation zu Generation weitergab. Und natürlich die Archive aufbewahrte."

„Wie alt ist es genau?"

„Vielleicht tausend Jahre. Niemand weiß es so genau."

„Du meine Güte. So lange existiert es schon? Das bedeutet, dass es die Menschen mit übernatürlichen Fähigkeiten genauso lange gibt, sonst hätte es ja keinen Grund gegeben, sie zu schützen."

Sein Blick glitt zur Seite. Seine Hände bewegten sich kaum wahrnehmbar auf den Armlehnen des Sessels.

„Was ist?", fragte ich. „Was erzählen Sie mir nicht?"

Er schien überrascht, dass ich seine Zeichen gelesen hatte. „Der Orden wurde ursprünglich nicht gebildet, um die, die sich mit Magie auskannten, zu finden und zu schützen, sondern um sie zu vernichten."

Ich schnappte nach Luft. „Leute wie mich?", flüsterte ich.

Er nickte. „Der Orden dachte, dass jeder, der Magie praktiziert, wie sie es nannten, unheilig war, unnatürlich."

„So wie Anselm Holloway."

„Vor tausend Jahren erklärte die Kirche alle übernatürlichen Personen zu Gräueln gegen Gott und setzte damit sozusagen ein Kopfgeld aus. Das einfache Volk hatte damit freie Hand, Hexen zu verbrennen, Nekromanten zu lynchen und jeden anderen zu ermorden, der magische Fähigkeiten an den Tag legte. Der Orden erwuchs aus diesen Zeiten der Verfolgung hier in England und über Hunderte von Jahren gedieh er, während er alle jagte, die der Hexerei beschuldigt wurden."

„Wie grässlich", flüsterte ich.

„Ja und nein. Nicht jeder hat ein gutes Herz und ein Gewissen wie du, Charlie. Magier und Hexen konnten großen Schaden anrichten. Sie sind immerhin Menschen und wie in allen Gruppen von Menschen gibt es gute und schlechte. Manche taten furchtbare Dinge. Der Orden machte allerdings keine Unterschiede. Übernatürliche, gute wie schlechte, wurden Opfer seiner Form der Justiz. Unschuldige wurden zusammen mit den Schuldigen verfolgt."

„Also ... sind Magier und Hexen real", sagte ich vorsichtig.

„Das sind sie. Du bist eine davon."

Ich schnaubte. „Ich bin Nekromantin. Das ist wohl kaum Magie oder Hexerei. Ich kann mich nicht in eine Fledermaus verwandeln oder Sie in einen Frosch. Ich kann nur eine einzige Sache tun, und die ist auch nur bedingt hilfreich."

„Nach dem, was ich in den Archiven des Ministeriums gelesen habe, qualifiziert dich das trotzdem als Hexe. Die meisten Hexen oder Magier schienen eine Spezialität zu haben, nur einen Zauber, den sie ausüben konnten. Ich habe keine Berichte davon gefunden, dass jemand andere in eine Fledermaus oder ein anderes Tier verwandelt hat, aber ich habe Berichte von Bewusstseinskontrolle gefunden, vom Verändern der eigenen Erscheinung, vom Sprechen mit Geistern und dergleichen."

Ich schüttelte langsam den Kopf, nicht weil ich ihm nicht glaubte, sondern weil es so fantastisch klang. Es war schwierig, den Umfang dessen zu begreifen, was er mir erzählte. „Warum wissen wir jetzt nichts über Hexen und Magier? Abgesehen von mir."

„Ich habe andere beobachtet, die seltsame Kräfte besitzen. Sie sind nicht schwer zu finden, wenn man den Gerüchten folgt und mit den richtigen Leuten spricht. Ich vermute, sie bleiben aus denselben Gründen für sich wie du—aus Angst vor Vergeltung. Die Gesellschaft würde sie mindestens ausstoßen, wenn nicht sogar verletzen."

„Vermutlich." Holloway hatte sowohl versucht, mich zu verbannen, als auch mich zu verletzen. Ersteres hatte er geschafft und bei Letzterem hatte er nur dank des Kochs und seines Hackbeils versagt.

„Der Orden hat in diesen frühen Jahrhunderten viele, viele Tode von Übernatürlichen auf dem Gewissen", sagte er. „Zum Glück haben sich die Zeiten drastisch geändert. Du hast vom Ministerium nichts zu befürchten. Niemand will jetzt die Übernatürlichen ausmerzen."

Außer vielleicht Lord Gillingham. „Die anderen wollten mich ins Exil schicken."

„Exil ist kein Tod."

„Nein", entgegnete ich trocken.

„Und ich werde nicht zulassen, dass das geschieht, es sei denn, du möchtest gern auf ein tropisches Inselparadies umsiedeln."

Trotz allem lächelte ich. „Lichfield passt mir im Moment sehr gut."

„Ich bin froh, das zu hören." Seine volle, tiefe Stimme rollte über mich hinweg und mein Lächeln wurde breiter. Er blinzelte einmal und schaute dann auf seinen Schoß, wo sich seine Hände zu Fäusten ballten. Der innige Moment war so schnell vorbei, dass ich mich diesmal fragte, ob ich ihn falsch verstanden hatte.

„Warum schlief der Orden ein?", fragte ich. „Wurden so viele Übernatürliche vernichtet, dass keine mehr übrig waren und der Orden nicht mehr gebraucht wurde?"

„Das ist eine Theorie, aber es ist wahrscheinlicher, dass ihm das gleiche Schicksal zuteilwurde wie der römisch-katholischen Kirche hier. Er war eng mit dem Glauben verknüpft und als England im sechzehnten Jahrhundert die Reformation einläutete und alle Katholiken verbannte, zerfiel der Orden. Er geriet allgemein in Vergessenheit und nur einige Wenige hielten die Berichte und Geschichten am Leben. Eine Handvoll von Verwaltern wurde in jeder Generation ernannt, die die Informationen an ihre Söhne weitergaben, diese wiederum an ihre Söhne und so weiter."

„Die jetzigen Komiteemitglieder sind Nachkommen der ursprünglichen Verwalter?"

Er nickte. „Ich hatte keinen Einfluss auf ihre Auswahl. Das hatte niemand."

„Sie sagten Söhne. Was ist mit Lady Harcourt? Hat sie keine Brüder?"

„Lady Harcourts verstorbener Mann war das Komiteemitglied. Er gab die Informationen nicht an seine Söhne, sondern an seine Frau weiter. Sie weiß nicht, warum, aber es ist möglich, dass er seinen Söhnen die nötige Diskretion nicht zutraute."

Da ich Andrew Buchanan kennengelernt hatte, konnte ich mir das gut vorstellen. „Warum hat nicht eine Generation den alten Orden wiederbelebt und neu eingesetzt? Warum bis jetzt warten?"

„Sie haben auf mich gewartet."

Ich zog die Augenbrauen hoch.

„Anscheinend gab es eine Prophetie, die eine Seherin in der Mitte des sechzehnten Jahrhunderts ausgesprochen hat. Darin wurde die lange Ruhephase des Ordens vorausgesagt, die in diesem Jahrhundert enden sollte, wenn ein neuer Leiter ernannt wird. Über den gab es bestimmte Details." Er hielt seine Hände mit den Handflächen nach oben. „Es stellte sich heraus, dass ich das war."

Wie außergewöhnlich und auch ziemlich faszinierend. Es erinnerte mich an alte Märchen mit Flüchen, Prophetien und bösen Hexen. Und es gab sogar den Ritter in glänzender Rüstung—Lincoln. Der Geschichte fehlte nur noch eine Prinzessin.

„Also wurden Sie im Haus des Generals aufgezogen und von Geburt an als Leiter ausgebildet."

Er nickte. „Er war das älteste Mitglied. Er hatte selbst keine Familie und galt damit als idealer Kandidat."

„Aber er war nie zu Hause."

„Genau. Es wurde als das Beste angesehen, wenn ich zu niemandem eine Bindung aufbaute."

Ich blinzelte ihn an. Keine Bindung aufbauen? Aber kleine Kinder *brauchten* das Gefühl, zu jemandem zu gehören, der sie umsorgte. Ich hatte das in den Banden an den jüngsten Mitgliedern gesehen. Sie hängten sich oft an einen Größeren, der sich um sie kümmerte und für sie sorgte, sie sogar lieb hatte. Das war menschlicher Instinkt. „Waren die Angestellten wie eine Familie für Sie?"

„Sie wurden oft weitergeschickt, ehe ich mich mit ihnen anfreunden konnte."

„Oh, Lincoln."

Wieder ballten sich seine Hände auf den Knien zu Fäusten. Seine Lippen pressten sich flach aufeinander und ich beschloss, ihm nicht zu sagen, dass ich seine Kindheit als desolat empfand. Er würde mein Mitleid hassen. Also stellte ich eine weniger persönliche Frage. „Würde eine Seherin nicht als übernatürlich angesehen und damit zum Ziel des Verwalter-Komitees werden?"

„Das ist die Ironie. Die Prophetie hat den Orden nicht nur für so lange Zeit ruhen lassen, sondern hatte möglicherweise auch ein Umdenken der Verwalter zur Folge. Ich konnte in den Archiven keinen Hinweis finden, dass die Seherin für ihre Prophetie bestraft wurde. Dort stand sogar, dass der neue Leiter Magie nutzen würde, um die dunklen Mächte zu besiegen, die das Reich in die Knie zwingen wollen."

„Herr im Himmel. Glauben Sie, sie meinte Frankenstein?"

„Vielleicht. Er hätte auf jeden Fall großen Schaden anrichten können, wenn es ihm gelungen wäre, eine Armee von starken Leichen zu erschaffen."

„Und wenn meine Nekromantie als Magie gilt, dann passt es auch." Ich erwartete, dass er noch etwas hinzufügte, doch das tat er nicht. Es schien, als müsste ich stattdessen das Thema anschneiden. „Hat Ihre Mutter Sie freiwillig abgegeben?"

„Ich weiß es nicht. Der General hat mir so wenig über sie gesagt."

„Was *wissen* Sie?"

„Dass sie in jungen Jahren schwanger wurde und nicht verheiratet war. Dass es für sie und für mich ein Segen war, dass ich ihr weggenommen wurde. Anscheinend hätte sie es sich nicht leisten können, mich aufzuziehen, und ich hätte ein Leben in Elend verbracht."

Ob man dem General glauben konnte? Lincoln schien es zu tun, obwohl er steif sprach, formell, als ob er lieber nicht darüber nachdachte. Wenn er eine einsame, unglückliche Kindheit erlebt hatte, war es kein Wunder, dass es ihm schwerfiel, sich auszudrücken und Freundlichkeit zu zeigen.

„Sie wurden zu einer Tötungsmaschine erzogen, nicht wahr?", vermutete ich.

Er sah mich mit großen Augen an, die sich aber schnell wieder verengten. „Unter anderem", schnappte er.

„Es ... es tut mir leid. Ich meinte das nicht böse. Ich wollte damit nur sagen, dass Sie die Welt vor dunklen Mächten retten sollten, also mussten Sie entsprechend darauf vorbereitet werden."

„Ich spreche ein Dutzend Sprachen fließend und ein weiteres Dutzend ganz passable. Ich habe ganze Bücher auswendig gelernt, kenne mich mit fortgeschrittener Mathematik aus und kann einen Motor so effektiv zusammensetzen wie ein Ingenieur. Ich kann Gifte und Gegengifte brauen, habe ein fundiertes medizinisches und anatomisches Wissen. Ich bin durch Europa und Teile Asiens und Amerikas gereist. Ich kann so gut tanzen wie jeder andere Gentleman, Poesie rezitieren und Geige spielen. Möchtest du, dass ich fortfahre?" Es war nicht angeberisch, sondern sachlich; also ob er mich wissen lassen wollte, dass er mehr als eine Tötungsmaschine war, mehr als sein Spitzname ‚Der Tod'. Als ob er es *brauchte*, dass ich das wusste. Damit schmerzte es mich nur noch mehr für ihn.

„Ihr Katalog von Fähigkeiten ist sehr beeindruckend", flüsterte ich. „Jetzt fühle ich mich wie ein Dorftrottel."

Er schnalzte mit der Zunge und öffnete seine Fäuste. „Das war nicht meine Absicht. Vergib mir."

„Ist schon gut." Ich wollte lächeln, um ihn wissen zu lassen, dass es keine Rolle spielte, aber er wollte mich nicht ansehen. Es war besser, sich wieder dem Ministerium zuzuwenden. Sicherer. „Das Komitee ist im Großen und Ganzen immer noch skeptisch, was Magie und das Übernatürliche angeht", sagte ich. „Bei Ihnen scheint das anders zu sein. Woher kommt das?"

Er räusperte sich. „Ich habe zuvor erwähnt, dass ich einige Leute beobachtet habe, die besondere Kräfte haben. Sie waren alle harmlos, gute Leute, und ich hatte keinen Grund, sie zu fürchten oder mir Sorgen zu machen, dass sie das Land beherrschen wollen."

„Sie waren nicht die dunklen Mächte, von denen die Seherin gesprochen hatte?"

„Nicht im Geringsten."

Ich stand auf und nickte ihm zu. „Danke, Mr Fitzroy. Ich weiß Ihre Offenheit wirklich zu schätzen. Ich werde keiner Seele erzählen, was Sie mir gesagt haben."

„Das weiß ich." Er erhob sich ebenfalls. „Gus und Seth werden heute Abend beschäftigt sein", fügte er hinzu. „Also musst du etwas für mich tun."

„Soll ich Ihre Zimmer putzen?"

„Nichts dergleichen. Kannst du meinen Frack prüfen und sicherstellen, dass er ordentlich ist? Es ist schon eine Weile her, seit ich ihn das letzte Mal getragen habe. Mein formelles Hemd muss auch gestärkt werden."

Mein stumpfes Gehirn brauchte eine Weile, bis es begriff, dass er von der Kleidung sprach, die er zum Ball anziehen würde. „Sie nehmen die Einladung von Lady Harcourts Freundin an?"

„Du wirkst überrascht."

„Ich dachte nicht, dass das Ihr Ding wäre."

„Ist es nicht."

„Warum gehen Sie dann hin?"

„Die Antwort ist dir wichtig", sagte er platt.

„Ja. Nein!" Ich seufzte. „Ich bin neugierig, warum Sie hingehen, wenn Sie glauben, Sie werden es hassen. Liegt es daran, dass Lady Harcourt es wünscht?"

Eine dunkle Braue hob und senkte sich wieder. „Nein", sagte er, während er wegging. „Dort sind Leute, mit denen ich sprechen möchte."

„Ihre Familie", murmelte ich und überraschte mich damit selbst. Meine Gedanken sprangen in alle möglichen Richtungen und ich war mir nicht sicher, ob ich glaubte, was ich gerade gesagt hatte, oder ob ich es nur in den Ring warf, um seine Reaktion zu sehen.

Und er reagierte. Er blieb plötzlich stehen und drehte sich zu mir um. Ich schluckte.

„Es … es tut mir leid." Ich winkte mit dem Poliertuch ab. „Sie sind ein Gentleman, also habe ich angenommen, dass Ihre Familie auch zum Adel gehört und vielleicht an Bällen teilnimmt. Mehr wollte ich damit nicht sagen."

„Ich habe dir gesagt, dass meine Mutter eine Bettlerin war."

„Und Ihr Vater?"

„Ich wurde nie darüber informiert, wer er war." Er verließ das Empfangszimmer, die Hände hinter dem Rücken verschränkt.

Ich sah ihm mit einem seltsamen Gefühl in meiner Brust nach. Zum Teil war es Mitleid mit dem einsamen kleinen Jungen, der er einst war, aber im Wesentlichen war es ein Gefühl des Triumphs. Mir war während unseres Austauschs etwas klar geworden—ich hatte begonnen, die kleinen Gesten zu deuten, die er manchmal preisgab, ohne es zu merken. Mal war es ein Verziehen des Mundes, ein Zucken seiner Augenbraue oder das Anspannen seiner Kiefermuskulatur. Oder es war ein abruptes Anhalten und ein trotziger Blick—wie er ihn mir gerade zugeworfen hatte. Ein Blick, der mich herausforderte, ihm zu sagen, was ich vermutete. Was ich aus diesen minimalen Zeichen schloss, war, dass ich richtig lag—seine Familie würde morgen

Abend bei dem Ball sein. Seine Familie väterlicherseits. Nur weil Lincoln behauptete, man hätte ihm nie mitgeteilt, wer ihn gezeugt hatte, bedeutete das nicht, dass er es nicht auf andere Art herausgefunden hatte. Er war erfinderisch. Wenn er etwas herausfinden wollte, dann zweifelte ich nicht daran, dass er es konnte.

Zu welcher noblen Familie gehörte er wohl und wer wusste noch davon? Das Komitee bestimmt. Lord Gillingham hatte einmal angedeutet, einige Geheimnisse über Lincoln zu wissen, und Lady Harcourt hatte gesagt, dass er seiner Familie gegenüber sehr beschützend sei. Sie hätte seine Mutter meinen können, aber irgendwie ahnte ich, dass sie seinen Vater gemeint hatte. Sie hatte auch genau gewusst, zu welchem Ball sie ihn hatte einladen müssen. Einer, an dem seine Familie teilnahm, wodurch die Chance vergrößert wurde, dass er kam.

Er behielt sie bestimmt gern ab und zu im Auge, redete vielleicht mit ihnen. Ich konnte den Reiz verstehen.

Ob sein Vater wusste, dass Lincoln sein Sohn war?

* * *

AN LINCOLNS SCHWALBENSCHWANZ musste lediglich ein Knopf neu angenäht werden. Ich bügelte sein bestes Hemd und schrieb eine Notiz, dass der Kragen an eine Wäscherei in der Nähe geschickt werden sollte, die ihn auf ihrem speziellen Dampfeisen stärken und in Form bringen würde. Abends las ich ein wenig in der Bibliothek, fühlte mich jedoch bald einsam und machte mich auf die Suche nach dem Koch. Alle anderen waren unterwegs, um in den Opiumhöhlen Nachforschungen anzustellen.

Der Koch war gerade dabei, am Küchentisch eine Messerklinge zu wetzen. Ich musste ihn erschreckt haben, denn er schaute schnell hoch. Die kurze Unaufmerksamkeit hatte einen Schnitt im Daumen zur Folge.

Er fluchte wie ein Seemann und schnappte sich ein Tuch, das er um seinen Daumen wickelte. Bald schon war das Blut durchgesickert.

„Ist alles in Ordnung?" Ich legte mein Nähzeug auf den Tisch und versuchte, mir seinen Daumen anzusehen, aber er wollte ihn nicht auswickeln. „Lass mal sehen."

„Das tut verdammt weh."

„Da bin ich mir sicher. Ist er noch dran?"

Vorsichtig wickelte er das Tuch ab. Blut quoll aus dem Schnitt, aber nach einer kurzen Untersuchung war ich beruhigt, dass der Daumen nicht abfallen würde. Der Schnitt war allerdings tief und musste genäht werden. Zum Glück wusste ich, wo das Verbandszeug aufbewahrt wurde und wie man eine Wunde flickte. Lincoln hatte es mir gezeigt, kurz nachdem wir uns begegnet waren. Seither hatte ich das nicht wieder getan und schon gar nicht ohne Aufsicht, aber ich war mir sicher, dass ich zurechtkommen würde.

Der Koch war da nicht so sicher. Ich benötigte einiges an Überzeugungskraft und eine halbe Flasche von Lincolns bestem Brandy, ehe er das Tuch wieder abwickeln wollte. Zuschauen konnte er nicht, während ich den Faden einfädelte und den Schnitt zusammennähte. Die ganze Zeit über jammerte er wie ein Kleinkind.

„Und ich dachte, du wärst ein riesiges starkes Biest von einem Mann", sagte ich, als ich die Enden des Fadens verknotet hatte. „Du bist nichts weiter als ein Baby."

„Das tut verdammt weh!"

Ich gab ihm einen Kuss auf seine Glatze. „Ich weiß. Du darfst deine Hand wiegen und ich mache dir eine heiße Schokolade."

Er saß still da, während ich das Verbandszeug wegpackte und stand auch nicht auf, als ich die Schokoladenstücke in den Topf warf. Ich machte uns beiden eine Tasse und versuchte, seine gewohnte raue Natur hervorzulocken, indem ich ihm Fragen über die Jahrmärkte stellte, auf die sein Vater ihn als Kind mitgenommen hatte, aber es nützte nichts. Ich schickte ihn ins Bett, sobald er seine Schokolade ausgetrunken hatte.

Dann spülte ich seine Messer, den Topf und die Tassen und setzte mich ans Nähen. Die Lampe zog ich dicht heran, damit ich den dunkelblauen Faden auf dem blassblauen Stoff des Kleides besser sehen konnte. Es war das einzige Kleid, das ich besaß, welches keine Uniform war. Ich hatte es erst einmal getragen, denn ich wollte es für besondere Gelegenheiten aufheben. Leider gab es keine besonderen Gelegenheiten. Nur einmal hatte ich es angezogen, als ich ausgegangen war, damit ich es wenigstens mal getragen hatte. Jetzt, da ich Lincolns Geschenkband an den Bund genäht hatte, beschloss ich, es öfter zu tragen.

Ich packte gerade meine Nadeln weg, als ich ein kurzes Klopfen an der Hintertür vernahm. Es musste schon fast elf Uhr sein, viel zu spät für Besucher oder Lieferungen. Ich überlegte, den Koch zu rufen, doch wer auch immer es war, hatte bis dahin vielleicht aufgegeben. Es klopfte wieder, diesmal drängender.

„Wer ist da?", rief ich.

„Mr Lee schickt mich", ertönte eine zarte Stimme. Sie gehörte entweder einem Kind oder einer Frau, doch ich öffnete die Tür trotzdem nicht.

„Was wollen Sie?"

„Mr Lee schickt eine Nachricht für Mr Fitzroy."

„Worum geht es?"

Die Person zögerte, vielleicht aus der Überlegung heraus, ob er oder sie die Nachricht an jemand anderen als den Adressaten weitergeben sollte. „Mr Fitzroy wollte benachrichtigt werden, wenn der Captain zurückkehrt."

Ich schloss die Tür auf und öffnete sie. Ein Junge, kaum älter als vierzehn, stand zitternd auf der Schwelle. Seine Kleider waren ihm zu klein. Ich bat ihn herein und führte ihn in die Küche, wo er sich augenblicklich neben den warmen Herd stellte, wie eine Motte, die vom Licht angezogen wird.

„Ist der Captain zu Mr Lee zurückgekommen?", fragte ich ihn.

Er sah mich durch seine langen, dreckigen Haare an. Seine Augen wirkten orientalisch, aber er war kein reinblütiger Chinese. „Mr Lee hat mich hergeschickt, um es Mr Fitzroy zu sagen."

„Danke. Mr Fitzroy wird sehr zufrieden sein. Ich werde ihn in Kürze informieren. Hast du den Captain gesehen?"

Der Junge schüttelte den Kopf.

„Was macht er jetzt?", fragte ich.

„Beobachtet jemanden."

„Einen von Mr Lees … Kunden?"

Er nickte und rieb sich die Hände. Sie waren dreckig und

krebsrot und die Kleidung des Jungen war so dünn. Wenigstens trug er Schuhe, aber die Zehen guckten heraus.

„Warte hier. Nichts stehlen." Ich eilte aus der Küche die Treppe hinauf, wo ich in Seths Zimmer einen extra Mantel und ein Paar Handschuhe fand. Damit rannte ich in die Küche zurück. Der Junge stand noch exakt dort, wo ich ihn zurückgelassen hatte. Ich reichte ihm die Kleidungsstücke und suchte dann etwas Brot und Käse für ihn aus der Vorratskammer.

„Danke, dass du Bericht erstattet hast", sagte ich zu dem Jungen, der mich anstarrte, als hätte er eine beeindruckende Vision gehabt. „Du kannst jetzt gehen. Sei vorsichtig. Es ist dunkel und gefährlich auf den Straßen."

„Danke, Miss." Er drückte das Essen und seine neuen Besitztümer an sich und sauste zur Tür, als hätte er Angst, ich könnte meine Meinung ändern.

Während ich die Tür hinter ihm verschloss, überlegte ich, was zu tun war. Ich wusste nicht, wo sich Seth, Gus und Lincoln genau aufhielten. Sie konnten überall in der Stadt sein. Und der Koch war nicht in der Lage, rauszugehen. Also lag es an mir.

Lincoln würde fuchsteufelswild werden, wenn ich allein ging. Also würde ich nicht allein gehen. Ich würde mir einen Leibwächter suchen. Und ich wusste ganz genau, wo Hunderte, wenn nicht gar Tausende zu finden waren, wenn man Nekromantin war.

KAPITEL 10

Das Licht meiner Laterne war nicht hell genug, um den Nebel zu durchdringen, der über dem Boden des Friedhofs waberte. Seine geisterhafte Form wirbelte um meine Hosenbeine, während ich über die dichte Schicht alten Laubes tapste und mir meinen Weg zwischen den Gräbern hindurch suchte. Es war nicht leicht, Baumwurzeln und Grabsteine zu umgehen, die aus dem Nichts aufzutauchen schienen, aber es gelang mir, weder zu stürzen noch mich zu verlaufen. Ich kannte den Weg zum Grab meiner Mutter und das von Gordon Thackery war nicht weit davon entfernt.

Es war nicht so sehr die mangelnde Sicht, die meine Nerven zum Zerreißen anspannte, sondern die Stille. Kein Windhauch wehte und der Nebel dämpfte alle Geräusche. Falls mir jemand folgte, würde ich ihn nicht hören können. Selbst der Klang meiner eigenen Schritte wurde vom Nebel und dem feuchten Laub erstickt.

Bevor ich mir meiner Kräfte als Nekromantin voll bewusst geworden war, hätte ich mich aus Angst vor Geistern und Dämonen niemals nachts allein auf den Friedhof gewagt. Doch jetzt, da ich wusste, dass ich die Geister kontrollieren konnte, war die Furcht verschwunden. Vielleicht war ich hier, wo ich die Toten rufen konnte, sogar sicherer als sonst irgendwo. Alles, was ich brauchte, war ein Name und einen Körper, und ich war umringt von Namen auf Grabsteinen und Körpern in Gräbern.

Doch ich wollte nur einen. Gordon hatte sich als treue Seele erwiesen und er hatte angeboten, erneut zu helfen, falls wir ihn brauchten. Ich hoffte, er hatte seine Meinung nicht geändert.

Ich erkannte den großen Baum, unter dem der Friedhofsgärtner gesessen hatte. Gordons Grabstein war in der Nähe. Durch sein zweites Begräbnis war die Erde dort noch nicht überwachsen.

„Gordon Moreland Thackerys Geist, kannst du mich hören?" Meine Stimme wurde vom Nebel verschluckt. Ich räusperte mich und versuchte es noch einmal lauter. „Ich rufe Gordon Thackery her, um mit mir zu sprechen."

Etwas Rauchiges schoss aus dem Nebel direkt auf mich zu. Ich ließ die Laterne fallen und stolperte mit einem Schrei rückwärts.

„Geht es dir gut?", fragte die geisterhafte Gestalt. „Es tut mir leid, Miss Charlie, ich kann die Geschwindigkeit, mit der ich ankomme, nicht kontrollieren."

„Gordon! Wie schön, dich wiederzusehen."

Er lächelte. „Ich würde dir ja aufhelfen ..."

Ich stand auf und nahm meine Laterne. „Geht es dir, äh, gut?"

Er lachte leise. „Mein Leben im Jenseits läuft gut, ja. Und selbst?" Er schaute mich von oben bis unten an. „Wie lange ist es her, seit ich das letzte Mal hier war?"

„Ein paar Tage. Ich brauche noch einmal deine Hilfe, aber nur, wenn es dir recht ist. Ich störe dich nicht gern."

„Es wäre mir eine Freude zu helfen, wenn ich kann." Der nebelige Geist drehte sich im Kreis. „Wo ist dein Mann?"

„Lass Mr Fitzroy das bloß nicht hören. Er ist mein Arbeitgeber und heute Nacht nicht hier, deswegen brauche ich dich. Ich möchte, dass du als eine Art Wache für mich fungierst. Ich muss zu Mr Lees Opiumhöhle. Der Captain ist dort und das ist vielleicht unsere einzige Chance, ihn zu finden. Leider suchen Mr Fitzroy und seine Männer gerade woanders nach ihm. Ich habe die Nachricht von Mr Lee gerade erst bekommen. Jetzt habe ich Angst, die Gelegenheit zu verpassen. Dann könnte es eine Weile dauern, bis wir ihn wiederfinden."

„Es ist ganz schön mutig von dir, diese Aufgabe allein anzugehen."

„Ich werde nicht allein sein, ich werde dich dabeihaben."

Er runzelte die Stirn. „Lees Laden ist kein Ort für Damen."

„Danke, Gordon, aber ich bin keine Dame und war schon an wesentlich verrufeneren Orten. Immerhin habe ich fünf Jahre auf der Straße gelebt."

Seine Lippen bildeten ein O. Er nickte. „Also gut. Wenn du zu einem Abenteuer bereit bist, bin ich es auch."

„Wundervoll! Sollen wir loslegen?"

Wir schauten beide auf sein Grab. Das letzte Mal war sein Körper schon oberhalb des Bodens gewesen. Diesmal musste er sich aus einem Sarg befreien und sich durch mehrere Schichten Erde graben. „Ich wünschte, ich hätte alles etwas besser durchdacht", sagte ich. „Meinst du, du schaffst das?"

„Mal sehen." Der Nebel kreiste über dem Grab und tauchte dann in die Erde, ohne etwas zu bewegen, nicht einmal die Blätter neben meinen Füßen.

Ich wartete. Nichts geschah, also stellte ich die Laterne ans Kopfende des Grabes und schlug die Kapuze meines alten Mantels zurück. Noch immer geschah nichts. Es musste zu schwierig sein. Er musste ja irgendwie den Deckel vom Sarg bekommen, obwohl die ganze Erde darauf lastete. Selbst wenn er übermäßig stark war—

Die Erde pulsierte. Ich legte eine Hand auf den Grabstein und beugte mich vor, um besser sehen zu können. Die Erde bewegte sich definitiv, als ob etwas darunter nach oben drückte. *Komm schon Gordon, du schaffst das.*

Dreck rieselte von der Mitte des Grabes herab, wo sich ein Hügel bildete. Dann brach eine Faust hindurch. Zum zweiten Mal an diesem Abend schrie ich auf und stolperte zurück. Schnell rappelte ich mich wieder hoch und beobachtete fasziniert, wie Gordon sich aus seinem Grab befreite. Jeder unbedarfte Zuschauer wäre schreiend aus dem Friedhof gerannt, doch ich stand da wie festgewachsen.

Als er endlich frei war, grinste er mich an. „Ich bin etwas

schmuddeliger", sagte er und schaute an sich herab. „Wie sehe ich sonst aus?"

Als ob er in der kurzen Zeit, seit ich ihn das letzte Mal gesehen hatte, noch weiter verwest wäre. Seine Augen und Wangen waren tiefer eingefallen und die Haut hatte einen Grünstich, obwohl man das fairerweise in dem schlechten Licht nicht gut erkennen konnte. „Ähm ... wie ein Toter."

„So schlimm?" Er verzog das Gesicht. „Ich nehme an, das ist unausweichlich. Ich frage mich, wie lange es dauert, bis ich nur noch aus Knochen bestehe."

„Noch etwas länger." Ich wusste nicht, warum ich ihm Sicherheit geben wollte. Er war sehr sachlich bezüglich seines Verwesungszustandes. Mich hingegen machte er recht traurig. „Bist du bereit?"

Er klopfte sich einigen Schmutz von seinem Anzug, was aber nicht viel nützte. Besonders seine Hände waren dreckig. „Ich würde dir meinen Arm anbieten, aber ich will nicht, dass dir schlecht wird."

„Mir wird nicht schlecht", sagte ich und streckte meine Hand aus.

Er zögerte, bot mir dann aber lächelnd seinen Ellenbogen an. Ich hakte mich ein, nahm die Laterne und ging mit ihm zum Friedhof hinaus wie ein ganz normales Pärchen bei einem Spaziergang. Angesichts des makabren Anblicks, den wir boten, musste ich kichern, was auch Gordon ein Lächeln abrang. Leider fiel dabei einer seiner Zähne heraus und er machte den Mund wieder zu.

Wir gingen durch das Highgate-Friedhofstor und ich nickte in Richtung zweier Pferde, die in der Nähe angebunden waren. „Es ist zu weit zum Laufen, deswegen habe ich Transportmittel mitgebracht." Gesattelt hatte ich sie allein; Seth hatte es mir beigebracht. Ich hatte die beiden ruhigsten Pferde aus dem Stall ausgesucht und betete, dass sie weder von der übernatürlichen Stille der Nebelnacht aus der Fassung gebracht wurden noch von Gordon.

Für den Koch hatte ich auf dem Küchentisch eine Nachricht hinterlassen. Ich hatte ihn nicht wecken wollen und er wäre sowieso nicht so nützlich gewesen wie Gordon. Hoffentlich würde ich zurück sein, ehe er oder einer der anderen die Nachricht las. Sie würde zweifelsohne Panik auslösen, trotz meiner Versicherung, dass Gordon mich beschützen konnte.

„Kennst du den Weg zu Lees?", fragte er mich.

„Nicht genau. Lower Pell Lane ist in der Nähe der Docks, aber mehr weiß ich nicht."

„Ich kenne den Weg sehr gut", sagte er trocken. „Den würde ich mit geschlossenen Augen finden."

Er hielt mein Pferd fest, während ich aufstieg, und ließ sich einen Moment Zeit, sich mit dem anderen vertraut zu machen. Erst scheute es vor ihm zurück, aber einige sanfte Worte und Streicheleinheiten brachten es dazu, stillzustehen und ihn aufsteigen zu lassen. Trotzdem drehten sich die Ohren nervös vor und zurück und es blähte die Nüstern.

Wir ritten so schnell nach Süden wie ich mich traute. Ohne Verkehr war es Gott sei Dank ein leichter Ritt. Gordon fühlte sich auf dem Pferderücken mehr zu Hause als ich, wie die meisten Gentlemen, und er musste oft anhalten und warten. Im Innenhof eines Wirtshauses an der Ecke der Lower Pell Lane stiegen wir ab und bezahlten einen schläfrigen Stallburschen dafür, sich um die Pferde zu kümmern. Gordon hielt sich im Schatten, während ich alles regelte.

Trotz der späten Stunde waren einige Betrunkene unterwegs, die uns jedoch nicht beachteten. In meiner Jungenkleidung fiel ich nicht auf. Wir waren ein paar Straßen nördlich der Docks und abgesehen von Kneipen und Wirtshäusern gab es Läden, die von Reisenden oder Seeleuten benötigte Waren verkauften. Alle waren über Nacht geschlossen. Einige versuchten, mit Lampen Diebe fernzuhalten und alle hatte dicke Schlösser an den Türen.

Ich hielt meine Laterne hoch und musste mich beeilen, um mit Gordon mitzuhalten. Wir entfernten uns vom Ratcliffe Highway, gingen durch einen Torbogen und eine schmale Gasse entlang in einen Innenhof, gesäumt von Mietshäusern. Vergilbte Schilder über den Türen priesen Wohnungen an. Es gab noch andere Schilder in einer Schrift, die ich nicht lesen konnte.

Gordon stierte auf eine Tür, in deren Holz das Symbol eines Drachen eingeritzt war. „Hier ist es", sagte er. „Lee hat da drinnen Räume und einen Wachmann an der Tür. Bei der Polizei schlägt der sofort Alarm, aber wenn er sieht, dass wir nur zwei Burschen sind, wird er keinen Ärger machen, besonders, wenn ich Mr Lees Namen nenne. Er hat dieses Etablissement jetzt schon ein paar Jahre und seit die Obrigkeit angefangen hat, die Höhlen unter die Lupe zu nehmen, musste er sich etwas Diskreteres suchen. Stell dich drauf ein, Miss Charlie. Das ist eine billige Absteige."

Ich holte tief Luft und nickte in Richtung Tür. „Ich bin bereit."

Er schlug den Kragen seines Anzugs auf, um Kinn und Mund zu verdecken, und strich sich die Haare ins Gesicht, wobei einige Strähnen ausfielen. Dann klopfte er und die Tür wurde von einem Chinesen mit einem langen, schwarzen Pferdeschwanz und schläfrigen Augen geöffnet. Sein Alter war schwer zu schätzen, aber das Gesicht wirkte recht jugendlich. Der Geruch von Rauch waberte heraus und kitzelte mir in der Nase.

Gordon verbeugte sich vor dem Mann, ehe er sein Gesicht genau erkennen konnte. „Ist Mr Lee da? Ich habe diesmal einen Freund mitgebracht."

Der Chinese verbeugte sich ebenfalls und ich tat es ihm gleich. Als er sich aufrichtete, winkte er uns durch. „Mr Lee ist zu Hause", sagte er und setzte sich wieder auf einen Hocker neben der Tür.

Wir stiegen eine Holztreppe hinauf. Der verbrannte Geruch wurde stärker, doch es roch nicht nach Kaminfeuer. Es war beißender und je näher wir dem Zimmer am oberen Ende der Treppe kamen, desto mehr tränten mir die Augen.

Als Gordon die Tür öffnete, überwältigte mich der Qualm beinahe. Ich hustete in eine Wand aus Dunst und wischte mir die Tränen aus den brennenden Augen. Gordon nahm meinen Arm. Seinen Augen ging es gut. Ihm würden so irdische Dinge wie Opiumdämpfe nichts anhaben.

Sobald meine Augen sich an das schummrige Licht gewöhnt hatten, sah ich, dass der Raum relativ klein war. Kleidung und Bettlaken hingen auf einer Schnur von der Decke herab. Der Grund hierfür war mir schleierhaft. Falls Mr Lee hier drinnen seine Wäsche aufhängte, würde sie nie rauchfrei sein. Ein großes Bett nahm den meisten Platz im Zimmer ein, doch es gab noch zwei weitere schmale Betten sowie zwei Stühle, einen Tisch und einen Herd. Als ich erkannte, wie viele Menschen auf den drei Betten lagen, klappte mir der Unterkiefer herunter. Auf jeder der beiden kleineren Liegen lagen zwei auf der Seite zusammengerollt und mindestens vier oder fünf auf dem großen Bett. Die genaue Anzahl war schwer auszumachen, da die Körper eng beieinanderlagen und die Gliedmaßen in alle Richtungen ragten. Einer oder zwei hoben die Köpfe, als wir eintraten, doch die meisten lagen einfach nur stumpf da und wanden sich hin und wieder wie Schlangen. Noch viel mehr Männer saßen oder lagen mit Pfeifen im Mund auf dem Boden. Die meisten starrten mit leerem Blick vor sich hin, aber einige unterhielten sich oder zündeten konzentriert ihre Pfeifen an.

Ein uralter Chinese schlurfte zu uns, um uns zu begrüßen. Wie der Kerl unten trug er seine Haare in einem langen Zopf. Sein Gesicht war allerdings ein ziemlicher Schock. Es enthielt wenig mehr Leben als Gordons. Die Farbe war fast die Gleiche, die Augen und Wangen waren ebenso eingefallen, und durch die Kleidung stachen die Knochen seiner Schultern hervor. Die leichenähnliche Gestalt verbeugte sich vor uns und wir erwiderten die Verbeugung.

„Mr Lee", sagte Gordon. „Es ist schon eine Weile her, seit ich das letzte Mal hier war."

Mr Lee suchte nach etwas Vertrautem in Gordons Gesicht. Entweder fand er es oder er dachte, dass Gordon ein Freund sein musste, da er ihn mit Namen angesprochen hatte, denn er bat uns herein. Er schien nicht zu bemerken, dass er gerade einen Toten einlud. Jetzt, da ich etwas näher stand, konnte ich die Raucher besser erkennen. Es war ein bunt gemischter Haufen, einige mit englischen Gesichtern, andere in verschiedenen Brauntönen, einige Orientalen und eine schien sogar eine Frau zu sein, deren rote Haare sich auf dem Kissen ausbreiteten wie eine zerlumpte Aura. Sie öffnete die schweren Lider und murmelte etwas, dann schloss sie sie wieder und rollte sich auf die Seite von uns weg.

Mr Lee führte uns zu dem Tisch, auf dem eine kleine Lampe brannte und mehrere Pfeifen neben einem Kästchen aufgereiht lagen. Wir sollten uns setzen und mir wurde klar, dass er uns eine Opiumpfeife vorbereiten wollte.

Ich schüttelte den Kopf. „Nein, nein. Wir suchen jemanden. Einen Mann." Ich überließ Gordon die Erklärungen und ging durch den Raum, wobei ich in jedes Gesicht schaute. Von den Engländern trug keiner eine Brille und sie standen alle unter dem Einfluss des Opiums. Falls der Captain früher da gewesen war, war er es jetzt nicht mehr.

Ich rieb mir die Schläfen und meine Finger waren schweiß-nass. Ich zog die Jacke aus und hängte sie über die Lehne eines Stuhles, dann ließ ich mich selbst darauf fallen. Meine Beine fühlten sich an wie Blei, als würden sie nicht zu mir gehören, und ich befürchtete, nicht mehr in der Lage zu sein, wieder hinauszugehen.

Eine Hand legte sich auf meine Schulter und jagte mir einen Schrecken ein, aber es war Gordon. Außer, dass seine Hand keine Haut mehr hatte. Sie bestand jetzt nur noch aus Knochen und Sehnen. Wie war er so schnell verwest? Ich blinzelte und seine Hand wurde wieder normal. Wie merkwürdig.

„Geht es dir gut?", fragte er mich mit gerunzelter Stirn.

„Ich glaube, ich sehe Dinge."

„Halluzinationen. Das kommt vom Opium. Du bist klein und nicht daran gewöhnt. Es wirkt schnell bei dir. Wir gehen bald."

Ich nickte wieder, war mir aber nicht sicher, wie gut mir die Bewegung gelang bei dem schweren Kopf.

„Da drüben gibt es einen weiteren Raum." Er zeigte auf einen Durchgang, den ich zuvor nicht gesehen hatte. Es gab keine Tür, nur einen Vorhang, der von einer Schnur herabhing. „Da gehen die wohlhabenderen Kunden hin. Wir werden ihn dort finden."

„Ihn", wiederholte ich dumpf. „Den Captain?"

Seine Hand tätschelte meine Schulter und er steuerte auf den Vorhang zu. Mr Lee setzte sich in der Ecke des Raumes auf ein Kissen am Boden und nahm eine Pfeife. Ihm schien es egal zu sein, was wir taten.

Ich rappelte mich auf und folgte Gordon. Der Raum hinter dem Vorhang war genauso rauchig, aber eine Lampe brannte in dem Dunst und sorgte für mehr Licht als die Kerzen in dem vorderen Zimmer. Es gab nur ein Bett, auf dem ein Mann lag.

Sein Körper war so dürr, dass er fast flach wirkte. Ein anderer Mann saß mit dem Rücken zu uns an seiner Seite auf dem Bett. Er drückte eine Spritze gegen den Arm des Bewusstlosen. Er wollte ihm eine Injektion geben!

„Stopp!", rief ich und warf mich nach vorn. Ich verlor das Gleichgewicht und Gordon fing mich auf, aber im Zuge dessen verlor ich die Männer im Raum aus dem Blick.

Dann tauchte jemand an meiner Seite auf. Nicht Gordon. Er trug eine Brille und wirkte sehr wach im Vergleich zu den Opiumabhängigen. Der Captain! Er hielt eine Spritze mit einer dunkelroten Flüssigkeit in der Hand. Blut?

Galle stieg mir im Hals hoch. Ich legte die Hand über den Mund und schaffte es irgendwie, mich nicht zu übergeben.

„Wer bist du?", fragte der Mann in einem kultivierten, knappen Ton.

„Guten Abend, Captain", sagte Gordon.

Ich war zu irgendeinem Zeitpunkt auf die Knie gesunken und schaute jetzt hoch. Der Mann, den man Captain nannte, starrte Gordon fassungslos an. Er hob eine Hand an Gordons Gesicht, zog sie aber zurück, ohne ihn zu berühren. Gordon lächelte und der Captain wich gänzlich zurück.

„Mein Gott." Er stolperte rückwärts und fiel auf das Bett. Die Gestalt darin stöhnte, bewegte sich aber nicht. Er lebte noch, doch ein Hauch des Todes umgab ihn. Ich konnte es spüren, trotz meines breiigen Gehirns.

Ich stand auf und wankte zum Bett, wo ich dem Mann eine Hand auf den Brustkorb legte, um nach einem Herzschlag zu suchen. Er war entsetzlich schwach und langsam. Viel länger würde er es nicht mehr machen.

„Was haben Sie mit ihm gemacht?", schrie ich.

Aber der Captain hörte mir nicht zu. Seine ganze Aufmerksamkeit war auf Gordon gerichtet und er wirkte ebenso entsetzt wie fasziniert. „Thackery?"; quiekte er. „Was für ein Trick ist das?"

„Kein Trick."

„Mein Gott!" Der Captain legte die Spritze weg und stand wieder auf. „Kommen Sie her, dass ich Sie sehen kann. Sind Sie Gordon Thackerys Zwilling?"

Gordon kicherte und das raue Geräusch jagte mir Gänsehaut über den Rücken. Ich war froh, dass er mich gerade nicht beachtete. Niemand beachtete mich. Meine Beine fühlten sich schon wieder zu schwer an, um mich aufrecht zu halten, also setzte ich mich auf das Bett. Mein Fuß stieß an etwas Festes. Eine Tasche, in der Art, wie Ärzte sie bei sich trugen. Ich beugte mich herab, um den Inhalt zu untersuchen, aber der Captain riss sie weg.

Er presste sie an seine Brust. „Wer bist du und was willst du?", fuhr er mich an.

„Ich will wissen, was Sie diesen Männern antun." Ich deutete auf den halb toten Kerl auf dem Bett und auf Gordon. „Sagen Sie uns, warum Sie sie umbringen. Was machen Sie mit ihnen? Was wollen Sie nach ihrem Tod mit ihnen?" Tausend andere Fragen und Gedanken flitzten durch meinen Kopf wie Bienen, die alle umeinander schwirrten. Mein Geist sah eine, jagte ihr nach, um sie zu fangen, aber die Biene sauste zu schnell davon. Es war verwirrend und machte mich wahnsinnig. Ich presste eine Hand an die Stirn.

„Antworten Sie ihr", knurrte Gordon. „Ich würde auch gern wissen, was Sie mit mir wollen, jetzt, wo ich tot bin."

Der Captain presste die Tasche enger an sich und versuchte, sich an Gordon vorbei zur Tür zu schieben. Gordon versperrte ihm den Weg. Der Captain schluckte. So dicht, wie er jetzt bei Gordon stand, musste er die Verwesungsspuren sehen. Er war ziemlich blass geworden.

„S—Sie sind ... Gordon Thackery."

Gordon nickte. „Ich habe keinen Zwilling."

„S—Sie sind tot."

„Ziemlich. Sagen Sie mir, Captain, warum haben Sie mich umgebracht? Ich scheine mich kaum an diese Nacht zu erinnern, außer, dass Sie mich hier besucht haben."

Der Captain begann am ganzen Körper zu zittern und Schweiß rann seine Schläfen herab. „Lasst mich raus! Lasst mich hier raus!"

Niemand kam ihm zur Hilfe.

Er versuchte, Gordon auszuweichen. Es gelang ihm jedoch nicht. Fluchend öffnete er seine Tasche und zog eine Waffe heraus. Allerdings richtete er sie nicht auf Gordon, sondern auf mich.

„Nein!", rief ich. „Nicht schießen!"

Gordon hob die Hände und trat zur Seite. Der Captain rannte an ihm vorbei, warf den Vorhang zur Seite und verschwand.

„Sie haben mir Diskretion versprochen!", brüllte er jemanden an, vermutlich Mr Lee. Dann wurde die Eingangstür zugeschlagen.

Während ich versuchte, wieder aufzustehen, erschien plötzlich der Chinese, der unten die Tür bewacht hatte. Er hielt eine Pistole in der Hand, auch wenn ich erst dachte, es wäre ein schwarzer Salamander. Der Teil meines Gehirns, der noch normal funktionierte, registrierte, dass es eine Halluzination war.

„Ihr, raus", befahl er Gordon und mir. „Mr Lee will keinen Ärger."

„Wir tun besser, was er sagt, Miss Charlie", sagte Gordon. „Mr Lee hat vielleicht nach dir geschickt, aber ich vermute, das hier ist mehr, als er erwartet hat."

„Dem stimme ich zu." Ich wollte gerade aufstehen, als der Körper auf dem Bett einen letzten Seufzer ausstieß und sich nicht mehr rührte. Einen Augenblick später stieg der Geist von ihm auf, sah sich um und wollte verschwinden, als er bemerkte, dass ich ihn ansah und nicht seine Leiche.

„Guten Abend", sagte ich. „Ich heiße Charlie Holloway. Ich bin Nekromantin."

„Sie sind was?"

Ich winkte ab. Es war zu schwierig zu erklären. „Können Sie mir sagen, was der Mann von Ihnen wollte? Der Mann, den man Captain nennt?"

„Jasper? Was geht Sie das an?"

Jasper! Das musste ich mir merken. „Das ist eine lange Geschichte, aber er steht mit Grabräuberei in Verbindung."

Er zuckte die Schultern. „Warum sollte mich das interessieren?"

„Weil Ihre Leiche die nächste sein könnte, die er von ihrem Ruheplatz stiehlt."

Damit hatte ich seine Aufmerksamkeit. Der Geist schwebte näher. „Hat er mich umgebracht?"

„Ich weiß es nicht. Es ist möglich, oder Sie wären ohnehin gestorben. Was ich weiß, ist, dass er den Opiumabhängigen eine Substanz spritzt, während sie kaum bei Bewusstsein sind. Und dann, nach ihrem Tod, gräbt er die Leichen aus. Können Sie mir darüber noch mehr sagen?"

Die Gesichtszüge des Geistes verfinsterten sich. „Der verdammte Drecksack. Wenn er nicht wie ein Feigling weggerannt wäre, würde ich ihn abmurksen."

„Sir? Bitte beantworten Sie meine Frage."

„Ich muss hier jetzt gar nichts beantworten. Aber eins kann ich Ihnen sagen. Wenn der Mann irgendetwas mit meinem Tod zu tun hatte, dann werde ich zurückkommen und so lange um ihn spuken, bis er den Verstand verliert. Wenn Sie ihn finden, können Sie ihm das von mir ausrichten."

„Das werde ich ganz sicher." Ich seufzte. „Also können Sie mir sonst nichts sagen?"

„Nein." Der Geist sah zur Decke und ich dachte, er würde verschwinden, als er noch hinzufügte: „Er hat mir manchmal etwas mit einem Löffel gefüttert und gesagt, mein Opfer würde es wert sein."

„Es wert sein? Was wert sein?"

„Mehr weiß ich nicht." Ohne auch nur einen Gruß schwebte er davon.

„Also, das war unhöflich", sagte ich und stand endlich auf. Nur gehorchten meine Füße mir nicht und ich fiel wieder auf das Bett. Ich versuchte es erneut und versagte wieder. Ich gähnte und schloss die Augen. „Ich könnte mich hier einen Moment ausruhen."

„Noch nicht", sagte Gordon. „Ich habe dich, Miss Charlie." Er hob mich auf seine Arme und drehte sich zur Tür um. Als er sich nicht weiter bewegte, öffnete ich die Augen.

Der Chinese versperrte noch immer den Durchgang, doch jetzt zitterte er von oben bis unten und starrte Gordon mit riesigen Augen an. Mr Lee stand mit einer Waffe in der Hand neben ihm. Er schien gefasster, oder er dachte vielleicht, dass die Leiche, die auf ihn zukam, lediglich eine opiuminduzierte Illusion war. Wie auch immer, er war unbeeindruckt. Er senkte die Waffe, verbeugte sich und wich rückwärts durch den Türrahmen.

Gordon wollte ihm folgen, aber der junge Chinese war nicht so ruhig. Schweiß tropfte ihm von den Schläfen und sammelte sich auf seiner Oberlippe. Die Hand mit der Pistole zitterte bedenklich.

„Waffe runter." Wenn ich je Zweifel gehabt hätte, dass Gordon in der Armee gewesen war, hätte dieser Befehl sie zerstreut. „Lass uns vorbei."

Der Chinese sagte etwas in seiner Muttersprache, schüttelte den Kopf und feuerte.

KAPITEL 11

Das Geräusch von zersplitterndem Glas setzte eine Reihe von scheinbar zusammenhanglosen Ereignissen in Gang. Der Raum wurde dunkel—oder vielleicht hatte ich die Augen geschlossen. Ich drehte und drehte mich, als würde ich mich in einem außer Kontrolle geratenen Karussell befinden. Aber hielt Gordon mich nicht fest? Mein Kopf schwamm. Mein Magen drehte sich um. Ich fiel.

Ich landete auf etwas Weichem, was mein schmerzender Kopf sehr zu schätzen wusste. Mit der Hand fuhr ich über meine brennenden Augen—sie waren definitiv geöffnet—und tastete um mich herum.

Ich berührte etwas. Einen Arm, eine Schulter, ein Gesicht und Haare. Die Leiche auf dem Bett. Ich schrie, aber es ging in dem lärmenden Chaos unter, das im Zimmer explodierte. Stimmen verschmolzen wie ein misstönendes Orchester, einige schrien, andere stöhnten. Ich hörte meinen Namen, konnte mir aber nicht sicher sein, wer ihn gerufen hatte.

Ich hörte auf zu schreien und setzte mich auf. Der Schuss! Eine eingehende Untersuchung zeigte mir, dass ich unverletzt war.

In der Nähe der Tür, wo etwas Licht vom Vorderzimmer hereinfiel, brach eine Schlägerei aus. Gordon rang mit einem Mann, der ihm gewachsen zu sein schien. Aber wie konnte das sein? Die Toten besaßen übermenschliche Kräfte, wenn sie erweckt wurden. Kein normaler Mensch konnte den blitzartig hagelnden Schlägen ausweichen und gleichzeitig eigene schwere Treffer landen, die Gordon rückwärts taumeln ließen. Gordon reagierte mit Tritten, aber sein Gegner sah auch das voraus und sprang aus dem Weg. Ein Tritt in Gordons Kniekehlen brachte ihn aus dem Gleichgewicht und den Bruchteil einer Sekunde später war mein Leibwächter am Boden, festgehalten von—

„Lincoln, bist du das?" Ich versuchte, in dem schummrigen Licht etwas zu erkennen und wollte vom Bett aufstehen, aber meine Beine gehorchten mir nicht. Ich fiel auf die Matratze zurück.

„Geht es dir gut?", fragte er. Sein Atem war leicht beschleunigt.

„Ja, aber warum hast du Gordon angegriffen?"

Gordon grunzte in die Bodendielen: „Gute Frage."

Lincoln beugte sich näher zu Gordons Gesicht und ließ von ihm ab. „Ich wusste nicht, dass er es ist." Er kam ans Bett und kniete sich vor mich. Wenigstens dachte ich, dass er direkt vor mir war. Es war schwer zu sagen. Meine Augen schienen mir Streiche zu spielen und manchmal wirkte es, als wäre er mehrere Meter von mir entfernt. „Wir müssen weg. Kannst du stehen?"

„Nicht sehr gut."

Er warf einen Blick über die Schulter und sagte einige unverständliche Worte zu dem jungen Orientalen, der neben dem Vorhang stand und die Waffe lose an seiner Seite hatte. Seine weit aufgerissenen Augen starrten Gordon an, während er aufstand. Gordon machte einen Schritt vor und der Orientale wich zurück und redete leise vor sich hin. Mr Lee war nirgends zu sehen.

Lincoln hob mich hoch und ich kuschelte mich an ihn, wobei ich den Kopf an seine Schulter legte. „Danke", murmelte ich.

Gordon hielt den Vorhang auf und wir gingen hindurch. Mr Lee saß wieder auf seinem Kissen, die Pfeife im Mund. Einige der anderen Raucher hatten sich aufgesetzt. Ihre Augen folgten uns unter hängenden Lidern, während Lincoln sich einen Weg durch die am Boden liegenden Körper bahnte.

„Danke Mr Lee", sagte ich zu dem uralten Chinesen. „Bitte geben Sie uns Bescheid, wenn der Captain zurückkommt."

Er reagierte nicht, sondern zog nur an seiner Pfeife und blies eine lange Rauchfahne aus. Gordon ging mit meiner Jacke in der Hand zuerst die Stufen hinunter, gefolgt von Lincoln und mir. Draußen strich traumhaft kühle Luft über meine Augen und glühende Haut. Ich hätte nie gedacht, dass Londons Luft so süß riechen könnte, aber nach den dicken Opiumdämpfen war es die frischeste Luft der Welt.

Der junge Chinese folgte uns. Er sagte etwas zu Lincoln in seiner eigenen Sprache, zeigte auf Gordon und knallte die Tür zu.

„Ich glaube nicht, dass er mich mag", sagte Gordon fröhlich.

„Die Chinesen können es nicht leiden, wenn die Geister der Toten durch ihr Zuhause marschieren", erklärte Lincoln. „Sie glauben, das bringt Unglück."

„Das ist nicht sehr nett." Ich schloss die Augen und atmete noch einmal tief durch. „Sie sollten die einzelnen Geister besser kennenlernen, anstatt sie pauschal abzuurteilen."

Gordon schmunzelte. „Deine Fairness kennt keine Grenzen, Miss Charlie." Wir gingen ein paar Schritte. Als er wieder sprach, war jeglicher Humor aus seiner Stimme gewichen. „Bist du verletzt?"

Lincolns Arme spannten sich an. Als er nicht antwortete, wurde mir klar, dass Gordon mich fragte.

„Nein." Ich gähnte. „Was ist passiert? Ich habe einen Schuss gehört und dann wurde alles schwarz."

„Der Chinese wollte auf dich schießen, oder auf mich. Ich bin mir nicht ganz sicher. Ich habe es geschafft, mich umzudrehen, sodass mein Körper zwischen ihm und dir ist. Wie sich herausstellte, hat er uns beide verfehlt und die Lampe getroffen."

Das erklärte das zerborstene Glas und die plötzliche Dunkelheit. „Wie konnte er uns verfehlen? Er stand so dicht bei uns."

„Ich habe ihn angestoßen, als ich in den Raum kam." Lincolns herrlich volle Stimme rumpelte aus seinem Brustkorb durch meine Haut in meine Knochen. Ich legte eine Hand auf seine Brust, um die Vibration zu spüren, aber er hatte aufgehört zu sprechen. Stattdessen spürte ich, wie sein Herz einen gleichmäßigen Rhythmus schlug.

„Gut gemacht, alle beide", murmelte ich. „Aber Lincoln—Mr Fitzroy, Sir—warum hast du Gordon angegriffen?"

„Ich wusste nicht, dass er es war. Ich habe gesehen, wie er dich hielt und dann aufs Bett fallen ließ. Ich dachte, es wäre vielleicht der Captain."

Ich lächelte, als die Vibration seiner Stimme auf seinen Herzschlag traf. „Du hast mich gerettet? Das ist sehr nobel. Ich kann jetzt normalerweise auf mich selbst aufpassen, aber der Opiumrauch hat mir zugesetzt. Das hatte ich nicht erwartet."

„Offensichtlich", brummelte er.

„Wie hast Du mich gefunden?"

„Ich habe deine Nachricht gelesen. Es war sehr rücksichtsvoll von dir, eine zu hinterlassen und den Koch nicht zu wecken."

„Ich bin nicht so daneben, dass ich deinen Sarkasmus nicht bemerke", sagte ich mit einem weiteren Gähnen. „Du solltest wissen, dass der Koch nicht in der Lage war, mich zu begleiten. Er hat sich heute Abend fast den Daumen abgetrennt."

„Das werden wir morgen früh besprechen, nachdem du dich ordentlich ausgeschlafen hast."

„Meinst du mit besprechen, dass du mich ausschimpfst?"

„Das bewahre ich mir als Überraschung für morgen auf." Er klang nicht im Geringsten wütend. Seine Arme hielten mich enger und sein warmer Atem strich durch meine Haare. „Thackery", sagte er.

Meine Jacke legte sich um meine Schultern und ich fühlte mich, als würde ich ins Bett gebracht. Ich musste wohl eingenickt sein, denn das Nächste, was mir bewusst wurde, war, dass ich mich auf einem Pferd befand, immer noch in Lincolns Armen. Gordon ritt neben uns und hielt die Zügel meines Pferdes. Ich fühlte mich, als wären meine Augen tief in meinen Kopf gesunken. Mein Mund war knochentrocken, aber mein Gehirn schien wieder normal zu funktionieren.

Ich legte die Arme um Lincoln und schmiegte mich seufzend an ihn. Er spannte sich an und das tat ich auch, aber nach ein paar Augenblicken spürte ich, wie die Anspannung wieder nachließ. Dachte er, ich wäre wieder eingeschlafen? Ich wagte es nicht, zu ihm aufzusehen oder einen Muskel zu rühren. Er sollte nicht nervös werden, weil er mich hielt. Es war mir viel lieber, wenn er entspannt war.

Etwas später hielten wir an und ich sah mich endlich um. Wir waren auf dem Friedhof in der Nähe von Gordons Grab. Er ging vor den Pferden her, einen Spaten in der Hand.

„Wo hast du den her?", fragte ich.

„Einer der Gärtner muss ihn liegen gelassen haben." Er schnalzte mit der Zunge. „Sie sollten achtsamer sein. In letzter Zeit sind hier so viele Diebe unterwegs."

Er reichte die Zügel der Pferde an Lincoln und fing an, die Erde aus seinem Grab zu schaufeln, damit er den Sarg erreichen konnte. Einen lebenden Mann hätte die Anstrengung schnaufen und schwitzen lassen, aber er lehnte sich einfach auf den Griff des Spatens, als er fertig war, und lächelte mich an.

„Ich muss jetzt gehen, liebe Miss Charlie. Danke für das Abenteuer. Ich habe es größtenteils genossen." Lincoln warf er ein flaches Lächeln zu. „Sie haben ne Menge Tricks im Ärmel, Sir. Ich bin noch nie einem Mann begegnet, der gekämpft hat wie Sie."

Lincoln nickte ihm zu. „Das nächste Mal sagen Sie mir, wer Sie sind."

Gordons Lippen spannten sich noch mehr. „Wenn ich die Möglichkeit bekomme, auf jeden Fall."

Er verneigte sich vor mir. „Auf Wiedersehen, Miss Charlie. Pass auf dich auf. Und atme nichts ein, was du nicht einatmen solltest."

Ich grinste. „Danke, Gordon. Ich weiß alles sehr zu schätzen, was du heute für mich getan hast." Ich hielt ihm meine Hand hin und er nahm sie ohne zu zögern. Etwas Haut fiel bei der Berührung ab, aber ich tat so, als würde ich es nicht bemerken. Er ließ mich los und hopste hinunter in sein Grab, heraus aus meinem Sichtfeld. „Bereit?", fragte ich.

Ich hörte, wie sich der Deckel des Sarges schloss, dann ein gedämpftes „Bereit!".

„Du bist frei, Gordon", sagte ich. „Kehre ins Jenseits zurück."

Ich beobachtete seinen nebeligen Geist, der sich aus dem

Grab erhob und über dem Grabstein schwebte. Er salutierte mir und fuhr dann hinauf in den dunklen Himmel.

Lincoln wendete die Pferde und wir ritten aus dem Friedhof heraus. Jetzt, da wir allein waren und ich völlig wach, fühlte es sich ziemlich seltsam an. Ich sollte ihn bitten, selbst reiten zu dürfen, aber das tat ich nicht. Er schlug es auch nicht vor, sondern hielt mich weiter auf seinem Schoß, obwohl er jetzt beide Hände mit drei Paar Zügeln voll hatte.

„Lincoln?", sagte ich und schaute auf sein Profil. In dieser Nähe reichte das Licht der Straßenlaternen gerade aus, um ihn sehen zu können.

„Ja?"

„Ich sah keine andere Möglichkeit." Als er nicht antwortete, fügte ich hinzu: „Diese Chance wäre vielleicht nie wieder gekommen."

„Ich weiß."

„Sei nicht böse auf mich. Ich hasse es, wenn du grundlos auf mich böse bist."

„Es gibt immer einen Grund."

„Von meiner Warte sieht es nicht immer so aus."

Ich fühlte sein Seufzen mehr als das ich es hörte. „Du verstehst nicht."

„Dann erkläre es mir."

Mehrere Pulsschläge verstrichen, ehe er sagte: „Ich kann nicht."

„Warum nicht?"

„Weil ich nicht sicher bin, ob ich es selbst verstehe."

Der Schmerz in seiner Stimme zerrte an meinem Herzen. Ich rückte mich etwas zurecht, um ihn besser sehen zu können, aber er starrte stur geradeaus. Ich berührte sein Kinn und zwang ihn sanft, mich anzusehen. Sein Adamsapfel zuckte heftig und sein warmer Blick richtete sich auf meine Augen.

Ich strich mit dem Daumen an seinem starken Kinn entlang und wünschte mir, ich würde es wagen, mehr von ihm zu berühren. „Ich glaube, du verstehst schon", murmelte ich. „Und ich glaube, du hast Angst vor deinen Gefühlen."

Er riss seinen Kopf weg und unterbrach damit die Verbindung. Ich musste ihn nicht berühren, um zu wissen, dass er den

Kiefer angespannt hatte. „Du stehst noch unter dem Einfluss des Opiums."

Den Protest sparte ich mir. Ich seufzte einfach und legte meinen Kopf wieder auf seine Schulter.

Das Haus war bei unserer Ankunft mehr wach als schlafend. Der Koch war nirgends zu sehen, aber Seth und Gus rannten in den Hof, als sie die Pferde hörten. Lincoln reichte mich zu meiner großen Enttäuschung an Seth weiter. Ich versuchte, ihnen zu erklären, dass ich laufen konnte, aber als Seth mich auf die Füße stellte, knickten mir die Beine weg.

Er fing mich auf und legte den Arm um meine Taille. Mit seiner Hilfe war ich in der Lage, ins Haus zu stolpern. Gus und Lincoln brachten die Pferde in den Stall und Seth setzte mich am Küchentisch ab. Er goss mir ein Glas Wasser ein, das ich gierig austrank.

„Du siehst nicht verletzt aus", sagte er, während er mich aus schmalen Augen von oben bis unten betrachtete.

„Bin ich nicht. Das sind die Nachwirkungen des Opiumrauchs anderer Leute. Anscheinend wirkt er auf Neulinge. Die Toten sind zum Glück immun."

Seine Augenbrauen schossen nach oben. „Wer ist gestorben? Hast du sie getötet? Oder Fitzroy?"

„Ich habe Gordon Thackery als Leibwächter mitgenommen."

„Ach ja. Ich habe deine Nachricht gelesen." Seine Augenbrauen blieben auf halber Höhe seiner Stirn, während er mich mehr mit Hochachtung als mit Sorge betrachtete. „Das war schlau von dir, ihn zu rufen. Deine Nachricht erwähnte auch, dass der Captain bei Mr Lee war. Hast du ihn gesehen?"

„Keine Fragen mehr", bellte Lincoln, während er in die Küche kam. „Charlie ist erschöpft."

Ich hätte dem widersprochen, aber ich war zu müde. „Ich glaube, ich gehe direkt ins Bett." Beide wollten mir helfen, aber ich hielt die Hand hoch, während ich aufstand. „Ich kann laufen, danke."

„Hat die Wirkung nachgelassen?", fragte Seth. Er blieb in meiner Nähe.

„Es scheint so." Ich konzentrierte mich darauf, einen Fuß vor den anderen zu setzen und das Gleichgewicht zu halten. Als ich die Tür erreichte, musste ich gähnen und mich am Türrahmen festhalten, weil mich eine Welle des Schwindels überrollte.

„Vielleicht noch nicht ganz", sagte Seth schmunzelnd.

Ich dachte, es wäre sein Arm, der sich um meine Taille legte, um mich zu stützen, aber ich merkte schnell, dass es Lincolns war. „Diese Muskeln würde ich überall erkennen", murmelte ich und lehnte mich an seine Seite.

Hinter uns hörte ich Seth erneut lachen.

Ehe ein weiteres Gähnen meine Kiefer schmerzhaft aufriss, hatte ich die Haupttreppe erreicht. Lincoln musste genug von unserem langsamen Vorankommen haben, denn er hob mich hoch und trug mich die Treppe hinauf. Ich schlang meine Arme um seinen Hals und vergrub mein Gesicht an seiner Kehle.

„Ich bin so ein Glückspilz, dass ich dich habe", murmelte ich.

„Du hast Glück, dass ich nicht wütend auf dich bin."

Ich hob den Kopf und schmollte sein Profil an. „Warum bist du nicht wütend auf mich? Das ist völlig untypisch für dich."

Er antwortete nicht und ich vergaß meine Frage, bis wir mein Zimmer erreicht hatten. Er legte mich sanft aufs Bett und zog mir dann ausgerechnet die Stiefel aus. Mir schien es plötzlich die albernste Sache der Welt zu sein, dass dieser wichtige Gentleman seiner Magd die Stiefel auszog, damit er sie ins Bett stecken konnte. Ich fing an zu kichern.

Lincoln zog die Bettdecke über mich. Obwohl meine Augen sich von ganz allein wieder geschlossen hatten, wusste ich, dass seine Finger nahe an meinem Hals waren. Ich konnte seine Nähe spüren. „Du hast mich entwaffnet, Charlie", flüsterte er. „Deswegen."

Bis ich meine Augenlider aufgestemmt und kapiert hatte, wovon er redete, war er weg.

* * *

„CHARLIE, hast du meinen Mantel und meine Handschuhe gesehen?", fragte Seth, noch ehe ich mit beiden Füßen in der Küche stand.

Gus funkelte seinen Freund wütend an. „Warum sollte sie

wissen, wo die sind? Du hast sie irgendwo liegenlassen, du Idiot."

„Kann nicht sein. Den blauen Mantel habe seit dem letzten Winter nicht mehr getragen. Und wer lässt schon seinen Mantel liegen?"

„Männer, die schnellstens aus dem Schlafzimmer einer Frau flüchten müssen."

Seth warf Gus einen vernichtenden Blick zu. Gus ignorierte ihn und wandte sich an mich. „Fühlste dich besser?"

„Viel besser." Ich untersuchte den Inhalt der Töpfe auf dem Herd. Einer war mit simmernder Rinderbrühe gefüllt, der andere enthielt warmes Wasser. „Ich dachte, ich würde mit Kopfschmerzen aufwachen, aber mein Abenteuer hat mir nichts ausgemacht. Ist die Brühe fertig?"

„Klar, nimm dir was."

Ich holte eine Schüssel aus dem Schrank und schöpfte die dicke, cremige Brühe hinein. „Wo ist der Koch? Wie geht es seinem Daumen?"

„Schmerzt mehr als alles, was jemals irgendwer gefühlt hat", sagte Seth. Er streckte seine Beine unter den Tisch und verschränkte die Arme. „Jedenfalls will er uns das glauben machen mit all seinem Gestöhne und Gejammer."

„Wir ham ihn ins Krankenhaus geschickt", sagte Gus. „Ham das Gejaule nich mehr ertragen."

„Und Fitzroy?"

„Arbeitet oben. Er wollte Bescheid bekommen, wenn du aufwachst. Seth, geh und sag es ihm."

„Warum ich?"

„Weil ich damit beschäftigt bin, auf die Brühe aufzupassen." Gus war nicht einmal in der Nähe des Herdes. Genau wie Seth hatte er seine Beine unter den Tisch gestreckt und lehnte sich so entspannt auf dem Stuhl zurück, als würde er gleich einnicken. „Der Koch hat mir Anweisungen gegeben."

„Faulpelz", brummelte Seth, während er aufstand.

„Danke Seth", sagte ich zuckersüß. „Du bist sehr nett. Oh, und jetzt, wo ich darüber nachdenke, fällt mir ein, dass du deinen Mantel und deine Handschuhe einem Jungen gegeben hast, der sie dringend brauchte. Der arme Kerl stand kurz vorm Erfrieren."

Er runzelte die Stirn. „Habe ich? Da erinnere ich mich nicht dran."

„Das war eine wundervolle Sache, die du getan hast."

„Wann war das?"

„Letzte Nacht erst." Ich zwinkerte und erntete dafür verdrehte Augen.

„Du schuldest mir was, Charlie."

„Was sie dir schuldet, übernehme ich", sagte Lincoln beim Betreten der Küche. „Aber du solltest einen Spielneuling nicht übervorteilen, Seth."

„Habe ich nicht!" Seth hob die Hände. „Sie hat meinen Mantel und meine Handschuhe weggegeben."

„Du hast noch andere?"

„Ja."

„Was stört es dich dann?"

Seth setzte sich seufzend wieder hin. „Wie machen Sie das nur?"

„Was?"

„Ich wollte Sie gerade holen kommen, aber Sie haben mir die Mühe erspart. Irgendwie scheinen Sie immer dann aufzutauchen, wenn Sie gebraucht werden."

„Nicht immer", sagte Lincoln finster.

Seths Beobachtung erinnerte mich an einen Gedanken, den ich im Hinterkopf hatte. Ich konnte ihn nicht aus dem Nebel befreien, der den Großteil der letzten Nacht einhüllte, egal wie sehr ich mich bemühte.

Lincoln holte sich eine Schüssel aus dem Schrank, füllte sie mit Brühe und setzte sich neben mich. „Wie hast du geschlafen?"

„Tief und fest." Ich versuchte mich zu erinnern, wie wir in der Nacht auseinandergegangen waren. War er wütend gewesen? Ich glaubte nicht, dass zwischen uns harsche Worte gefallen waren, aber meine Erinnerung wies zu viele Lücken auf, als dass ich sicher sein konnte. Er hätte mir sagen können, dass er mich liebt, und ich würde mich nicht erinnern.

Nein, das stimmte nicht. Daran würde ich mich ganz gewiss erinnern.

„Der Mantel und die Handschuhe gingen an den Jungen, den Mr Lee geschickt hat, um mich zu holen. Äh, ich meine Sie. Dem armen Jungen war sehr kalt und er war in der Nacht weit gelaufen. Ich konnte ihn doch nicht wieder rausschicken mit nichts als einem dünnen Hemd am Leib."

„Siehste, Seth", sagte Gus grinsend. „Da haste zur Abwechslung mal was Gutes getan. Hätte nie gedacht, dass du ein wohltätiger Typ bist."

Seth grunzte und lehnte sich wieder auf seinem Stuhl zurück. „Können wir das Thema wechseln? Was ist bei Lee passiert?"

Gus hob die Hand. „Erst mal: Wie hat der Koch sich in den Daumen geschnitten?"

„Ich habe ihn erschreckt, als er die Messer gesäubert hat."

Gus und Seth lachten beide in sich hinein. „Hat jetzt schon Angst vor Mädels, was?", sagte Gus.

Seth schnaubte. „Das wird ein Spaß ihn zu ärgern, wenn er zurückkommt."

Lincoln senkte den Löffel und betrachtete mich. „Wenn ich es richtig verstehe, hast du den Captain bei Lee gesehen."

Ich beobachtete ihn sorgfältig auf Anzeichen, dass er mir eine Standpauke halten würde, weil ich nicht auf ihn gewartet hatte, aber er schien vollkommen ruhig. Vielleicht hatte er seinen ganzen Ärger schon gestern Abend abgelassen, was ich aber dank meines benebelten Zustands nicht mitbekommen hatte. „Habe ich. Er war kein sonderlich auffälliger Kerl, aber ich würde ihn erkennen, wenn ich ihn wiedersehen würde."

„Jetzt geht er bestimmt nich zu Lee zurück", sagte Gus.

Ich biss mir auf die Lippe und konzentrierte mich auf die Brühe. „Ich weiß. Es tut mir leid, dass ich ihn nicht aufgehalten oder mehr über ihn herausgefunden habe."

„Halt die Klappe, Gus", zischte Seth. „Du hast nichts anderes gemacht, als was ich getan hätte, Charlie."

Das tröstete mich nicht so sehr, wie er gehofft hatte. Hätte Lincoln das allerdings gesagt ...

Der löffelte schweigend seine Suppe aus. Es machte mich wahnsinnig.

„Was ich weiß, ist, dass der Captain eine Spritze voller Blut in der Hand hatte", sagte ich. „Er war entweder dabei, sie dem

Mann auf dem Bett zu spritzen, oder er hat ihm Blut abgenommen."

„Vor oder nach seinem Tod?", fragte Lincoln.

„Davor. Der Captain ist auch Arzt, da bin ich ziemlich sicher. Er hatte so einen Arztkoffer." *Daran* erinnerte ich mich. Ich hatte gedacht, der Captain würde mir wehtun, weil ich versucht hatte, hineinzusehen.

„Definitiv noch so'n Frankenstein." Gus schob seine verschränkten Arme auf seiner Brust höher und verzog das Gesicht. „Das hat uns gerade noch gefehlt."

„Er hat die Leichen nicht zerschnitten", sagte Seth und hielt einen Daumen hoch. „Er sucht auch keinen Nekromanten." Sein Zeigefinger gesellte sich zu dem Daumen, dann kam ein dritter Finger dazu. „Und er hat keinen elektrischen Strom in die Körper geleitet. Er ist überhaupt nicht wie Frankenstein. Also wer ist jetzt der Idiot?"

„Also was will er mit ihnen?", fragte ich, bevor die beiden weiter zanken konnten.

„Wenn ich raten müsste, würde ich sagen, er experimentiert", sagte Lincoln. „Die Experimente haben etwas mit der Flüssigkeit zu tun, die er ihnen einflößt, während sie aufgrund von Mangelernährung, Erschöpfung und zu viel Opium sterben. Seine Experimente gehen über den Tod hinaus, deswegen braucht er die Leichen."

„Sie meinen, er untersucht sie?"

Er nickte. „Genauer gesagt, den Effekt, den die Flüssigkeit auf sie hat."

„Wie grässlich."

Seth zuckte mit den Schultern. „Sie sind tot. Wen kümmert's?"

„Es könnte ja sein, dass er sie wieder zum Leben erwecken will", sagte Gus, ehe ich es tun konnte.

„Wie oft muss ich es dir noch sagen? Er ist nicht Frankenstein!"

„Genug", sagte Lincoln mit einer leisen Drohung, die durch die Anspannung schnitt. „Sie zum Leben zu erwecken ist eine Möglichkeit. Eine unter vielen."

Ich verschränkte die Arme und rieb sie. „Ich wünschte, ich

hätte mehr über ihn erfahren."

„Hast du mit dem Geist des Toten gesprochen?", fragte Lincoln.

Ich schnappte nach Luft und setzte mich aufrecht. „Ja! Ich glaube, das habe ich. Er war furchtbar unhöflich. Ich mochte ihn nicht besonders. Außerdem habe ich das Gefühl, dass er mir etwas Wichtiges gesagt hat ..." Ich fuhr mit den Händen durch meine Haare und über mein Gesicht. Da war definitiv etwas am Rande meiner Erinnerung, aber ich bekam es nicht zu fassen. Es war so frustrierend! „Warum kann ich mich nicht erinnern?", sagte ich und schlug auf den Tisch.

„Opium", sagte Gus wissend.

„Thackery könnte sich an mehr erinnern", sagte Lincoln.

Ich nickte langsam. „Vielleicht, aber ich habe eine bessere Idee. Fragen wir doch den Geist selbst. So müssen wir uns nicht auf Gordons Erinnerung verlassen."

Lincoln stand abrupt auf, was mich erschreckte. Anscheinend war ich heute Morgen etwas nervös. „Hast du dich genug erholt, um direkt loszugehen?"

„Ich hole meinen Mantel."

„Pass auf, dass du deinen eigenen nimmst!", rief Seth mir nach.

* * *

Lincoln entschuldige sich bei uns, dass er uns hatte warten lassen, als er zu Seth, Gus und mir ins Kutschenhaus kam. „Bring diese Nachricht zum General", sagte er zu Gus und reichte ihm ein Stück Papier.

Gus steckte die Nachricht ein und machte sich auf den Weg. Lincoln spannte mit Seth die Pferde an und half mir dann in die Kutsche. Er folgte mir, während Seth auf den Kutschbock stieg. Ich wollte Lincoln fragen, was in der Nachricht an den General stand, aber ich hielt mich zurück. Nun, jedenfalls bis wir das Tor passiert hatten.

„Haben Sie nach seinen eigenen Nachforschungen gefragt?"

Er nickte. „Ich habe ihm gesagt, dass wir dabei sind, einen Namen herauszufinden. Falls wir versagen, bilden die Namen, die er bereits aufgedeckt hat, eine Arbeitsgrundlage für uns. Hoffentlich kommt Gus mit einer Liste zurück."

„Gute Idee. Ich habe gern einen Plan." Und ich war gern in diesen Plan involviert. Was mich überraschte, war die Tatsache, dass Lincoln mir gestattete, mit ihm zu Lee zu gehen. Vielleicht dachte er, dass ich mit ihm zusammen nicht in Schwierigkeiten geraten würde, selbst wenn das Opium mir wieder zu schaffen machte.

Die Fahrt war lang und die Stille zermürbend. Sie war nicht unangenehm, aber irgendwie peinlich und ich wusste nicht warum. Etwas musste gestern Abend passiert sein, aber meine elende Erinnerung spielte mir Streiche. Schließlich hielt ich es nicht mehr aus.

„Mr Fitzroy ... gestern Abend ... ist da etwas passiert?"

„Gestern Abend sind viele Dinge passiert. Beziehst du dich auf etwas Spezielles?"

„Das wissen Sie sehr wohl."

Sein Blick sprang zu mir, dann weg. Er öffnete den Mund, schloss ihn, öffnete ihn wieder. „Es ist nichts passiert, Charlie. Ich habe dich in dein Zimmer getragen und dich ins Bett gebracht. Ich würde hoffen, dass du weißt, dass ich eine Frau in solchem Zustand niemals ausnutzen würde."

Mein Gesicht brannte, obwohl ich die Frage gestellt hatte. Um die Wahrheit zu sagen, ich hatte erwartet, dass er einer Antwort ausweichen würde. Die Peinlichkeit wurde durch seine Lässigkeit gesteigert. *Sein* Gesicht wurde nicht rot.

„Ich, äh, weiß das natürlich. Es tut mir leid, dass ich etwas anderes angedeutet habe."

„Lass uns nicht mehr davon sprechen." Er drehte sich zum Fenster, aber sein Blick wirkte nicht fokussiert. Etwas beschäftigte ihn.

„Ich erinnere mich an noch etwas", sagte ich.

Sein Kopf fuhr so schnell herum, dass er verschwamm. „Ja?"

Sein intensives Interesse brachte mich aus der Fassung und ich brauchte einen Moment, um mich zu sammeln. „Es geht um den Kampf mit Gordon."

Er stieß einen wohldosierten Atem aus. Hatte er erwartet,

dass ich etwas anderes erwähnte? Etwas über den späteren Abend, als er mich ins Bett gebracht hatte?

„Es ist vielleicht nichts", sagte ich. „Mir ist nur aufgefallen, wie genau Ihr Instinkt in einem Kampf ist. Sie scheinen die Schläge vorauszusehen, bevor sie geschehen. Das gibt Ihnen bei einem stärkeren Gegner wie Gordon einen eindeutigen Vorteil."

„Visuelle Hinweise", sagte er. „Mit viel Übung lernst du auch, darauf zu achten."

„Ich bezweifle, dass man das lernen kann. Ich habe Seth und Gus miteinander kämpfen sehen und deren Instinkte sind nicht so gut wie Ihre."

„Worauf willst du hinaus?"

Ich schluckte schwer. Sein stählerner Ton forderte mich geradezu heraus, es auszusprechen. Forderte mich heraus, ihn einer recht außergewöhnlichen Sache zu bezichtigen. Ich war mir nicht sicher, ob ich mich der Herausforderung gewachsen fühlte, wenn das bedeutete, an seiner dunklen Seite zu kratzen, aber jetzt war ich schon so weit gekommen. Es war zu spät für einen Rückzieher.

„Es ist nicht nur im Kampf", fuhr ich fort. „Sie wissen oft vorher, wenn jemand Sie etwas fragen will oder in ihr Zimmer kommt. Sie gewinnen beim Kartenspiel und beim Würfeln viel zu oft, um es purem Glück zuzuschreiben. Das ist eine unheimliche Gabe." Ich räusperte mich, wild entschlossen, nicht unter seinem frostigen Blick dahinzuwelken. „Unheimlich bis an den Rand des Übernatürlichen."

Er beobachtete mein Gesicht, bis sein Blick sich schließlich auf meinen richtete. Ich purzelte Hals über Kopf in die endlose Tiefe seiner Augen und es war mir egal. Ich wollte nicht fliehen. Die Zeit schien stehen zu bleiben. Wir hätten in dieser Kutsche genauso gut in einer anderen Welt sein können. Draußen existierte nichts mehr. Hier waren nur wir beide, verbunden durch eine viel mächtigere Spannung als jeder elektrische Strom.

Er beugte sich vor und mein Herz blieb stehen. Würde er mich küssen? Mit mir schimpfen?

Aber er legte lediglich die Ellenbogen auf seine Knie und senkte den Kopf. Wirre Haarsträhnen fielen ihm ins Gesicht.

„Was ist?", wagte ich zu fragen. „Was habe ich gesagt?"

Er schüttelte kaum merklich den Kopf oder vielleicht wandte er sich auch nur ab. Er holte tief Luft und atmete langsam aus. „Das hat noch nie jemand an mir bemerkt."

„Und?", flüsterte ich.

„Und ich muss damit klarkommen, dass *du* es bemerkt hast."

War das gut oder schlecht? An seiner Reaktion konnte ich das nicht ablesen. Meine Beobachtung hatte ihn allerdings erschüttert, und das war schon was. Der unerschütterliche Lincoln Fitzroy war aus der Fassung geraten—durch mich.

„Aber ... was bedeutet das?", fragte ich.

Er lehnte sich wieder zurück und sah mir in die Augen. „Es bedeutet, dass du ein Geheimnis entdeckt hast, das ich mein gesamtes bisheriges Leben vor allen verborgen habe, sogar vor dem General."

KAPITEL 12

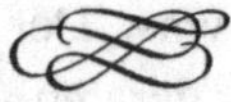

„Welches Geheimnis?", fragte ich. Ich wagte kaum zu atmen.

„Ich habe von meiner Mutter noch etwas anderes geerbt als nur die Haarfarbe." Lincoln brummte leise. „Jedenfalls glaube ich, dass es von ihr kommt. Ich bezweifle, dass es von meinem Vater stammt."

Er sprach, als ob ich mehr über seine Eltern wüsste als der Fall war, aber ich unterbrach ihn nicht, um nach Details zu fragen. Es war so selten, dass er überhaupt sprach, dass ich ihn unter keinen Umständen abschrecken wollte.

„Und weiter?", fragte ich nur.

„Sie war möglicherweise eine Seherin."

Herr im Himmel! „Aber Sie sind sich nicht sicher?"

Er schüttelte den Kopf. „Ich habe in den Archiven des Ministeriums einen Hinweis auf sie gefunden. Jedenfalls glaube ich, dass die Frau, die erwähnt wurde, meine Mutter war. Der General wollte mir meine Fragen nicht beantworten."

Das erschien mir äußerst unfair. Lincoln hatte doch sicher das Recht, etwas über seine Eltern zu erfahren. „Warum denken Sie dann, dass sie Ihre Mutter war?"

„Der Text war sehr alt und in einem schwer zu lesenden Stil geschrieben. Der General dachte wohl, dass ich an den alten Aufzeichnungen kein Interesse hätte, also versteckte er sie nicht sonderlich gut. Damals jedenfalls nicht. Es waren nur ein oder zwei Sätze, aber die besagten, dass die Frau, die den nächsten Leiter des Ordens hervorbringen würde, selbst eine Seherin sein würde."

„Kam diese Information von der gleichen Frau, die Ihre Geburt und Rolle als Leiter vorhergesagt hat?"

Er nickte.

„Aber es wurde kein Name genannt?"

„Nein."

„Aber da Sie der Leiter sind, muss das Detail stimmen."

„Ja."

Ich starrte ihn lange an und versuchte zu ergründen, wie es ihm damit ging, eine Seherin als Mutter zu haben und einige ihrer übersinnlichen Fähigkeiten zu besitzen. Allerdings hatte er wieder eine versteinerte Miene aufgesetzt. „Wie viel können Sie vorhersagen?", fragte ich.

Er schüttelte den Kopf. „Ich kann die Zukunft nicht vorhersagen. Ich kann auch gar nicht weit *sehen*. Was ich besitze, ist eine überlegene Fähigkeit, Dinge vorauszuahnen, bevor sie geschehen, aber auch nicht alles. Ich weiß zum Beispiel nicht, wie Menschen reagieren oder was sie sagen werden. Beim Spielen und Kämpfen scheint es anders zu sein. Da kann ich beinahe immer vorhersehen, wie die Würfel fallen werden oder was mein Gegner als Nächstes tun wird."

„Das ist nützlich."

Sein Mundwinkel zuckte. „Sehr."

„Ich frage mich ...“

Er runzelte die Stirn. „Fahre fort."

„Ich frage mich, ob Ihr *übernatürlicher* Instinkt sich perfekt mit Ihren Fähigkeiten und Ihrem *natürlichen* Instinkt verbunden hat."

Er zog eine Augenbraue hoch.

„Sie sind extrem geschult, was Kämpfe aller Art angeht", erklärte ich. „Jeder, der jahrelang trainiert hat, wird in einem Kampf hervorragende Instinkte beweisen. Aber wenn Sie diesen natürlichen Instinkt mit Ihrem ererbten zusammenfügen, bringen Sie das Ganze auf eine ganz neue Ebene. Wenn Sie in nicht-kämpferischen Interaktionen ebenso geschult wären, könnten Sie vielleicht voraussagen, was Leute sagen oder tun werden. Es scheint, als würde Ihre ererbte Fähigkeit Sie gelegentlich in die Lage versetzen, zu erraten, wenn jemand Sie sucht oder über Sie spricht, aber das ist alles. Wenn Sie sozialer wären, könnten sich auch Ihre Instinkte in Bezug auf Menschen verbessern."

„Ist das deine Art mir zu sagen, dass ich nicht sonderlich viel Empathie besitze?"

Ich lächelte. „Manche würden sagen, Ihnen fehlt Charme und geistreiche Konversation. Ich natürlich nicht."

„Geistreiches Geplänkel ist Zeitverschwendung. Ich komme lieber gleich auf den Punkt."

„Manchmal ist geistreiches Geplänkel der Punkt einer Konversation."

„Dann sind diese Konversationen und die Leute, die sie pflegen, langweilig."

Ich verdrehte die Augen und bemühte mich, mein Lächeln im Griff zu behalten. „Dann werden Sie bei dem Ball heute Abend nicht sonderlich viel Vergnügen haben."

„Vermutlich nicht."

Mein Lächeln erstarb, als er wieder aus dem Fenster sah. Das letzte Mal, als wir von dem Ball gesprochen hatten und warum er dorthin ging, hatte er mich glauben lassen wollen, dass er nicht wusste, wer sein Vater war. Ich wagte es nicht, noch einmal danach zu fragen und ihn zum Zorn zu reizen.

„Danke, Mr Fitzroy", sagte ich. „Ich weiß es zu schätzen, dass Sie mir das anvertraut haben. Ich werde keiner Seele etwas davon sagen."

„Ich weiß."

Die Sicherheit, mit der er das sagte, schockierte mich etwas. Dann wärmte sie mich. Ich würde alles in meiner Macht Stehende tun, um sein Geheimnis zu wahren, wenn es ihm so viel bedeutete.

Die Kutsche wurde langsamer, als wir in den Ratcliffe Highway einbogen. Wir hielten an, Lincoln öffnete die Tür und stieg zuerst aus. Dann half er mir aus der Kutsche und wir steuerten auf die Lower Pell Lane zu, während Seth bei der Kutsche und dem Pferd blieb. Alles sah weniger bedrohlich aus als in der

Nacht, aber heruntergekommener. Die Farbe blätterte von jeder Tür und jedem Fensterrahmen ab, während die Fenster selbst vom Ruß grau waren. Die Gebäude sahen aus, als wären sie wahllos aus dem Boden geschossen, hier eine Ziegelmauer, dort eine mit bröckelndem Putz, dazwischen ein hölzerner Bogen, der sie verband. Kinder spielten auf der Straße. Ihr Spielzeug war ihre eigene Fantasie, während die Mütter weiter oben Wäsche aufhängten.

Lincoln klopfte auf die Nase des Drachen, der in Mr Lees Tür geschnitzt war, doch niemand öffnete.

„Ist Mr Lee zu Hause?", fragte ich einige der Kinder, die in der Nähe herumstanden.

Ein paar von ihnen nickten, andere zuckten nur die Schultern. Ein mutiger Junge trat vor und ich erkannte ihn als den, der mir in der Nacht zuvor die Nachricht gebracht hatte. Ich lächelte ihn an, aber er lächelte nicht zurück.

„Mr Lee ist zum Markt gegangen, Miss", sagte er.

„Wir wollten die Leiche des Mannes sehen, der hier letzte Nacht gestorben ist", sagte Lincoln.

„Die haben sie mit einem Karren abgeholt."

Verdammt. Wir waren zu spät. Der Captain war zurückgekehrt und hatte die Leiche schon für sich beansprucht.

„Die?", fragte Lincoln den Burschen.

Der hob eine Schulter. „Männer. Da war ein Schriftzug auf dem Karren. Englische Schrift. Aber ich kann nicht lesen." Er malte einige Linien in die Luft.

„Ein L", sagte ich.

„An mehr erinnere ich mich nicht", sagte der Junge mit einem weiteren Schulterzucken.

„Das hast du sehr gut gemacht. Danke." Ich öffnete meine Handtasche, aber Lincoln hatte schon Münzen in der Hand. Er gab dem Jungen zwei und den anderen Kindern eine. Sie strahlten und sausten mit ihrer Beute davon.

„L?", sagte ich zu Lincoln auf dem Weg aus der Gasse heraus. „Glauben Sie, das steht mit dem Captain in Verbindung?"

„Der Captain dürfte nicht zurückgekommen sein. Er hatte zu viel Angst vor Gordon oder vor einer Gefangennahme, sonst hätte er mehr gekämpft und vielleicht sogar jemanden erschossen. L steht vermutlich für Leichenhaus. Die Behörden haben die Leiche abgeholt. Ich weiß, wo das Nächste zu finden ist."

Seth brachte uns die kurze Strecke zur St. George in the East Kirche in Wapping. Das Leichenhaus war hinter der Kirche errichtet worden, direkt neben einer Ansammlung von Grabsteinen. Niemand war dort und die Tür war verschlossen. Lincoln verwarf den Gedanken, einen Angestellten zu suchen und benutzte stattdessen zwei lange Drähte, die er aus der Tasche zog. Er hatte das Schloss in kürzester Zeit geknackt.

„Beeindruckend. Hat Ihnen das einer Ihrer Tutoren beigebracht?"

Er nickte. „Mr Jack Plackett war zu seiner Zeit ein Meisterdieb gewesen. Als er mich unterrichtet hat, war er allerdings ein uralter Krüppel. Hatte jedoch einen messerscharfen Verstand. Von ihm habe ich mehr nützliche Dinge gelernt als von irgendeinem anderen meiner Tutoren."

„Inklusive dem weiblichen?"

„Es lag sicherlich nicht am Mangel ihrer Bemühungen."

Ich verbarg mein Lächeln mit der Hand. Es schien mir unangebracht, in einem Leichenhaus zu lachen.

Er schob die Tür auf. „Macht es dir etwas aus, wenn ich zuerst reingehe?"

„Ich hatte gehofft, Sie würden das anbieten."

Er zögerte. „Du solltest hier draußen bleiben."

„Aber wir wissen beide, dass ich das nicht tun werde."

Seine Lippen wurden schmal. „Dann wappne dich."

Ich wartete, während er eintrat und folgte ihm dann. Ich wünschte, ich hätte auf seinen Rat gehört und mich ernsthafter gewappnet. Das Leichenhaus war nicht so, wie ich es erwartet hatte. Die Leichen lagen nicht auf Tischen und Regalen, sondern überall auf dem Boden, wo genug Platz war. Sie waren auch nicht aus Anstand bedeckt; nackt und exponiert lagen sie dort. Ich fragte mich, ob wohlhabendere Gegenden ihre Toten auch so liederlich behandelten.

Ich zählte sechs Leichen, einige schon recht verwest und vier von ihnen widerlich aufgebläht. Die Haut spannte sich über geschwollenen Bäuchen und Gesichtern. Diese vier mussten ertrunken sein, was hier in der Nähe der Docks eine häufige

Todesursache war. Der einzigen Frau hatte man den Kopf einge-schlagen und die sechste Leiche gehörte unserem Mann von Mr Lee. Er war von allen noch im besten Zustand, war allerdings außergewöhnlich dürr. Seine Haut war wie abgewetztes Papier und es war ein Wunder, dass seine Knochen nicht hindurch stachen.

Ich holte Luft zum Seufzen und bereute es sofort. Der Geruch von verrottendem Fleisch war viel schlimmer als im Keller des Schlachters. Ich bedeckte meine Nase und meinen Mund, aber es war zu spät. Der ekelige Gestank schnürte mir die Kehle zu. Ich würgte.

„Charlie, geht es dir—?"

Ich rannte aus dem Leichenhaus und übergab mich in die Büsche. Zu meinem Entsetzen spürte ich Lincolns warme Hand auf meinem Nacken. Ich wich aus. Er sollte mich so nicht sehen und ich wollte ganz sicher kein Mitleid. Inzwischen sollte ich mich an den Tod gewöhnt haben. Ich war Nekromantin und hatte den Tod schon zig Mal aus der Nähe gesehen; ich hatte sogar schon verwesende Leichen berührt. Meine Schwäche war empörend.

„Entschuldigung", sagte er.

Ich hielt meine Hand hoch. „Sie müssen sich nicht entschuldigen."

„Ich hätte darauf bestehen sollen, dass du draußen wartest."

Ich nahm das Taschentuch, dass er mir über die Schulter reichte und tupfte meinen Mund damit ab. In dem Zustand konnte ich es ihm nicht zurückgeben, also stopfte ich es in meine Handtasche. „Ich hätte trotzdem hereingeschaut", sagte ich.

„Du brauchst nicht wieder reingehen. Ich habe den Namen."

„Haben Sie? Wie?"

„Er stand auf einer Karte, zusammen mit den Namen der nächsten Angehörigen, wo die Leiche gefunden wurde, wer sie gemeldet hat sowie der vermuteten Todesursache. Entweder hat Lee gelogen und er besitzt sehr wohl Aufzeichnungen über seine Klienten, oder es gab irgendeine Art der Identifizierung. Ich vermute Letzteres. Ich kann mir nicht vorstellen, dass Lee sich um Aufzeichnungen kümmert."

Ich atmete tief ein, dankbar für die frische Luft. „Ich werde ihn rufen, ihn aber nicht bitten, in seinen Körper einzutreten, wenn es Ihnen recht ist. Angesichts der mangelnden Bekleidung erscheint mir das unsensibel. Das bedeutet allerdings, dass Sie seine Antworten nicht hören können."

„Ich brauche sie nicht zu hören. Du kannst mir berichten, was er zu mir sagt."

„Wie ist sein Name?"

„Bertram Purley."

Ich sah mich um, ob mich auch niemand hören konnte, und sagte dann: „Bertram Purley, ich rufe dich zu mir. Geist von Bertram Purley, zeige dich mir."

Ich dachte erst, der Nebel wäre eine tief hängende Wolke, bis er sich in die Gestalt des Toten in Lees Dachzimmer verwandelte. Er schaute mich grimmig an, dann Lincoln, der mich beobachtete.

„Er ist hier", sagte ich zu ihm.

„Du schon wieder", knurrte der Geist. „Was willst du?"

„Den Namen des Mannes erfahren, den man den Captain nennt. Der, der dir die Flüssigkeit mit einem Löffel eingeflößt hat."

„Wen interessiert's? Ich bin jetzt tot. Es ist egal."

„Es ist nicht egal. Wenn wir andere Leben retten können, ist es nicht egal. Und es ist auch nicht egal, wenn du möchtest, dass dein Körper begraben bleibt."

Letzteres Argument schien eher eine Reaktion zu verursachen als die ersten. Bis dahin hatte er nur gelangweilt und genervt ausgesehen. „Ich habe dir gestern Abend seinen Namen gesagt, dummes Mädchen."

Und mir hatte er im Leichenhaus leidgetan. „Ich kann mich nicht erinnern, was du mir gestern Abend gesagt hast. Das Opium hat mir zugesetzt. Bitte wiederhole es."

„Er hat mir gesagt, sein Name sei Jasper."

„Vor- oder Nachname?"

„Das weiß ich nicht. Captain Jasper, so habe ich ihn genannt." Der Nebel wirbelte um mich herum und hoch in die Luft, nur um wieder nach unten zu stoßen wie ein Raubvogel. Er entblößte seine Zähne und knurrte. „Warum kann ich nicht weg?"

„Ich muss dich freilassen."

„Dann tu es!"

Ich sah Lincoln an und wiederholte den Namen, den Bertram Purley mir genannt hatte. „Haben Sie noch Fragen an ihn?"

„Nein", sagte Lincoln.

„Geh, Bertram Purley. Kehre zurück, wo auch immer dein Geist wohnt."

„Ich stecke im Wartebereich fest", sagte er und schwebte wieder davon. Diesmal kehrte er nicht zurück.

„Er ist weg", sagte ich. „Er hatte mir sonst nichts zu sagen."

Lincoln bot mir seinen Arm an und ich nahm ihn, doch ehe wir gehen konnten, tauchte am hinteren Ende der Kirche der Vikar auf. Er stürzte sich auf uns wie eine schwarz ummantelte Ausgabe von Purleys Geist.

„Ihr da!", rief er. „Halt! Was macht ihr da?"

Lincoln richtete sich zu seiner vollen Größe auf und schob die Schultern zurück. Er war ein ganzes Stück größer als der Vikar, aber der Geistliche wich nicht zurück.

„Das geht Sie nichts an", sagte Lincoln.

Ich packte seinen Arm fester. „Fahr ihn nicht so an, liebster Bruder", sagte ich zuckersüß. „Er stellt doch nur eine Frage." Ich spürte, wie Lincoln sich unter meiner Hand sträubte. Hoffentlich hatte er genug Fantasie, um mitzuspielen. „Wir besuchen Ihren bezaubernden Kirchhof", sagte ich zum Vikar. „Wir hatten gehört, dass ein entfernter Verwandter hier vor einigen Jahren begraben worden sein könnte, aber leider haben wir seinen Grabstein nicht gefunden."

Der Vikar wurde rot und verhaspelte sich in einer Entschuldigung. „Ich sehe jetzt, dass Sie nur ein unschuldiges Paar sind. Bitte verzeihen Sie, Ma'am, aber wir hatten erst heute Morgen Ärger hier und ich dachte, Sie wollten das Schloss wieder aufbrechen." Er nickte zum Leichenhaus hinter uns.

„Ärger?", fragte Lincoln. „Hat jemand Ihr Leichenhaus beraubt?"

„Wie merkwürdig", sagte ich. „Wer würde denn so etwas tun?"

„Das Schloss wurde vor nur wenigen Stunden aufgebrochen. Ich habe es gerade erst ersetzt."

„Haben Sie den Dieb gesehen?", fragte Lincoln.

Beim sonderbaren Blick des Vikars fügte ich hinzu: „Mein Bruder interessiert sich für Strafverfolgung."

„Sie sind Polizist?"

„Etwas in der Art", sagte Lincoln. „Sagen Sie mir, wie der Mann aussah und ich werde dafür sorgen, dass die Polizei informiert wird."

„Das ist freundlich von Ihnen. Ich habe es der Polizei gemeldet, aber die sagten, sie wären zu beschäftigt, um sofort zu kommen. Ich habe ihn nur kurz gesehen, aber der Mann war im mittleren Alter, durchschnittlich groß. Er trug eine Brille. Es tut mir leid, mehr habe ich mir nicht gemerkt."

Lincoln berührte die Krempe seines Hutes und der Vikar tat das Gleiche. „Gott wird dafür sorgen, dass die Polizei ihn schnappt", sagte der Vikar. „Er muss für sein Verhalten ermahnt werden. Dies ist ein Gotteshaus, kein Ort für kindische Spielchen."

Lincoln und ich gingen zügig vom Kirchengelände, ehe der Vikar bemerkte, dass sein neues Schloss wundersamerweise ohne Schlüssel geöffnet worden war. Wenigstens hatte Lincoln es nicht aufgebrochen, wie Jasper es getan hatte.

Seth wartete mit der Kutsche in der Nähe und wir kletterten hinein. Es wurde schon spät und mit den neuen Informationen konnten wir wenig anfangen. Lincoln sagte, er könnte herausfinden, wo Jasper wohnte, aber es würde einige Zeit dauern. Am einfachsten war es, zu schauen, ob Jasper tatsächlich ein Mitglied der Armee war. Falls ja, würden die Unterlagen des Militärs seine letzte bekannte Adresse enthalten.

Leider war der General unterwegs und Gus kehrte ohne Antwort nach Lichfield zurück. Er, Seth und der Koch trafen uns in der Küche, wo der Koch am Tisch saß und seinen verbundenen Daumen an sich drückte, während Gus Gemüse schnitt.

„Der Butler des Generals hat mir gesagt, er würde Ihre Nachricht sofort bei seiner Ankunft übermitteln, Sir", sagte Gus, ohne von den Karotten aufzusehen.

„Ich werde noch eine Nachricht schicken, diesmal mit dem Namen Captain Jasper", sagte Lincoln. „Das wird die Suche eingrenzen."

„Ich bringe sie hin", sagte Seth. „Ich muss später sowieso in die Richtung."

Gus schnaubte. „Um wieder deinen Rockfetzen zu sehen? Langweilst du sie noch nich?"

„*Ihnen* werde *ich* nicht langweilig. Und sie ist kein Rockfetzen. Wenn du es genau wissen willst, trägt sie gern Männerkleidung."

Gus johlte und sogar der Koch hob seinen traurigen Hundeblick. „Seth", warnte Lincoln, vermutlich zu meinem Schutz.

„Bevorzugt sie die Kleidung eines Gentlemans oder eher Arbeiterklamotten?", fragte ich Seth mit einem Zwinkern.

Er kicherte. „Kommt auf ihre Stimmung an."

„Wie geht es deinem Daumen?", fragte ich den Koch, als Lincoln wegging.

„Tut immer noch verdammt weh", murmelte er und hielt ihn an seine Brust gedrückt.

„Hör auf zu heulen", knurrte Gus. „Der is noch dran, oder? Den meisten Köchen, die ich kenne, fehlen ein oder zwei Finger. Bringt der Beruf so mit sich."

Der Koch schaute ihn finster an. Ich tätschelte seine Schulter. „Ich bin mir sicher, dass es ganz furchtbar pocht", sagte ich sanft. „Du musst dich nur eine Weile ausruhen und wir kümmern uns hier um alles."

Gus warf mir einen vernichtenden Blick zu. „Was glaubste, was ich die ganze Zeit gemacht habe, während ihr Abenteuer erlebt habt?"

„Ich habe in die Büsche neben dem St. George of the East Leichenhaus gekotzt. Das nenne ich kein Abenteuer."

Er zog eine Fratze und schnippelte weiter, nur um vom Koch gesagt zu bekommen, dass er es nicht richtig machte. Ich hielt es für besser, sie ihrer Zankerei zu überlassen.

Ich holte meine Schürze von ihrem Haken und machte mich in der Spülküche an die Arbeit, putzte dann die Schlafzimmer und das Bad. Erst gegen Mittag machte ich eine Pause und dann noch mal am Nachmittag, als die Waschfrau Lincolns Kragen brachte. Den trug ich zusammen mit dem frisch gebügelten Hemd und dem geflickten Jackett nach oben und klopfte an seine Tür.

Er saß an seinem Schreibtisch, legte seinen Füller aber weg und klappte das silberne Tintenfass zu, als ich eintrat. „Danke Charlie, ich nehme dir das ab", sagte er und stand auf.

„Ich lege alles aufs Bett. Sie werden heute Abend der schneidigste Mann von allen sein." Es war nicht leicht, das Seufzen aus meiner Stimme herauszuhalten, aber es gelang mir.

„Jeder Gentleman wird schick gekleidet sein. Ich werde nicht auffallen."

Ich kehrte zu ihm ins Wohnzimmer zurück. „Das meinte ich nicht."

Er saß auf der Kante seines Schreibtischs und hielt die Tischplatte an beiden Seiten neben sich gepackt. Da er nichts weiter sagte, nahm ich an, dass ich gehen sollte.

„Kann ich Ihnen noch etwas bringen?", fragte ich.

„Nein."

„Fahren wir heute Nachmittag mit dem Training fort oder brauchen Sie Zeit, um sich auf den Ball vorzubereiten?"

„Ich denke, das kann ich nach Ende des Trainings tun." Sein trockener Ton ließ mich lächeln.

„Für die Haare brauchen Sie vielleicht länger als Sie meinen", neckte ich ihn.

„Sollte ich sie schneiden?"

„Nein!"

Beide Augenbrauen wanderten nach oben.

„Ich … finde, die Länge steht Ihnen." Mehr als das. Es ließ ihn aus der Masse der anderen Gentlemen herausstechen, markierte ihn als etwas wild und unkontrollierbar, was er sicherlich war. Während ich normalerweise Männer mit kurzen Haaren bevorzugte, konnte ich mir Lincolns Haare gar nicht anders vorstellen. „Haben Sie ein schwarzes Band? Dieses Lederstück geht nicht."

„Da ist eins in irgendeiner Schublade. Ich suche später danach."

„Also gut. Holen Sie mich, wenn Sie mit dem Training anfangen wollen." Ich lächelte ziemlich verlegen und wandte mich zum Gehen.

„Charlie. Warte." Seine Knöchel wurden weiß und sein Blick begegnete meinem nicht ganz.

„Ja?", murmelte ich. „Brauchen Sie noch etwas?"

„Deine Hilfe."

„Um das Haarband zu befestigen?"

Er schüttelte den Kopf. „Für ... Gespräche."

„Oh? Sie meinen, Sie möchten wissen, wie man jemanden in ein Gespräch verwickelt, das nichts mit dem Übernatürlichen, Kämpfen oder Grabräubern zu tun hat?"

„Lass diese Neckereien."

„Neckereien und das Wissen, wie man sie anwendet, ist Teil der Kunst von Konversation und Flirt. Nicht, dass ich finde, Sie sollten sich schon ans Flirten wagen", fügte ich schnell hinzu. „Heben Sie sich das für die Zeit auf, wenn Sie sich mit Small Talk wohler fühlen."

„Und wie fängt man an?"

„Das kommt darauf an. Sie müssen das, was Sie sagen, an die Menschen anpassen, mit denen Sie zusammen sind. Vielleicht erst ein paar Minuten beobachten und zuhören, ehe Sie sich einmischen. Schauen Sie, welche Themen die Gruppe interessiert, und finden Sie die Grundstimmung heraus. Dann geben Sie Ihre Meinung zu etwas ab, worüber geredet wird. Die Herren werden zweifelsohne über Politik diskutieren und ich habe gesehen, dass Sie Zeitungen lesen. Sie müssten etwas Angemessenes beisteuern können."

„Und wenn es nicht um Politik geht?"

Ich zuckte mit den Schultern. „Sie sind ein kluger Mann und wissen sehr viel über eine große Bandbreite von Themen. Ich bin mir sicher, dass Sie etwas Interessantes zu einem Gespräch beitragen können."

„Wann immer ich das versuche, endet das Gespräch normalerweise abrupt."

„Vielleicht bemühen Sie sich zu sehr. Es ist das Beste, wenn man die stärksten Meinungen für sich behält, bis man mit jemandem wirklich vertraut ist. Sagen Sie etwas Pfiffiges—" Ich räusperte mich. „Sagen Sie etwas Schlaues, aber stellen Sie sicher, dass es nicht zu grauenvoll, unangemessen oder langweilig ist."

„Darin liegt das Problem. Woher weiß ich denn, ob das, was

ich sagen will, eins dieser Dinge ist, bevor ich eine Reaktion bekomme?"

Ich seufzte. Die Angelegenheit stellte sich als kniffliger heraus als ich dachte. „Ich bin mir nicht sicher, ob ich die beste Person für solche Ratschläge bin. Die Kunst der Konversation in Ballsälen liegt jenseits meines Erfahrungsschatzes. Mir sind die jugendlichen Witze, mit denen sich Jungs amüsieren, vertrauter als das Geplänkel unter Erwachsenen. Und was Flirten angeht, habe ich das nie geübt, fürchte ich. Ich hatte nie die Gelegenheit."

Er drückte sich vom Tisch weg und stellte sich vor mich. „Du irrst dich. Deine Fähigkeiten stehen denen jeder anderen Frau, die mir bisher begegnet ist, in nichts nach. Vielleicht liegt es dir einfach."

Mein Magen verknotete sich und ich blinzelte zu ihm hoch. Er würde nicht glauben, dass es mir liegt, wenn er wüsste, was seine Aufmerksamkeit mit mir machte und wie sein Lob mich dazu brachte, mir mehr verdienen zu wollen. „Vielleicht", sagte ich nur.

„Du hast deine Kindheit in höflicher Gesellschaft verbracht und die Gewohnheiten guter Manieren wurden dir von deinen Adoptiveltern eingehämmert. Ich bin den Großteil meines Lebens gesellschaftlich isoliert aufgewachsen. Es ist eine Einschränkung meines Trainings, das der General erst erkannt hat, als es zu spät war."

„Training", nicht Aufwachsen. Sah er seine Kindheit als eine einzige lange Trainingseinheit an, die es zu ertragen galt? Wie grässlich und traurig; ja, sogar grausam. „Oh, Lincoln."

Jetzt blitzten seine Augen auf und er wich zurück. Er drehte sich zu seinem Schreibtisch um und ordnete einen Stapel Papier. „Danke Charlie. Du kannst gehen."

Ich öffnete den Mund, um mich zu entschuldigen, schloss ihn aber wieder. Mein Mitleid tat mir nicht leid, nur, dass ich es ihn hatte sehen und hören lassen. Ich musste zukünftig besser aufpassen.

„Manchmal braucht man nicht mehr als Schweigen und ein Lächeln", sagte ich in dem hilflosen Versuch, zu unserem Thema zurückzukehren. „Mit einem Lächeln erreicht man tatsächlich sehr viel, insbesondere bei Frauen." Den Satz bereute ich sofort. Ich wollte nicht, dass er sein Lächeln einer anderen Frau schenkte. Ich wollte, dass er *mir* eins schenkte. Doch er hatte nie mehr getan, als mit den Mundwinkeln zu zucken, und ich bezweifelte, dass er je mehr tun würde, egal ob für mich oder sonst jemanden.

„Ich werde das im Hinterkopf behalten. Du kannst gehen."

Eines Tages würde ich ihn dazu bringen, etwas von seinem Stolz abzulegen, nur für mich. Aber ich vermutete, dass dieser Tag noch in weiter Ferne lag.

* * *

NACH UNSERER TRAININGSEINHEIT verschwand Lincoln in seinen Gemächern. Ich trieb mich in der Bibliothek herum, in der einen Hand einen Staubwedel, in der anderen ein Buch, und wartete darauf, dass er herunterkam. Unter keinen Umständen wollte ich ihn verpassen, wenn er ausging. Das Training hatte die Verlegenheit zwischen uns nicht aufgehoben, sondern nur verstärkt, und ich hasste es, so auseinanderzugehen. Ich hoffte, dass es ihm genauso ging und er mich aufsuchen würde.

Allerdings wurde es recht spät und ich wollte gerade nach ihm suchen, um zu sehen, ob er seine Meinung geändert hatte und doch nicht zum Ball fuhr, als das Knirschen von Hufen und Wagenrädern die Ankunft einer Kutsche verkündete. Ich linste in dem Moment durch das Fenster, als Lady Harcourts Lakai die Tür für sie öffnete und sie aus der großen Kutsche stieg.

Was machte sie hier?

Ich legte das Buch und den Staubwedel weg und öffnete die Tür für sie. Sie schien überrascht zu sein, mich zu sehen und nicht Gus oder Seth. Ich machte einen Knicks.

„Guten Abend, Mylady", sagte ich. „Werden Sie erwartet?"

„Werde ich nicht." Sie lächelte, während sie herein schwebte. Der Saum ihres tiefblauen Kleides rutschte über die Bodenfliesen. Es war das erste Mal, dass ich sie nicht in Trauerkleidung sah, auch wenn die Farbe dunkel genug war, um die Verfechter des Anstands bei Laune zu halten, selbst mit den eingestickten Silberfäden. Sie stand unter dem Kronleuchter und jeder

Diamant an ihrem Leib funkelte. Sie trug sie an den Ohrläppchen, über den Handschuhen an den Fingern und Handgelenken, und das waren nur die, die ich sehen konnte. Der hohe Kragen ihres grauen Pelzmantels verbarg vermutlich noch viel mehr an ihrem Hals und Dekolleté. Sie steckten sogar in ihren Haaren und ich musste zugeben, dass sie einen wunderschönen Kontrast zu ihren dunklen Strähnen bildeten. Sie war atemberaubend.

„Ich dachte, ich hole Lincoln ab für den Fall, dass er seine Meinung geändert hat", sagte sie.

Wie merkwürdig. Sie musste wissen, dass falls Lincoln nicht zu dem Ball gehen wollte, sie ihn nicht würde umstimmen können. Niemand könnte das. „Er macht sich fertig."

Sie lächelte. „Und Männer behaupten, wir Frauen bräuchten zu lange. Egal. Ich werde hier mit dir warten." Sie warf einen Blick auf die Treppe und senkte die Stimme. „Es gibt sowieso etwas, worüber ich mit dir reden möchte."

Ich schaute ebenfalls zur Treppe und flehte Lincoln innerlich an, herunterzukommen, bevor sie noch etwas sagen konnte. Eine furchtbare Ahnung beschlich mich. „Oh?"

Sie lächelte wieder, aber diesmal war es wie die Diamanten, die sie trug—wunderschön, aber hart und kalt. Ich schluckte.

„Du musst für mich den Geist von Mr Gurry heraufbeschwören", sagte sie.

„Lincolns Tutor? Nein!"

Sie legte einen behandschuhten Finger auf die Lippen. „Ich habe vermutet, dass das deine erste Reaktion sein würde, aber hör dir an, was ich zu sagen habe, ehe du ablehnst. Nachdem wir neulich über die Sache gesprochen haben, konnte ich nicht aufhören, darüber nachzudenken. Ich muss wissen, warum Lincoln ihn umgebracht hat. Du könntest für mich mit ihm sprechen. Also, mit seinem Geist."

„Ich werde Mr Fitzroy nicht hintergehen."

„Du darfst es ihm nicht sagen!" Sie sah wieder zur Treppe. Dann nahm sie meinen Arm und tätschelte meine Hand. „Ich weiß, dass du auch neugierig bist, Charlie. Lincoln muss nie etwas davon erfahren. Es dient nur dazu, unser Gewissen zu beruhigen."

„Mein Gewissen ist ruhig. Mir ist es egal, warum er es getan hat. Er muss einen Grund gehabt haben."

„Da bin ich mir auch sicher und genau deswegen ist es so wichtig, dem Mysterium auf den Grund zu gehen. Lincoln verdient nicht weniger als unsere vollständige Unterstützung."

„Er hat bereits meine vollständige Unterstützung."

„Hat er das? Komm schon, Charlie, wir wissen beide, dass uns diese Sache so lange beschäftigen wird, bis sie geklärt ist. Sie wird unsere Wahrnehmung von ihm immer beeinflussen. Deswegen müssen wir es aus dem Kopf bekommen. Du bist eine bessere Frau als ich, wenn dir das gelingt, ohne die Wahrheit zu kennen."

Obwohl sie recht hatte und ich furchtbar neugierig war, konnte ich mich nicht dazu bringen, Lincoln noch einmal zu hintergehen. Er hatte mir einmal vergeben, aber ich war mir nicht sicher, ob er es ein zweites Mal tun würde. Trotzdem hasste ich es, Lady Harcourt vor den Kopf zu stoßen. Ich brauchte sie auf meiner Seite.

„Ich könnte es nicht, selbst wenn ich wollte", sagte ich. „Ich brauche einen vollständigen Namen, um die Geister aus dem Jenseits zu rufen. Leider wissen wir nur, dass der Tutor Mr Gurry heißt."

„Sein Name ist Nelson Hampton Gurry." Auf meinen erschrockenen Ausruf hin fügte sie hinzu: „Lincoln ist nicht der Einzige, der in der Lage ist, alte Ministeriumsakten durchzusehen."

„Oh."

„Komm mit in die Bibliothek. Wir wollen nicht, dass er hereinplatzt." Sie nahm meine Hand und zog mich in Richtung Bibliothek, aber ich rührte mich nicht vom Fleck.

Ich entzog ihr meine Hand. „Es tut mir leid, Mylady, aber ich werde Mr Gurrys Geist nicht beschwören. Weder für Sie noch für mich."

Sie kniff die Lippen zusammen, wodurch sich die kleinen Linien um ihre Mundwinkel vertieften. „Du hast dir inzwischen eine recht starke Moral zugelegt. Was für eine Schande, dass du sie nicht gezeigt hast, als du zum Standesamt gegangen bist."

Ich machte einen Schritt rückwärts und mein Magen rutschte hinunter zu meinen Zehen. „Woher wissen Sie das?"

„Das braucht dich nicht zu kümmern." Sie hob das Kinn. „Was dich kümmern sollte, ist die Frage, ob ich Lincoln von deinem Betrug erzähle oder nicht. Ich denke, er wird nicht allzu glücklich sein, wenn er herausfindet, dass du hinter seinem Rücken Nachforschungen über ihn angestellt hast."

„Aber das fordern Sie doch gerade von mir!"

Sie lächelte und es war überhaupt nicht schön. Zum ersten Mal sah ich die verschlagene, rücksichtslose Frau, die sich von einer bloßen Lehrertochter zu einer großen Lady hochgearbeitet hatte. Ich mochte sie nicht. „Das ist eine verzwickte Situation, nicht wahr? Also, wie soll es laufen, Charlie? Beschwörst du Gurrys Geist und Lincoln bleibt im Dunkeln, oder beschwörst du ihn nicht und Lincoln erfährt von deinem Verrat?"

KAPITEL 13

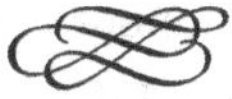

„W—woher wissen Sie das?", flüsterte ich. War sie mir gefolgt? Hatte sie den Mann auf mich angesetzt, der den gleichen Bus wie ich genommen hatte und mir durch die Stadt gefolgt war? Nein … das war an einem anderen Tag gewesen. Aber … mein Gott, ich hatte ihr *vertraut*.

Lady Harcourts Nasenflügel blähten sich. „Das ist irrelevant."

„Das finde ich nicht."

„Es sind Ministeriumsangelegenheiten."

„Und ich bin keine Angestellte des Ministeriums", beendete ich den Satz für sie. „Nur eine Angestellte von Lichfield."

Wir drehten uns beide zu Lincoln um, als wir eine Bewegung auf der Treppe wahrnahmen. „Julia, was tust du hier?" Er sah aus wie ein Prinz in seinem Frack, den weißen Handschuhen und der Weste, den Hut in der Hand. Seine Haare, die im Nacken zusammengebunden waren, glänzten durch das Makassaröl, das er verwendet hatte, wie polierte Kohle. Er machte eine gut aussehende Figur und das bereitete mir noch mehr Herzschmerz. Keine Frau würde einem so attraktiven Mann widerstehen können, wenn er seine ganze Aufmerksamkeit auf sie richtete. Ich beneidete die Damen beim Ball, ganz besonders eine. Er konnte seinen Blick nicht von Lady Harcourt abwenden, während er zu ihr die Treppe herunterkam.

„Ich wollte sicherstellen, dass du beim Ball ankommst." Sie strahlte ihn an und streckte ihm die Hände entgegen. Er nahm sie und küsste ihre beiden Wangen.

Ich verschmolz mit den Schatten in der Nähe der Bibliothekstür und wünschte mich irgendwo hin, nur nicht hier, wo ich Zeuge ihrer innigen Begrüßung wurde. Mein Herz hämmerte wie ein Amboss; das Blut pulsierte durch meine Adern. Ich fühlte mich wie in einem Spinnennetz gefangen, unfähig, davonzurennen, wie ich es gern getan hätte, und gezwungen, dem Austausch zuzusehen.

Außerdem gefangen von meinen eigenen Taten beim Standesamt. Ich war ein Dummkopf gewesen, dorthin zu gehen. Ein verdammter Dummkopf.

„Dein Kleid ist bezaubernd", sagte er mit steifer Formalität.

„Du hast es ja noch gar nicht gesehen." Sie bewegte eine Schulter und der Pelzmantel rutschte herunter. Sie fing ihn auf und wirbelte ihn herum. Als sie bemerkte, dass ich zusah, wurde ihr Lächeln breiter.

Sie sah wirklich bezaubernd aus. Der schlanke Schnitt des Kleides betonte ihre winzige Taille und der tiefe Ausschnitt offenbarte die Rundungen ihrer Brust. Ihr Hals wirkte mit dem hochgesteckten Haar und den schulterfreien Ärmeln noch länger. Viele Männer würden heute Abend die zarte Haut ihrer Schultern küssen wollen. Es machte mich krank, dass Lincoln möglicherweise einer davon war.

Was mich noch kränker machte, war der Gedanke an seine Reaktion, wenn er erfuhr, dass ich ihn hintergangen hatte. Oh Gott. Was hatte ich nur getan?

Lincoln half Lady Harcourt wieder in den Mantel und begleitete sie aus dem Haus. „Gute Nacht, Charlie", rief er mir zu.

Das war die ganze Aufmerksamkeit, die ich bekam—ein rasch dahingeworfenes ‚Gute Nacht'. Es war bemitleidenswert, aber nicht so erbärmlich wie mein eigener Kummer.

* * *

Mein schuldbeladenes Gewissen hielt mich wach. Als die Standuhr in der Eingangshalle drei Mal schlug, gab ich es auf,

194

schlafen zu wollen, und tapste im Nachthemd nach unten, über das ich einen Mantel geworfen hatte. Ich rollte mich in einem Sessel in der Bibliothek zusammen, konnte mich aber nicht auf mein Buch konzentrieren, also nahm ich meine Kerze und ging stattdessen in die Küche. Heiße Schokolade würde meine Nerven beruhigen und mir vielleicht beim Einschlafen helfen. Bis ich dort war, hatte ich einen Entschluss gefasst—ich würde Lincoln erzählen, was ich beim Standesamt getan hatte. Das wäre besser, als wenn er es von Lady Harcourt erfuhr.

Die Alternative, Gurrys Geist zu beschwören und beide Vergehen vor Lincoln zu verheimlichen, war zwar verlockend, aber ich vermutete, dass er mir früher oder später auf die Schliche kommen würde. Er war viel zu schlau, als dass es lange im Dunkeln bleiben würde.

Ich hatte gerade den kleinen Topf geholt, als die Hintertür aufgeschlossen wurde. Mein Herz sprang mir in den Hals. Es konnte entweder Lincoln oder Seth sein; keiner von beiden war bisher zurück. Ich stellte fest, dass ich auf Seth hoffte.

Lincoln kam in die Küche. Seine Haare waren noch immer ordentlich gebunden, aber er hatte seine Krawatte abgenommen und den Kragen geöffnet. Dichte Brauen schoben sich über nachtschwarzen Augen zusammen. Augen, die sich mit solcher Schärfe in mich hineinbohrten, dass mir eiskalt wurde.

Sie hatte es ihm bereits gesagt.

„Es tut mir leid", flüsterte ich. Es kam kläglich, winzig heraus und ich fürchtete, dass es gar nicht bis zu ihm gedrungen war.

„Wovon redest du?", schnappte er. „Was hast du getan?"

Ich runzelte die Stirn und zuckte mit den Schultern. Ich hatte das Gefühl, es war besser, sich dumm zu stellen.

Er schüttelte den Kopf. „Was auch immer es ist, sag es mir morgen. Ich bin heute Nacht nicht in der Stimmung." Anstatt zu gehen, lief er in die Vorratskammer. Er öffnete den Schrank, in dem der Sherry zum Kochen stand, und schenkte sich ein Glas ein, das er in einem Zug herunterstürzte. Er goss noch eins ein.

„Wie war Ihr Abend?", fragte ich vorsichtig.

Er hob das volle Glas. „Merkst du es nicht?" Er trank das Glas leer und knallte es auf den Küchentisch. Zum Glück zerbrach es nicht. „Warum bist du auf?"

„Habe auf Sie gewartet."

Er stellte die Sherryflasche ab und kam zu mir, langsam, wie eine Katze, die sich an ihre Beute anschleicht. Schwere Lider verbargen seine Augen, aber ich musste sie nicht sehen, um zu wissen, dass er in düsterer Stimmung war. Es stand in dem bitteren Zug um seinen Mund, der rigiden Haltung seines Kinns und seiner Schultern geschrieben.

Ich schluckte und wich zum Herd zurück. Wenn er nichts von meinem Besuch beim Standesamt wusste, warum war er so wütend? „Lincoln, geht es Ihnen gut?"

„Das heißt Mr Fitzroy, hörst du? Ich bin dein Arbeitgeber und so solltest du mich auch behandeln." Seine Hände ballten sich an seinen Seiten zu Fäusten und ich brauchte meinen gesamten Mut, um stehen zu bleiben und nicht davon zu schleichen. Er musste wissen, dass ich keine Angst vor ihm hatte, wenn er sich so benahm. Er würde mir nicht wehtun. Mir das einzureden, war eine Sache, aber meine Nerven davon zu überzeugen, eine ganz andere.

„Sagen Sie mir, was beim Ball passiert ist", sagte ich mit ruhiger Stimme. „Etwas muss—"

„Hör auf so zu tun, als könntest du Dinge in Ordnung bringen, *mich* in Ordnung bringen." Mit einem Knurren, das aus den Tiefen seines Brustkorbs drang, drehte er sich um und präsentierte mir seinen Rücken. Er hob und senkte sich mit seinen schweren, stoßweisen Atemzügen. „Ich brauche dich ... nicht. Ich brauche niemanden!"

Ich trat näher und hob meine Hand, um sie gegen seinen Rücken zu pressen, doch ich ballte sie zur Faust, ehe ich ihn berührte. „Es ist mir egal, ob Sie mich brauchen oder nicht. Ich werde so oder so hier sein."

Er fuhr herum und ragte über mir auf. Die heiße Wut war von kühler Kontrolle verdrängt worden und er sah nicht mehr so aus, als würde er Dinge durch die Küche werfen. In mancher Hinsicht war die Veränderung schlimmer, denn jetzt sah er aus, als wollte er absichtlich verletzen. „Deine Zuneigung zu mir ist fehlgeleitet, naiv und kindisch." Der eisige Tonfall jagte mir einen Schauer über den Rücken. „Dass ich dir das jetzt sage, ist Freundlichkeit. Wenn du älter bist, wirst du das verstehen."

Tränen brannten in meinen Augen, aber ich weigerte mich, ihnen nachzugeben. Ich konnte allerdings nicht aufhören zu zittern. Es fühlte sich an, als würde Eis durch meine Adern in jedes Körperteil gleiten.

„Ich, kindisch?", schnappte ich. „Sie sind derjenige mit dem Wutanfall." Ich ging an ihm vorbei und marschierte aus der Küche. Als ich in meinem Schlafzimmer angekommen war, warf ich mich aufs Bett und weinte in mein Kissen.

* * *

Gus ärgerte mich am nächsten Morgen, weil ich verschlafen hatte, als ich zu spät zum Frühstück kam. Der Koch schlug ihm jedoch gegen die Brust und befahl ihm, die Klappe zu halten, als er mein Gesicht sah. Alle drei behandelten mich den restlichen Morgen, als könnte ich im nächsten Moment kaputtgehen. Falls sie wussten, dass ich mich wegen Lincoln so zerbrechlich fühlte, behielten sie es für sich.

Sie sagten mir, er wäre ausgegangen, wussten aber nicht wohin. Ich freute mich nicht auf unsere erste Begegnung. Lincoln musste wissen, dass er nicht grundlos so mit mir umspringen konnte.

Abgesehen davon, dass er einen Grund hatte, den er nur noch nicht kannte.

Als Lady Harcourt ankam, sagte ich den Männern, dass ich mich hinlegen musste. Leider hielt sie das nicht davon ab, mich aufzusuchen. Seth brachte sie in mein Zimmer, ging mit einer Verbeugung raus und schloss die Tür. Meinen wütenden Blick bemerkte er nicht, denn er konnte seine Augen nicht von ihr abwenden.

„Du siehst erschöpft aus", sagte sie und ließ sich auf einem Stuhl in meinem kleinen Wohnzimmer nieder. „Man könnte meinen, *du* wärst die ganze Nacht beim Ball gewesen."

Ich antwortete nicht. Meine Nacht und mein Gespräch mit Lincoln ging sie nichts an.

Sie zeigte auf den Stuhl ihr gegenüber. „Setz dich. Möchtest du nicht hören, wie der Abend verlaufen ist?"

„Nicht sonderlich."

„Stell dich nicht so an, Charlie. Natürlich willst du es wissen. Du willst alles über ihn wissen. Es ist recht offensichtlich, meine Liebe, und irgendwie süß. Ich bin mir sicher, die meisten Männer würden sich geehrt fühlen. Lincoln jedoch nicht, fürchte ich. Solche Dinge weiß er nicht zu schätzen, schon gar nicht von seiner eigenen Magd. Nimm meinen Rat an und löse dich von deiner Vernarrtheit. Ansonsten wird es dir schlecht ergehen."

Zusätzlich zu der Tirade von letzter Nacht war das mehr, als ich ertragen konnte. Ich konnte mich gerade noch zusammenreißen. Oder mich davon abhalten, sie hinauszuwerfen.

„Er schien den Ball zu genießen", sagte sie. „Er hat mit vielen Damen und einigen Herren geplaudert und ich glaube, ich habe ihn fast dabei erwischt, dass er die süße kleine Miss Overton angelächelt hat. Die schien es ihm angetan zu haben. Sie ist ein sehr hübsches Ding, große Augen, güldenes Haar. Sie erinnert mich an dich, Charlie."

Ihre Beschreibung von seinen Flirts und Gesprächen war so anders als der Mann, der um drei Uhr morgens nach Hause gekommen war, dass ich mir nicht sicher war, ob ich ihr glauben sollte oder nicht. Vielleicht neckte sie mich nur.

„Schau nicht so enttäuscht", sagte sie mit schräg gelegtem Kopf. „Er wird heiraten, weißt du? Er muss." Sie seufzte. „Daran müssen wir uns beide gewöhnen. Miss Overton würde gut zu ihm passen, solange sie ihn nicht zu sehr langweilt."

„Warum wollen Sie, dass er Miss Overton heiratet?", fragte ich, überwältigt von Neugier. „Wollen Sie ihn nicht selbst heiraten?"

Sie zupfte an den Fingerspitzen ihrer Handschuhe, um sie auszuziehen. „Du bist ganz schön dreist geworden für eine Magd."

„Spielen wir keine Spielchen, Mylady. Wir wissen beide, warum Sie hier sind. Bringen wir es hinter uns."

„Eins nach dem anderen. Du hast danach gefragt, ob ich ihn heiraten will, und ich würde dir gern darauf antworten." Sie legte die Handschuhe in ihren Schoß und faltete ihre Hände darüber. „Ich war schon einmal verheiratet, Charlie, und es ist kein Zustand, in den ich wieder eintreten möchte. Jedenfalls nicht leichtfertig und gewiss nicht mit Lincoln. Ich weiß, dass er mich recht anständig behandeln würde, aber ich habe keinen Vorteil, wenn ich ihn heirate. Verstehst du?"

„Ich verstehe. Wenn Sie jemanden heiraten, dann nur einen Mann, der noch höher gestellt ist als Ihr verstorbener Mann."

„Oder reicher. Du musst denken, dass ich furchtbar habgierig bin. Oder du verstehst mich vielleicht." Ihr schräges Lächeln war beinahe freundlich, wissend, als würde sie mit einer Vertrauten ein Geheimnis teilen. „Wir sind schließlich vom gleichen Schlag."

Ich machte mir nicht die Mühe, ihr zu sagen, dass ich ganz und gar nicht war wie sie. Mir waren Reichtum oder Privilegien egal. Ein Heim mit einem soliden Dach über dem Kopf war alles, was ich wollte, und Menschen, die mich mochten. Es war Letzteres, von dem ich gedacht hatte, dass ich es bei allen Bewohnern von Lichfield gefunden hatte. Heute Morgen war ich mir da nicht mehr so sicher, auch nicht bezüglich des soliden Dachs. Wenn Lincoln in der gleichen Stimmung war wie letzte Nacht, war er eventuell versucht, mich hinauszuwerfen, ganz besonders wenn er von meinem Besuch beim Standesamt erfuhr.

„Bist du ihm begegnet, als er in der Nacht zurückkam?", fragte Lady Harcourt.

„Warum?"

Es dauerte lange, ehe sie antwortete. „Er ist abrupt aufgebrochen; man könnte sagen, wütend. Ich habe nicht gesehen, mit wem er gesprochen hat, bevor er ging, deswegen kann ich nicht sagen, worüber er aufgebracht war. Er hatte kein Transportmittel, also nehme ich an, dass er den ganzen Weg gelaufen ist."

„Ich weiß von nichts", sagte ich. „Sie müssen ihn fragen."

„Wir wissen beide, wie gut das Gespräch verlaufen wird", sagte sie und verzog mürrisch den Mund. „Nun, bist du bereit, Mr Gurrys Geist zu beschwören?"

Ich packte die Stuhllehnen fester und blinzelte meinen Schoß an. Als ich am Morgen die Dämmerung über den Horizont hatte kriechen sehen, hatte ich mich entschieden, Lincoln nichts von den Nachforschungen zu erzählen, die ich angestellt hatte; zum Teil, weil ich wütend war, wie er mich behandelt hatte, und fand, dass er es nicht verdient hatte, es zu wissen, und zum Teil, weil ich mich wie ein Idiot fühlte, dass ich ihn mochte. Wenn er wusste, dass er mir wichtig genug war, um Nachforschungen über ihn anzustellen, würde das meine Erniedrigung nur verstärken.

„Komm schon Charlie, denke nicht schlecht von mir, weil ich dich darum bitte. Ich will nur, was du willst—Informationen über Lincoln. Es ist dein eigener Fehler, wenn ich ihm von deinem Besuch beim Standesamt erzähle. Lehne meine Bitte ab und ich *werde* es ihm sagen. Sei allerdings versichert, dass ich ihm bisher nichts gesagt habe."

„Wie beruhigend", höhnte ich.

„Es wird unser Geheimnis bleiben, wenn du das möchtest. Ich verspreche es."

Ich war mir nicht ganz sicher, ob ihr Versprechen mir noch so viel bedeutete. Doch ich musste ihr vertrauen. Wenn ich das nicht konnte … Nun, einem Teil von mir war es inzwischen egal. Sollte er doch all die schlimmen Dinge herausfinden, die ich hinter seinem Rücken getan hatte. Sollte er mich doch rauswerfen. Das würde mir helfen, meine Vernarrtheit zu begraben, wie er es nannte.

Ich holte tief Luft. „Mr Nelson Hampton Gurry. Ich beschwöre den Geist von Nelson Gurry in diese Welt, um einige Fragen zu beantworten."

Ich sah den Nebel erst, als er um meine Schuhe schwebte und sich in eine menschliche Gestalt formte. Er musste durch die Ritzen der Bodendielen gekommen sein. „Wer bist du und was willst du?", brummte der Geist von Mr Gurry. Er schien um die sechzig zu sein, hatte schütteres Haar, eine lange Nase und tiefe Furchen in der Stirn. Er musste sie im Leben oft gerunzelt haben, damit sie so tief geworden waren.

„Mein Name ist Charlotte Holloway", sagte ich. „Ich bin eine Nekromantin."

„Eine was?"

„Ist er hier?", flüsterte Lady Harcourt.

Ich zeigte auf den Geist, der wie eine schwache Wolke zwischen uns stand. „Da."

„Mr Gurry", sagte sie in ihrem herrischen Ton. „Können Sie mich hören?"

„Ist sie auch eine Nekromantin?", fragte er. „Oder nur dumm?"

„Sie kann Sie weder sehen noch hören."

„Das beantwortet keine meiner Fragen, Mädchen. Du musst auch dumm sein. Typisch Frauen", fügte er grummelnd hinzu.

„Mr Gurry, ich hätte gern etwas mehr Höflichkeit."

„Das hättest du bestimmt gern, aber das ist mir egal." Der Nebel wehte zur Decke, kehrte aber sofort zu mir zurück, als hätte ich ihn gebeten. „Was ist hier los? Warum kann ich nicht weg?"

„Ich habe Sie nicht entlassen."

„*Du* entlässt *mich*?" Er schnaubte. „Ich muss doch sehr bitten. Wäre ich am Leben, würde ich dich für deine Frechheit schlagen."

„Und dann würde ich Sie schlagen. Ja, Mr Gurry", fügte ich süßlich hinzu, „Ich bin durchaus in der Lage, das zu tun, auch wenn ich weiblich bin."

Seine Oberlippe verzog sich zu einem Zähnefletschen.

„Mir wird allmählich klar, warum Mr Fitzroy ihn umgebracht hat", sagte ich zu Lady Harcourt. „Er ist unausstehlich."

Lady Harcourt starrte mich mit weit aufgerissenen Augen an. Gurrys Geist schwoll auf zweifache Größe an und flog so schnell auf mich zu, dass ich instinktiv zuckte.

„Du kennst ihn?", spie er. „Du kennst meinen Mörder?"

„Wir kennen ihn", sagte ich. „Er war Ihr Schüler, nicht wahr?"

„Wo ist er?" Er sauste durch das Zimmer, kam aber wieder zu mir zurück. „Ist dieser Hund hier?"

„Nein. Sagen Sie uns, warum er Sie getötet hat, Mr Gurry."

„Das wollt ihr wissen?" Sein leises Kichern zerrte an meinen angespannten Nerven. „Warum fragt ihr ihn nicht?"

„Ich frage Sie."

„Ich kann es dir nicht sagen. Ich weiß es nicht. Er ist mir eines Nachts in einer Gasse begegnet, Jahre nachdem ich ihn unterrichtet hatte. Er hatte ein langes Messer dabei. Ohne auch nur ein Wort hat er mich angegriffen und mir die Kehle durchgeschnitten." Er rieb sich über seinem Kragen den Hals. „Ich habe ihn um Gnade angefleht, aber er zeigte keine. Er ist ein wildes

Tier, ohne Gewissen und ohne Seele. Nehmt meinen Rat und haltet euch von ihm fern."

Ich warf Lady Harcourt einen Blick zu, doch sie starrte mich nur an. Mit einem Nicken drängte sie auf eine Antwort. „Nun?", flüsterte sie. „Hat er es dir gesagt?"

Ich schüttelte den Kopf. „War es eine zufällige Begegnung?", fragte ich Gurry.

„Weiß ich nicht", sagte er. „Vielleicht nicht. Er war immer so hinterhältig, hat immer Ränke und Intrigen geschmiedet. Ich würde mich nicht wundern, wenn er das Treffen jahrelang vorbereitet hatte. Wer weiß schon, wie lange er einen Groll gegen mich hegte?"

„Warum hegte er einen Groll?"

Er drehte mir den Rücken zu. „Ich habe dir schon gesagt, dass ich das nicht weiß."

„Sie haben nicht mal eine Ahnung? Das müssen Sie gewiss."

„Nein."

„Mr Gurry, bitte antworten Sie mir, damit ich Sie wieder wegschicken kann."

Er umkreiste mich langsam, ohne dass seine Füße den Boden berührten. Die Furchen in seiner Stirn zogen sich zu tiefen Falten zusammen. „Er war ein widerspenstiger Hund. Ich habe versucht, ihn zu erziehen, aber er hat von Anfang an keinem Befehl gehorcht. Ich musste immer härtere Maßnahmen ergreifen, damit er hörte."

„Haben Sie ihn geschlagen?"

„Natürlich."

Ich presste meine Hand auf den Mund, zog sie aber schnell weg. Es war allerdings zu spät. Lady Harcourt würde Gurrys Antwort anhand meiner Frage und Reaktion erraten haben. Sie bedeckte ebenfalls den Mund und ließ ihre Hand dort.

„Der General wusste es", protestierte Gurry. „Er hielt es für richtig. Er gab mir freie Hand, alles zu tun, was ich für angemessen erachtete, um meinen Schützling zu unterrichten."

Der General *wusste* es? Es wurde immer schlimmer.

„Ich war nicht der Einzige", sagte Gurry. „Ich habe andere Spuren auf seinem Rücken gesehen, die ich nicht zugefügt hatte. Er hat mich nicht wegen der Schläge getötet, Mädchen.

Verstehst du? Nein, er hat mich getötet, weil er wahnsinnig ist, ein tollwütiger Hund. Er sollte nicht aus seinem Käfig gelassen werden."

Ich schlug mit der Handfläche auf die Stuhllehne. Das brachte ihn zum Schweigen, ließ Lady Harcourt aber zusammenfahren. Es war mir egal. Ich war zu sehr darauf bedacht, was er mir erzählte, zu entsetzt von dem Gedanken des jungen Lincoln, der diesem Mann und seinen anderen Tutoren ausgeliefert war. Wie viele hatten ihn geschlagen?

Gurry hatte vermutlich recht. Lincoln hatte ihn nicht wegen der Schläge getötet, sonst wäre Gurry nicht sein einziges Opfer. Warum dann? Verheimlichte Gurry mir etwas?

„Es muss einen Grund geben", sagte ich. „Sagen Sie es mir. Ich befehle es Ihnen."

Er kniff die Lippen zusammen und wirbelte herum, ehe er stillstand. „Meine Methoden hatten angefangen, Wirkung zu zeigen. Ich hatte ihm die Halsstarrigkeit beinahe ausgetrieben, als eine Ablenkung auftrat. Ich habe die Ablenkung entfernt. Vielleicht ist er deswegen auf mich wütend." Er zuckte mit den Schultern.

„Was für eine Ablenkung?", beharrte ich. „Eine andere Person?"

„Was sagt er?", fragte Lady Harcourt. Ich hob die Hand, aber sie schlug sie weg. „Charlie, du musst mir sagen, was er sagt."

„Er ist böse", sagte Gurry. „Durch und durch böse. Du kannst einem Mann mit Zigeunerblut in den Adern nicht trauen."

Zigeuner! Das war das zweite Mal, dass ich diese Bezeichnung für Lincoln gehört hatte. Das erste Mal hatte ich gedacht, es wäre einfach abfällig gewesen, aber jetzt ... Vielleicht war Lincolns Mutter eine Reisende gewesen. Sie war eine Seherin gewesen, und er hatte mir gesagt, dass sie dunkle Haare und Augen gehabt hatte, also war es möglich.

Aber das war ein Wort, das ich vor Lady Harcourt nicht wiederholen würde. Aus irgendeinem Grund wollte ich nicht, dass sie davon erfuhr.

„Nichts Wichtiges", sagte ich ihr, als sie erneut fragte, was Gurry sagte. „Grausame Vorwürfe, sonst nichts."

„Es sind keine Vorwürfe!" Der Geist tobte von rechts nach

links, um die Möbel, über den Spiegel und die Bilder, die an der Wand hingen, als wollte er sie in seiner Wut verwüsten.

„Warum wurde Lincoln abgelenkt?", forderte ich.

Der Geist lachte wieder und stellte sich zwischen Lady Harcourt und mich. „Es war eine nervige kleine Ablenkung, die er viel zu gern mochte. Ich bin sie losgeworden. Das ist alles, was du wissen musst."

„Sagen Sie es mir!" Ich schoss aus meinem Stuhl hoch und baute mich vor ihm auf, aber er lachte nur wieder.

„Sonst was?", höhnte er. „Du kannst mir gar nichts tun, Mädchen."

„Mr Gurry, ich befehle Ihnen—"

Die Tür hinter mir flog auf. Ich wusste ohne mich umzudrehen, dass es Lincoln war. Niemand sonst würde es wagen, zu stören ohne anzuklopfen. Falls ich weitere Bestätigung benötigt hätte, bekam ich sie von meinen Gefährten. Lady Harcourts Gesicht wurde aschfahl. Der Geist von Mr Gurry fuhr zusammen und raste rückwärts.

Meine Beine fühlten sich plötzlich zu schwach an, um mich zu tragen, und ich setzte mich. Ich wünschte, der Sessel würde mich verschlucken, aber es gab kein Entkommen von Lincoln. Zorn ging in Wellen von ihm aus und ich zweifelte keine Sekunde daran, dass er wusste, mit wem ich redete und warum.

Lady Harcourt fing sich als Erste. Sie stand auf und streckte die Hand aus. „Guten Tag, Lincoln. Ich bin so erfreut, dich noch erwischt zu haben, ehe ich gehe."

„Raus." Der stille Befehl war brutaler als jedes Brüllen es hätte sein können. Ich hielt die Luft an und wartete darauf, dass er explodierte, aber er tat es nicht. Er stand nur neben der Tür und beobachtete Lady Harcourt mit einer Grimmigkeit, die *mich* erzittern ließ.

Ich wusste, dass ich bald an der Reihe war.

Sie blinzelte. „Wie bitte?" Ob sie stärkere Nerven hatte als ich oder schlicht seine Wut nicht sah, konnte ich nicht sagen. Sie segelte süß lächelnd auf ihn zu. „Linc—"

„Du hast mich gehört."

„Mein Lieber, was ist denn? Was ist los?" Ihr Schauspiel war vertane Liebesmühe, doch das schien sie nicht erkennen.

Ich schon. Vielleicht, weil ich Lincolns Geheimnis kannte, oder weil ich ihn besser kannte als sie, aber ich wusste, dass ihm die Nähe von Gurrys Geist bewusst war. Das Spiel aufrecht zu erhalten war sinnlos.

„Ich sagte, *raus*." Die Schärfe in seiner Stimme durchschnitt mich, und auch Lady Harcourt, wie es schien. Sie wurde noch blasser und ging in weitem Bogen um ihn herum.

„Ich merke schon, dass ich hier im Weg bin", sagte sie von der Tür her. „Charlie, denk an mein Versprechen."

Sie wollte nicht, dass ich es ihm sagte? Selbst jetzt, wo er uns auf frischer Tat ertappt hatte? Aber das war unfair! Entmutigt sah ich ihr hinterher. Sie *wollte*, dass ich ihn anlog. Wenn ich es nicht tat, würde sie ihm von meinem Verrat beim Standesamt erzählen.

Ich glaubte kaum, dass es noch eine Rolle spielte. Wenn er diese Sache hier wusste, konnte er von der anderen auch erfahren. Was machte es schon aus? Seine stille Rage, die seine Knöchel erbleichen ließ und seine Augen ins Unermessliche verdunkelte, sagte mir mehr als deutlich, dass ich verdammt war.

„Lass mich gehen!", schrie Gurrys Geist. „Ich will ihn nicht mehr sehen! Lass mich frei!"

„Sie sind frei", sagte ich schwermütig. „Gehen Sie."

Der Geisternebel sank durch die Dielenbretter außer Sicht. Ich war jetzt wirklich mit Lincoln allein und wünschte inständig, dass ich irgendwo anders wäre als hier.

„Wird meine Entschuldigung genügen?", murmelte ich. Ich brachte es nicht über mich, ihn anzusehen.

Es dauerte lange, ehe er sprach. Ich dachte, er würde vielleicht rausgehen, oder etwas Gegenteiliges tun, mich schütteln. Doch er blieb lediglich neben der Tür und ich hatte keine Ahnung, was er wohl dachte.

„Was hast du herausgefunden?" Seine Stimme war ruhig, aber die Schärfe war noch da, wenn auch etwas abgeschwächt.

„Dass er Sie geschlagen hat." Ich wagte es, ihn anzusehen, aber sein Gesicht gab nichts preis. „Und dass Sie einen Grund hatten, ihn zu töten."

„Und der war?"

„Das hat er nicht gesagt. Er hat behauptet, eine Ablenkung Ihres Unterrichts losgeworden zu sein."

Seine Nasenflügel bebten. „Eine Ablenkung."

„Werden Sie mir sagen, was es war?"

Eine weitere lange Pause, dann: „Heute nicht."

Ich schluckte. Bedeutete das, dass er es eines Tages tun würde? Dass er mich nicht rauswarf? „Es tut mir leid, Mr Fitzroy. Wirklich. Ich erwarte keine Vergebung—"

„Gut."

Dieses ruhig gesprochene Wort reichte aus, um meine Nerven zu zerschmettern. Heiße Tränen liefen mir über die Wangen und mein Kinn bebte. Ich wischte die Tränen mit dem Handrücken ab, aber er sah sie. Er verschränkte die Arme vor der Brust und verbarg seine Hände.

„Sag mir, warum du es getan hast", sagte er. „Hat sie dich irgendwie genötigt?"

Ich nickte, hielt aber inne. Es war nicht ganz fair, Lady Harcourt die ganze Schuld zuzuschieben. Ich hatte mich in diese Situation manövriert, indem ich Lincoln beim Standesamt hintergangen hatte, und hatte ihre Bitte nicht abgelehnt. Das hätte ich gekonnt. Ich hätte es *gesollt*. „Ja und nein."

Er fuhr herum und riss die Tür auf. „Ich hätte dir gesagt, was du wissen willst", sagte er über die Schulter.

„Ich habe Sie gefragt", schoss ich zurück. „Sie haben die Antwort verweigert."

„Ich war noch nicht bereit. Aber mit der Zeit ..." Er ging zur Tür hinaus und schloss sie. Ich blieb allein mit meinen Gedanken und meinem Elend zurück.

Jetzt würde er sich mir nie anvertrauen. Welche Verbindung auch immer zwischen uns bestanden hatte, sie war hoffnungslos zerstört und ich war mir nicht sicher, ob sie noch zu retten war.

KAPITEL 14

en Rest des Tages blieb ich in meinem Zimmer. Ich konnte den anderen nicht unter die Augen treten, obwohl ich wusste, dass Lincoln nicht bei ihnen sein würde. Entweder er war ausgegangen oder in seinen Gemächern geblieben. Bei jedem Knarzen der Dielenbretter draußen, jedem Geräusch des sich setzenden Hauses hob ich den Kopf von meinem Kissen und hielt die Luft an. Doch niemand kam an meine Tür. Vielleicht warf er mich doch nicht hinaus.

Je länger ich darüber nachdachte, desto klarer wurde mir, dass er das nicht tun würde. Er war nicht kleinlich. Trotzdem wusste ich, dass wir nicht so weitermachen konnten wie bisher. Ich hatte eine Grenze überschritten und es gab kein Zurück. Nichts würde mehr so sein wie vorher. Er würde sich mir nie wieder anvertrauen, mich nie wieder mitnehmen, um in einer Ministeriumsangelegenheit zu forschen, nie wieder bei mir in der Bibliothek sitzen. Vielleicht würde er sogar mein Training beenden. Er würde mich wie eine Magd behandeln.

Ich *konnte* mit dieser Veränderung zwischen uns umgehen. Ich *musste* es. Lichfield war mein Zuhause, ich wollte nicht weg von hier, von Seth, Gus und dem Koch. Oder von ihm.

Ich döste ein, wachte jedoch mitten in der Nacht mit einem Ruck auf. Ich hatte von dem Anhänger geträumt, den ich in seinem Zimmer gefunden hatte. Der mit dem blauen Auge darauf. Das Auge hatte mich in dem Traum angestarrt und mir dann zugezwinkert.

Ich schlief nicht wieder ein, sondern wartete bis zum Morgen, um die Bücher in der Bibliothek durchzusehen. Erst erledigte ich meine Aufgaben und sorgte dafür, dass das Haus in perfektem Zustand war, und frühstückte mit Seth, Gus und dem Koch. Sie waren auch bedrückt und schienen zu wissen, dass etwas nicht stimmte. Was passiert war, fragten sie mich nicht, und ich bot auch keine Erklärung an. Genauso wenig fragte ich nach Lincoln, wie ich es sonst immer tat.

Am späten Vormittag schlüpfte ich in die Bibliothek. Lincoln war gar nicht nach unten gekommen und es schien, als wäre er ausgegangen. Selbst wenn er hereinplatzte, wäre es egal. Unsere Freundschaft lag bereits in Scherben.

Meine Finger glitten über die Lederrücken der Bücher, deren Titel ich einen nach dem anderen las. Sie waren nach Themen geordnet. Die Sachbücher über okkulte Dinge standen neben dem Kamin. Ich fand eines über Symbole und schlug das Inhaltsverzeichnis auf. Es gab mehrere Einträge für Zigeuner, und ich prüfte jede Seite, bis ich die Zeichnung eines Auges fand, das dem auf dem Amulett in Lincolns Schublade ähnlich war.

Laut des Buches war es ein Zauber, um den bösen Blick abzuwehren, ein Fluch, an den verschiedene Kulturen glaubten, nicht nur die Zigeuner. Angeblich verfluchten Hexen und böse Geister anständige Menschen mit dem bösen Blick, der ihnen Unglück brachte. Das Amulett mit dem blauen Auge schützte den Träger vor solchen Flüchen, wenn es eng am Körper getragen wurde.

Falls ich noch einen Zweifel gehabt hatte, dass Lincoln zum Teil Zigeuner war, dann waren sie jetzt ausgemerzt. Das Amulett musste von seiner Mutter stammen.

Ich stellte das Buch zurück ins Regal und machte mit meinen Aufgaben bis zum frühen Nachmittag weiter. Lincoln war noch immer nicht zurück, als zwei Gäste eintrafen. Dass Fremde zu Besuch kamen, war ungewöhnlich genug, aber die Tatsache, dass es sich um zwei Damen handelte, war mehr als seltsam. Sie kamen in einer Kutsche an, auf deren Trittbrett ein Lakai Wache stand. Er sprang herab und öffnete ihnen die Tür. Die ältere

Dame stieg zuerst aus. Ihr Blick erfasste das Haus, den Garten und mich im Türrahmen. Sie zog die Nase kraus.

Die zweite Dame war deutlich jünger, aber eindeutig mit der Älteren verwandt. Sie waren beide schön mit hohen Wangenknochen, großen, grauen Augen und glatter Haut. Die ältere Dame trug einen grünen Turban, der den Großteil ihrer Haare bedeckte, während die hellen Locken der Jüngeren unter einem breitkrempigen Hut mit grünen Bändern arrangiert waren. Beide trugen auffällige Kleidung, die wie angegossen an ihren schlanken Körpern saß, auch wenn die Lavendelfarben der Älteren gedeckter wirkten als das lebendige Jadegrün des Mädchens.

Sie schauten an mir vorbei, als ob sie einen Butler in der Nähe erwarteten. Es musste ihnen recht merkwürdig erscheinen, von einer Magd begrüßt zu werden.

„Ist Mr Fitzroy zu Hause?", fragte die ältere Dame, ohne sich vorzustellen.

„Zurzeit nicht."

Die junge Frau schmollte. „Ich habe dir doch gesagt, wir hätten eine Nachricht vorwegschicken sollen, Mama."

„Wann wird er zurück sein?", fragte mich die Mutter.

„Das weiß ich nicht." Ich trat zur Seite. „Möchten Sie auf ihn warten? Ich werde Tee und Kuchen ins Empfangszimmer bringen."

„Bitte, Mama", bettelte das Mädchen. „Ich möchte ihn wiedersehen."

Die Mutter neigte den Kopf zu einem Nicken. „Nun gut. Wir werden warten. Wo ist das Empfangszimmer?"

„Gleich hier entlang." Ich machte einen Knicks, während sich beide an mir vorbeischoben. „Wen darf ich melden?"

„Mrs und Miss Overton", sagte die Frau, ohne sich zu mir umzudrehen. „Wir bleiben eine halbe Stunde, Hettie. Mehr nicht."

Ich hastete in die Küche. „Er hat Gäste", verkündete ich dem Koch und Seth. Gus war nicht da. „Ich brauche Tee und Kuchen."

Der Koch wedelte mit seiner verbundenen Hand. „Kann

nicht." Er wandte sich wieder dem Kochbuch zu, das vor ihm auf dem Tisch lag.

Seth seufzte und stand auf. „Wer ist es? Der General? Hat er eine Adresse von Jasper?"

„Nicht der General. Lady Overton und ihre Tochter."

„Lottie und Hettie?" Seth horchte auf. „Also, das sind bezaubernde Aussichten."

„Welche?", fragte der Koch.

„Definitiv die Tochter." Seth berührte den Kessel auf dem Herd, um die Temperatur zu prüfen, während ich Kuchen aus der Vorratskammer holte.

„Hast du die bedient?"

„Bedient?", rief ich aus der Vorratskammer. „Bedeutet das, was ich glaube, dass es bedeutet?"

„Nicht die Tochter", sagte Seth. „Sie ist ein süßes kleines Ding, steht aber komplett unter der Fuchtel ihres Drachen von einer Mutter, die im Schlafzimmer noch ein viel größerer Drache ist."

„Seth!" Ich schüttelte den Kopf.

Er zuckte mit den Schultern. „Es gibt dominant und es gibt diktatorisch. Nur eins von beidem macht Spaß, und sie nicht. Was wollen die hier?"

„Sie wollen Mr Fitzroy sehen."

„Weswegen?"

„Woher soll ich das wissen?", log ich. Falls Lady Harcourt richtig lag, waren sie hier, um zu schauen, ob Lincoln heute noch so an Hettie interessiert war wie beim Ball. Ich hatte nicht gedacht, dass mir das Herz noch tiefer sinken konnte, aber anscheinend konnte es das. Hettie Overton war sehr hübsch.

Seth bereitete die Teekanne vor, während ich Teller und Tassen zusammensuchte. „Hettie würde ihn zu Tode langweilen", sagte er leise, als er die Kanne auf das Tablett stellte. „Die Mutter ist ein Drache, aber die Tochter ist ein albernes, einfältiges Mädchen. Und das ist noch freundlich ausgedrückt."

Ich zuckte mit den Schultern. „Es spricht einiges für alberne, einfältige Mädchen. Die machen wenigstens, was man ihnen sagt. Die meisten Männer mögen das."

„Fitzroy nicht."

Ich nahm das Tablett. „Sei dir da nicht so sicher."

Ich betrat das Empfangszimmer und stellte das Tablett auf den Tisch. Mrs Overton unterbrach ihr Gespräch nicht. Sie hielt noch nicht einmal kurz inne. Wenn sie nicht die Tasse entgegengenommen hätte, die ich ihr eingoss, hätte ich gedacht, sie hätte mich gar nicht bemerkt.

„Das Sofa fliegt als Erstes raus", sagte sie.

„Ja, Mama. Da stimme ich dir zu."

Erst als Hettie Overton das Sofa inspizierte, auf dem sie saß, wurde mir klar, dass sie darüber sprachen und nicht über ihre eigenen Möbel.

„Alles ist mindestens fünf Jahre aus der Mode." Mrs Overton zeigte mit ihrer Teetasse auf das Gemälde einer Pariser Straßenszene. „Das verschwindet als Zweites."

„Ich frage mich, wie der Rest des Hauses aussieht", sagte die Tochter.

„Das weiß niemand. Seit Jahren hat kaum jemand das Innere von Lichfield Towers zu Gesicht bekommen."

„Was ist mit Lady Harcourt? Sie sind befreundet, nicht wahr?"

Mrs Overton klang verschnupft. „Wie man hört", murmelte sie in ihre Tasse.

Die Anspielung der Mutter ging an dem Mädchen völlig vorbei. Sie war zu sehr damit beschäftigt, den Raum zu begutachten, als würde sie einen Katalog des Inhalts erstellen wollen. „Was hältst du von dem Farbkonzept?"

„Zu langweilig."

„Das dachte ich auch. Die Stühle sind aber ganz in Ordnung."

„Sie passen überhaupt nicht zum Rest des Zimmers."

„Genau was ich dachte. Sie sind viel zu …"

„Hässlich."

„Sehr, sehr hässlich." Hettie blinzelte mit diesen großen Augen ihre Mutter an und nippte an ihrem Tee. Seth hatte recht. Das Mädchen hatte keine eigene Meinung. Lincoln würde kein Interesse an ihr haben.

Ich wollte gerade das Empfangszimmer verlassen, als er eintrat. Ich wurde rot, als sein Blick mich streifte. Seine

Gedanken bei meinem Anblick waren jedoch nicht klar. Sein Gesicht blieb ausdruckslos.

„Mrs Overton", sagte er, ging an mir vorbei und beugte sich über die Hand der Mutter. „Miss Overton. Was für ein unerwartetes Vergnügen."

Ein Vergnügen? Er lernte schnell.

„Wir haben Sie gar nicht ankommen hören, Mr Fitzroy", sagte Mrs Overton lächelnd.

„Ich bin durch die Hintertür gekommen. Sie liegt näher an den Ställen."

„Wie … interessant. Lichfields Standards sind sehr locker. Daran sind wir nicht gewöhnt." Ihr glockenhelles Lachen wurde von ihrer Tochter wiedergegeben. „Eine Magd hat uns begrüßt, es gibt keine Spur von einem Lakaien oder Butler und jetzt erklärt uns der Herr des Hauses, dass er den Dienstboteneingang benutzt. Was sollen wir nur davon halten, Mr Fitzroy?"

„Dass Lichfield eine führende Hand benötigt, um es auf den neuesten Stand zu bringen. Genau wie sein Herr."

Ich hielt die Luft an und ging langsam zur Tür. Dies war ein Gespräch, das ich unbedingt hören wollte.

„Eine führende Hand?" Mrs Overtons Stimme war mit Lincolns Ankunft deutlich weicher geworden. Als sie mit ihrer Tochter geredet hatte, war sie stark und unflexibel gewesen. Jetzt nahm sie etwas Mädchenhaftes an, das an ihr peinlich wirkte. „Wäre das eine weibliche Hand, Mr Fitzroy?"

„Das wird sich herausstellen, Mrs Overton. Miss Overton, haben Sie sich beim Ball amüsiert?"

„Sehr", hauchte sie. „Ich liebe Bälle, Sie nicht auch?"

„Ich nehme selten teil."

„Das haben wir bemerkt", sagte Mrs Overton. „Wo sind Sie am Ende nur hin verschwunden? Hettie und ich haben Sie überall gesucht."

„Dann muss ich mich entschuldigen. Ich hoffe, ich kann es wieder gutmachen."

Hettie strahlte ihn an und blinzelte mit diesen großen Augen. So sah sie noch hübscher aus, wenn auch recht kindlich. Mrs Overtons Lächeln war weniger offen. „Das können Sie. Kommen Sie zu meiner Dinner Party am Freitagabend."

Lincoln antwortete nicht sofort. Er wirkte befangen und ich fragte mich, ob er sich unfreiwillig in eine Ecke manövriert hatte. Anscheinend hatten seine Instinkte in diesem Fall versagt. Würde nichts zwischen uns stehen, hätte ich ihn später damit aufgezogen.

Plötzlich drehte er sich zu mir um, als hätte er gerade erst bemerkt, dass ich noch da war. „Das ist alles", sagte er. „Du kannst gehen."

Ich machte einen Knicks und eilte hinaus. Seine Antwort auf Mrs Overtons Einladung hörte ich nicht.

„Und?", fragte Seth, als ich wieder in die Küche kam. „Was ist passiert?"

„Ich glaube, er hat vor, sich mehr Bedienstete zu holen." Ich verzog das Gesicht. „Oder eine Ehefrau. Vielleicht beides."

Der Koch schnaubte. „Wüsste nicht, was er mit mehr Dienern oder einer Frau wollte. Macht beides nur Ärger."

„Dem stimme ich zu", sagte Seth. „Wir vier sind doch sicherlich ausreichend."

„Jeder Gentleman braucht eine Frau", sagte ich leise.

„Stimmt."

„Und eine Frau würde mehr Bedienstete haben wollen."

„Stimmt auch." Seth seufzte. „Ich glaube, da haben wir unsere Antwort. Aber ich kann nicht glauben, dass er ernsthaft über Hettie Overton als Kandidatin nachdenkt. Sie ist überhaupt nicht sein Geschmack."

„Vielleicht kennen wir seinen Geschmack bei Frauen gar nicht."

Der Koch schnaubte wieder.

Seths Augen verengten sich, als er mich ansah. „Ich denke, das tun wir."

Meine Situation hatte sich gestern Abend schon prekär genug angefühlt; jetzt hatte ich das Gefühl, als würden meine Zehen über den Rand eines Abgrunds ragen. Es blieb abzuwarten, ob Lincoln mich hinunterstieß oder ob ich selbst sprang.

Ich beschäftigte mich in der Spülküche, bis die Overtons wegfuhren. Lincoln kam danach nicht in die Küche und ich hatte den Eindruck, dass er mir aus dem Weg ging. Meine ausgefransten Nerven waren so angespannt, dass ich es nicht mehr aushielt. Ich musste etwas tun, und es gab nur eine Sache, die in meiner Macht stand.

Schweren Herzens machte ich mich auf die Suche nach ihm. Ich fand ihn in seinen Gemächern, wo er trainierte. Er öffnete die Tür mit einem Handtuch in der Hand, mit dem er sich den Schweiß von der Stirn wischte. Es war das erste Mal in der ganzen Zeit seines Trainings, dass ich ihn schwitzen sah, egal ob er allein oder mit mir trainierte.

Ich senkte den Blick. „Bitte entschuldigen Sie die Störung." Ich räusperte mich, aber der panische Kloß in meinem Hals wollte nicht weggehen. Ein Teil von mir konnte nicht fassen, dass ich es tat, aber ich wusste, dass ich es tun musste. Unsere Situation war unmöglich, die Anspannung nicht auszuhalten. Ich musste es beenden.

„Ja?"

Ich räusperte mich wieder. „Ich ... ich muss mit Ihnen reden."

„Worüber?"

Verdammt. Er war noch immer wütend auf mich. Ich hatte gehofft, er wäre darüber hinweg, aber tief in meinem Herzen wusste ich, dass er es nicht sein würde. Nie sein würde. Ich hatte ihn verraten, und er spürte das ganz genau. Seine Reaktion half mir zu erkennen, dass ich die richtige Entscheidung getroffen hatte, auch wenn es das nicht einfacher machte.

„Mir scheint, ich kann hier nicht länger arbeiten", sagte ich zu unseren Füßen. „Die Dinge werden zwischen uns nie wieder in Ordnung kommen, und ich kann nicht ..." Meine Hände schlossen sich zu Fäusten und ich schluckte an dem Kloß in meinem Hals vorbei. „Ich muss gehen."

Die lange Pause brachte mich fast dazu, ihn anzusehen, doch dann sprach er endlich. „Das kannst du nicht", sagte er rau. „Du hast nichts, wo du hingehen könntest." Das war wohl kaum ein überzeugendes Argument, um zu bleiben. Es klang auf jeden Fall nicht, als *wollte* er, dass ich bleibe.

Jede Hoffnung, die ich gehegt hatte, dass er mich bitten würde, nicht zu gehen, war zerstört. Es war sowieso eine alberne Hoffnung gewesen. „Ich habe jetzt etwas Erfahrung und sollte in der Lage sein, eine Stelle als Magd in einem anderen Haushalt zu finden."

„Sei nicht albern."

„Ich bin ziemlich gut!", sagte ich hitzig.

Er stieß wohldosiert seinen Atem aus. „Das meinte ich nicht und das weißt du."

Gelächter blubberte aus meinem Hals, jedoch ohne Humor. „Ich weiß überhaupt nichts. Ich kann mir nicht einmal ansatzweise vorstellen, was Sie denken, Mr Fitzroy." Ich streckte meine Finger und sagte meinem Herzen, es solle mit dem wilden Hämmern aufhören. „Ich werde allerdings nur eine andere Stelle finden, wenn Sie mir ein gutes Zeugnis ausstellen. Ohne das …"

„Das ist wegen gestern. Weil ich dich angeschrien habe."

„Sie haben mich nicht angeschrien." Weit davon entfernt. Ich wünschte, er hätte es getan. Geschrei hätte vielleicht die Wut aus ihm herausbekommen. „Sie haben jedes Recht, sich betrogen zu fühlen, Sir, und wir wissen beide, dass ein Gentleman es nicht dulden kann, wenn seine Angestellten ihn betrügen."

„Du kannst nicht gehen", sagte er leise.

„Ich muss", murmelte ich in mich hinein. „Es ist besser so, für uns beide, und versuchen Sie nicht, mir etwas anderes zu erzählen. Sie können mir niemals für das vergeben, was ich getan habe."

„Das weißt du nicht."

Ich schüttelte den Kopf und wischte eine Träne ab, die über meine Wange lief. „Vielleicht nicht, aber wenn ich Sie jeden Tag sehe, weiß ich, dass ich mir selbst nicht vergeben kann." Ich wischte über die andere Wange. „Schieben Sie das Zeugnis bitte unter meiner Tür durch, falls Sie sich in der Lage sehen, ein positives zu schreiben." Ich drehte mich um und ging eilig den Flur entlang zu meinem Zimmer.

Doch seine flache Hand an meiner Tür verhinderte, dass ich sie öffnete. Er war so dicht hinter mir, dass ich seinen stoßweisen Atem hören, die Stärke seiner Präsenz spüren konnte. Ich schloss die Augen, doch das schnitt weder meine Tränen ab, noch verhinderte es, dass mein Herz gegen meine Rippen krachte.

„Du hast recht", sagte er mit dieser irrsinnigen Ruhe, die ihm zu eigen war. „Wir können so nicht weitermachen. Und das werden wir auch nicht. Ich verspreche dir, dass alles wieder gut wird."

„Das kann es nicht. Es ist nicht nur meine Beschwörung von Mr Gurry … Es ist alles!" Ich wagte einen Blick, um zu sehen, ob er verstand, was ich meinte.

Wenn er es tat, war es nicht klar. Sein Gesicht war verschlossen, die Muskeln angespannt, während er darum kämpfte, seine Maske aufrecht zu erhalten. „Es ist noch hell", sagte er. „Geh raus und schnappe etwas frische Luft. Du warst zu lange drinnen. Nach einem Spaziergang wirst du klarer denken können."

„Und wenn ich meine Meinung nicht ändere? Wenn ich immer noch ein Zeugnis will … werden Sie es mir geben?"

Er holte tief Luft und atmete langsam aus. „Wir reden später. Jetzt nicht. Ich … habe jetzt nicht den Kopf dafür frei." Langsam zog er die Hand von der Tür weg.

Ich betrat mein Zimmer nicht. Er hatte recht; ich brauchte kühle Luft auf meinem Gesicht. Vielleicht würde sie den Nebel wegpusten, der meinen Kopf einhüllte.

Ich lief die Treppen hinunter und zur Vordertür hinaus, um den anderen nicht zu begegnen. Die Sonne schimmerte durch die Bäume, aber die Luft war deutlich abgekühlt, seit ich den Overtons die Tür geöffnet hatte. Meine heißen Wangen brauchten es.

Ich ging die Einfahrt entlang und durch das Tor hinaus, wo ich von keinem der Fenster aus mehr gesehen werden konnte. Ich brauchte wirklichen Abstand von den Bewohnern Lichfields, wenn auch nicht von der Öffentlichkeit.

Wie so oft, wenn ich Sorgen hatte, fanden meine Füße den Weg auf den Friedhof zum Grab meiner Adoptivmutter. Ich hätte fast einen Umweg zu Gordons Grab gemacht, aber ich brauchte den Trost meiner Mutter. Ich setzte mich auf die Laubschicht und lehnte mich an den Grabstein.

Das Zwitschern der Vögel, die in ihren Nestern Ruhe fanden, vertrieb das unheimliche Gefühl, das mich oft überkam, wenn ich allein auf dem Friedhof war. Ich versuchte meinen Kopf zu leeren und ihnen nur zuzuhören, doch die Gedanken an Lincoln und was ich zurücklassen würde kehrten wieder und wieder zurück.

Er hatte nicht gewirkt, als wollte er, dass ich gehe. Oder hatte er das und ich hatte nur die Anzeichen übersehen? Ich hatte ihn kaum angesehen, also war es möglich. Trotzdem hatte er mich auch nicht gebeten zu bleiben; jedenfalls nicht ausdrücklich. Er hatte mir ein Zeugnis nicht verweigert, hatte nicht gesagt, dass Lichfield ebenso mein Zuhause war wie seins und dass ich dorthin gehörte.

Und als er gesagt hatte, dass wir später reden würden, wie viel später meinte er? Sobald ich zurückkam? Heute Abend? Morgen?

Meine Gedanken drehten sich im Kreis und halfen meinem heftig schlagenden Herzen überhaupt nicht. Er hatte gedacht, ein Spaziergang würde mir den Kopf frei machen, aber ich fühlte mich verwirrter denn je. Zuvor war ich entschlossen gewesen, ein Zeugnis zu bekommen und Lichfield zu verlassen. Jetzt war ich mir nicht mehr sicher, ob das die richtige Entscheidung war. Vielleicht war sie das ... oder es war der größte Fehler meines Lebens.

Als der Grabstein an meinem Rücken zu kalt wurde, verließ ich den Friedhof und wanderte Swain's Lane entlang in Richtung Hampstead Heath. Ich hatte beschlossen, von ihm zu verlangen, dass er mir seine Gedanken über mein Bleiben oder Gehen mitteilte. Meine Entscheidung würde ich davon abhängig machen. Einen anderen Weg sah ich nicht.

Die Sonne war hinter dem Horizont untergegangen, bis ich die Eisentore von Lichfield Towers erreicht hatte. Sie ragten aus der Dunkelheit auf wie riesige Skelette, aber ich empfand sie als einladend. Ich erhöhte mein Tempo und senkte den Kopf gegen den Wind.

Die beiden Gestalten, die aus den Schatten sprangen, sah ich erst, als sie schon bei mir waren. Impulsiv rammte ich dem einen Mann meinen Ellenbogen in den Magen und trat gegen sein Knie. Mit einem Schrei stürzte er zu Boden.

Ich fuhr herum, um den anderen Mann anzugreifen, doch eine Faust krachte seitlich in mein Gesicht und ich stolperte gegen das Tor. Meine Wange brannte, doch der Schmerz ließ glücklicherweise nach, während ich in Dunkelheit versank.

KAPITEL 15

*D*er Raum lag im Halbdunkel. Auf einem Feuerrost glühte Kohle und vertrieb ein wenig von der Kälte. Ich zitterte. Anscheinend lag ich auf einem Sofa oder Bett. Meine Handgelenke und Knöchel waren gefesselt und egal wie sehr ich mich abmühte, ich konnte mich nicht befreien. Meine Schultern schmerzten, da meine Arme auf dem Rücken zusammengebunden waren, und meine Wange brannte wie Feuer. Ich kämpfte gegen die Tränen an, die sich in meinen Augen sammelten. Jetzt war nicht der richtige Zeitpunkt, um sich der Hoffnungslosigkeit hinzugeben.

Schnell sah ich mich im Raum um, dann noch einmal. Anscheinend war ich allein.

Ich setzte mich auf. Alles schwankte, aber ich schaffte es, aufrecht zu bleiben. Einige tiefe Atemzüge später fühlte ich mich fast wieder normal und aufmerksam. Der Raum schien ein kleines Büro zu sein. Es enthielt einen Aktenschrank, einen Schreibtisch und zwei Stühle. Ich befand mich auf einer Liege, die aber nicht zum Schlafen diente. Es war eine medizinische Liege, wie Ärzten sie hatten. Das bedeutete, dass es in der Nähe medizinische Instrumente geben musste—Skalpelle und Nadeln und andere scharfe Objekte, die ich als Waffe benutzen konnte. Ich wurde zuversichtlicher. Ich konnte das. Ich *würde* entkommen, auf die eine oder andere Art.

Ich hüpfte von der Liege, stolperte aber auf meine Knie. Meine Beine fühlten sich schwach an und die Fesseln um meine Knöchel rissen durch meine Strümpfe an meiner Haut. Ich trug keine Schuhe.

Steh auf, Charlie.

Wieder versuchte ich, die Fesseln zu lösen, aber mit den Händen auf dem Rücken war das unmöglich. Wären sie vorn gewesen, hätte ich es vielleicht geschafft. Verdammt, verdammt und zugenäht!

Ich kam wieder auf die Füße und hopste so leise wie möglich auf Zehenspitzen herum. Gott sei Dank war das Büro winzig, denn ich kam nur quälend langsam vorwärts. Alle Schubladen und Schränke, die ich zu öffnen versuchte, waren abgeschlossen, also blieb nur die Tür. Es musste einen Weg geben, wie ich entkommen oder zumindest auf meine Misere aufmerksam machen konnte.

Halb schlurfend, halb hüpfend bewegte ich mich zum Fenster und schubste den Vorhang mit dem Kinn zur Seite. Das Büro war ebenerdig! Ich konnte mein Glück kaum fassen. Allerdings ging es nicht auf die Straße hinaus, sondern in einen kleinen Garten, der von anderen Gebäuden umringt war. Die Sonne ging noch dahinter unter und—

Moment. Die Sonne war bereits untergegangen, als ich gefangen genommen wurde. Ich schaute noch einmal nach. Die Wolken leuchteten in einem rosigen Orange und Tau befeuchtete ein Rasenstück. Es war nicht Nacht, sondern Morgen. Ich war stundenlang bewusstlos gewesen.

Ein tiefer Brunnen von Selbstmitleid und Angst öffnete sich in mir. Aus Lichfield war keine Rettung zu erwarten, denn sie wussten nicht, wo sie suchen sollten. Niemand hatte meine Entführung beobachtet. Niemand war uns hierher gefolgt, sonst wäre ich schon längst gerettet worden. Ich war ganz und gar auf mich gestellt.

Mit einem wappnenden Atemzug studierte ich die Gebäude um den Garten herum. Sie waren nicht nah genug, als dass die Bewohner meine Schreie hätten hören können. Ich sah zur Decke hinauf, aber falls oben noch weitere Zimmer waren, konnte ich nicht sicher sein, dass dort jemand war oder dass sie mich hören würden. Abgesehen davon könnten Schreie meine Fänger auf den Plan rufen, und das wollte ich mit Sicherheit nicht. Ich hatte gestern Abend Captain Jasper erkannt, ebenso wie Pete und Jimmy. Hier musste Jasper seine Patienten empfangen.

Eine weitere gehüpfte Runde durch das Büro brachte mich einem Fluchtplan kein Stück näher. Ich musste diese verdammten Fesseln loswerden. Selbst wenn ich es schaffte, aus dem Raum zu entkommen, konnte ich, so verschnürt wie ich war, nirgendwo hinrennen.

Ich versuchte, das Seil, mit dem meine Handgelenke gefesselt waren, gegen die Kante des Schreibtisches zu reiben, aber das war hoffnungslos. Es franste noch nicht einmal aus. Die kleinen, rechteckigen Kupferschilder auf dem Aktenschrank wären besser. Sie dienten sowohl als Griffe, um die Schubladen zu öffnen, als auch als Halter für Beschriftungen. Ihre Kanten waren scharf.

Ich hopste zum Schrank, stolperte jedoch über den Rand des Teppichs und landete schwer auf der Seite. Schmerz flammte erneut in meiner Wange auf, aber ich unterdrückte einen Aufschrei.

Es nützte nichts. Mein Sturz war gehört worden. Die Tür wurde aufgeschlossen und schwang auf. Captain Jasper stand im Rahmen und hielt seine Lampe hoch. Wenn ich näher gewesen wäre, hätte ich den Moment, in dem seine Augen sich umstellen mussten, nutzen können, um ihn anzurempeln.

Aber mehr hätte ich mit den Händen hinter dem Rücken nicht tun können. Insbesondere, falls Jimmy und Pete im Nebenzimmer waren.

Er machte mich auf dem Boden aus und kam näher. „Miss Holloway, nicht wahr?"

„Und Sie sind Captain Jasper", zischte ich.

Er wirkte überrascht, dass ich so viel wusste. „Geht es Ihnen gut?"

„Sehe ich so aus?"

„Das tut mir alles sehr leid, aber Sie hätten sich nicht wehren sollen. Meine Männer hatten sowieso schon Angst vor Ihnen und als Sie sie geschlagen haben, dachten sie, Sie müssten besessen sein. Ich habe versucht, ihnen zu versichern, dass Sie das nicht sind." Er half mir auf die Füße und wartete, bis ich sicher stand, ehe er mich losließ. „Sind Sie doch nicht, oder?"

„Was wollen Sie von mir?", schnappte ich.

„Dazu kommen wir gleich." Er stellte die Lampe auf den Schreibtisch neben einen Stapel Papiere, dann setzte er sich auf die Kante. „Geht es Ihnen gut? Das Veilchen auf Ihrer Wange sieht übel aus."

„Natürlich geht es mir verdammt noch mal nicht gut. Ich werde hier gegen meinen Willen festgehalten. Ich weiß nicht, was Sie wollen. Mein Gesicht tut weh, ebenso wie meine Handgelenke und Knöchel." Ich drehte mich um und wackelte mit den Händen. „Wenn Sie ein Gentleman wären, würden Sie mich frei lassen."

„Ich werde Sie losbinden, wenn Sie sich meinen Vorschlag anhören. Ich will Ihnen nicht wehtun. Werden Sie mir zuhören?"

Er würde mich losbinden? Das war mehr, als ich gehofft hatte. Ich nickte schnell und bemühte mich, meine Gesichtszüge zu kontrollieren.

„Setzen Sie sich auf den Stuhl und greifen Sie mich nicht an", sagte er. „Jimmy steht direkt vor der Tür. Wenn mir irgendetwas passiert, hat er meine Erlaubnis, Ihnen wieder wehzutun."

Jimmy, nicht Jimmy *und* Pete. Ich hatte nur zwei Männer, denen ich entkommen musste, nicht drei. Die Chancen wurden besser.

Während er meine Handgelenke losband, saß ich ruhig da und blieb auch still, als er aus meiner Reichweite trat. Meine Füße band er nicht los, widersprach aber auch nicht, als ich mich vorbeugte, um das selbst zu tun. Der Knoten war fest und ich brach mir die Hälfte meiner Fingernägel ab, aber schließlich bekam ich die Fesseln ab. Mein Gott, was für eine Erleichterung!

„Haben Sie solche Knoten in der Armee gelernt?" Ich rieb die wunde Haut meiner Knöchel und legte das Seil auf meinen Schoß.

„In der Tat. Wie viel wissen Sie über mich, Miss Holloway?"

„Sehr wenig. Ich weiß, dass Sie mit sterbenden Männern experimentieren und dann ihre Körper nach ihrem Tod testen. Ich weiß nur nicht, zu welchem Zweck. Oder warum Sie mich entführt haben."

„Ich habe Sie entführt, weil Sie meine Experimente um so vieles erleichtern werden. Sie können die Toten auferwecken und ich wünsche mit den Toten zu sprechen. Das wird eine Menge Schwierigkeiten ausräumen, denen ich mich gegenüber sah."

Ich schüttelte den Kopf. „Ich verstehe nicht."

„In jener Nacht bei Mr Lee haben Sie mir die Augen geöffnet, dass es einen neuen Weg gibt, Informationen von meinen Testsubjekten zu sammeln."

Subjekte? Das waren die Männer für ihn, die starben, nachdem er ihnen diese Flüssigkeit eingeflößt hatte?

„Bis dahin war mir nicht bewusst, dass es Menschen wie Sie gibt", fuhr er fort. „Ich wusste nicht, dass es möglich war, die Toten aufzuerwecken. Erst, als ich nach Hause kam, fing ich an, die Anwendungsmöglichkeiten Ihrer ... Gabe zu überdenken. Es würde die Art, wie ich arbeite, verändern und sicherlich viel Zeit und Mühe sparen."

„Welche Arbeit, Captain? Was tun Sie diesen armen Männern an? Töten Sie sie?"

„Nein! Herr im Himmel, ich bin kein Mörder. Nein, ich wollte sie *retten*."

„Das ergibt keinen Sinn. Sie wie retten?"

„Sie wären sowieso gestorben, Miss Holloway. Als ich sie fand, waren sie dem Tod bereits nahe. Ich habe den Prozess nicht beschleunigt, ich habe lediglich beobachtet, wie sich ihr Zustand verschlechterte und sie dem Ende näherkamen."

„Was war es dann für eine Flüssigkeit, die sie ihnen eingeflößt haben?"

„Die sollte sie retten. Nun, nicht in dem Sinne retten, sondern sie wieder zum Leben erwecken."

Mir drehte sich der Magen um. Noch ein verrückter Arzt, der davon besessen war, die Toten zurückzubringen. Warum ließen sie mich nicht in Ruhe? „Die Toten wollen nicht ins Leben zurückgeholt werden, Captain."

Er verzog das Gesicht. „Natürlich wollen sie das." Er schob die Brille auf der Nase hoch. „Niemand will sterben. Ich versuche, ein Serum zu entwickeln, das die Toten wieder zum Leben erweckt."

„Das haben Sie ihnen eingeflößt? Die Flüssigkeit war ein Serum?"

Er nickte. „Es muss *vor* dem Tod angewendet werden."

„Und das Blut in der Spritze?"

„Ich entnehme Proben zum Testen. Ich muss die Veränderungen an den Subjekten aufzeichnen, sowohl vor als auch nach dem Tod. Deswegen habe ich die vier Körper im Kühlraum des Schlachters aufbewahrt."

„Die haben Sie auch getestet."

Wieder nickte er. „Ich habe regelmäßig Proben entnommen, um die Veränderungen ihrer Muskelmasse und der lebenswichtigen Organe zu überwachen. Ich konnte sie noch nicht zum Leben erwecken, aber sie haben mir geholfen, das Serum genauer anzupassen."

„Und wie nah sind Sie daran, es zu vollenden?"

Er seufzte und schob sich vom Schreibtisch weg. „Nicht so nah wie ich es gern hätte. Es würde helfen, wenn ich mit den Subjekten über die Veränderungen sprechen könnte, die sie erleben. Da kommen Sie ins Spiel." Er lächelte mich an. „Sie werden sie für mich zum Leben erwecken und ich werde sie interviewen und Tests durchführen. Wir fangen heute an. Bertram Purley wird heute Morgen beerdigt. Man fängt am besten mit einer frischen Leiche an."

Innerlich flehte ich ihn an, sich umzudrehen und nur einen Moment von mir wegzusehen. Doch das tat er nicht. „Haben Sie in der Armee mit diesem Serum experimentiert?" Im Moment war das Einzige, was ich tun konnte, ihn am Reden zu halten, doch die Füße stillzuhalten zerrte an meinen Nerven. Ich wollte nur hier raus und nach Hause.

Er lächelte. „Dort habe ich die Idee entwickelt und genährt."

„Bis Ihre Vorgesetzten herausgefunden haben, was Sie da tun."

Er schob erneut die Brille hoch. „Im Gegenteil. Sie waren ganz erpicht darauf, dass ich fortfahre. Sie haben mich ermutigt. Die Anwendung eines solchen Serums hat natürlich enorme Vorteile für die Armee. Normalerweise bedeutet es, dass sie einen Mann weniger haben, wenn ein Soldat auf dem Schlachtfeld stirbt. Aber wenn er wieder auferstehen kann ..." Sein

Gesicht fing an zu leuchten, die Augen so hell wie das Licht der Lampe. „Es würde die britische Armee in eine starke Macht verwandeln, unbesiegbar."

Das würde es mit Sicherheit. „Keiner Ihrer Vorgesetzten hatten Einwände? Wie viele wussten davon?"

„Nur zwei. Aber das Geheimnis wurde gelüftet." Er seufzte. „Andere erfuhren davon und sie sahen die Vorteile nicht. Allein schon der Gedanke machte sie krank." Sein Mund verzog sich zu einem hämischen Grinsen. „Einige Menschen sind so engstirnig und nichts kann sie von den wundervollen Möglichkeiten über-zeugen, die die Wissenschaft und Medizin zu bieten haben. Ich wurde aus der Armee entlassen, aber ich habe meine Arbeit hier, in diesem Büro vorangetrieben—und bei Mr Lee und dem Schlachter natürlich."

„Haben Sie die Leichen in dem Kühlraum versteckt, um den Verwesungsprozess zu verlangsamen?"

„Sehr schlau, Miss Holloway. Das war der Plan, aber dort war es für meine Zwecke nicht kalt genug. Ich muss viel, viel schneller herausfinden, was mit ihnen geschieht. Da kommen Sie ins Spiel." Das Licht in seinen Augen blitzte wieder auf. „Miss Holloway, ich war seit Jahren nicht so aufgeregt. Mein Kopf schwirrt mir aufgrund der Möglichkeiten. Vielleicht kann ich Sie eines Tages auch studieren."

Mir zog sich die Brust zusammen und mein Magen drehte sich um.

„Glauben Sie, dass Ihr Herr ein Problem darstellt?", fragte er.

Er dachte, ich würde ihm helfen? Einfach so? Ich öffnete den Mund, um ihm zu sagen, dass er falsch lag, schloss ihn aber wieder. Meine Karten zu früh auszuspielen würde mir nicht helfen. *Warte Charlie. Warte einfach.*

„Vielleicht", sagte ich vorsichtig.

„Dann sollten Sie die Kündigung einreichen. Ich werde für Sie eine Unterkunft in der Nähe anmieten."

„Wo sind wir?"

„Savile Row."

„Das ist eine hübsche Gegend. Können Sie es sich denn leis-ten, mich zu versorgen?"

Er lächelte. „Ich habe Mittel. Meine Arbeit wurde nicht von allen im Stich gelassen. Manche sehen noch immer die Vorzüge."

„Wer?", platzte ich heraus.

Er zuckte mit den Schultern. „Anonyme Spender." Er lachte. „Ist das nicht immer so?" Er ergriff meine Hand und tätschelte sie. „Sie werden das nicht bereuen, Miss Holloway. Ich werde Ihnen natürlich auch ein Gehalt zahlen; viel mehr als das, was Sie als Magd bekommen. Ich vertraue darauf, dass unser Arrangement Ihnen ebenso zugutekommt wie mir."

Ich entzog ihm meine Hand und zwang ein Lächeln auf mein Gesicht. „Danke. Sie haben alle meine Fragen beantwortet. Oh, nur noch eine. Diese beiden Männer, die für Sie arbeiten ..." Ich erschauerte gespielt. „Sie machen mir Angst."

„Sie machen Ihnen Angst?" Er lachte wieder. „Meine liebe Miss Holloway, *Sie* machen *ihnen* Angst. Insbesondere Jimmy. Er fürchtet, Sie würden ihm einen Geist auf den Hals hetzen."

Ich lachte ebenfalls. „Soll ich ihm versichern, dass ich das nicht tun werde, solange er mir nicht wehtut?" Ich berührte meine Wange. „Ist er jetzt draußen?"

„Das ist er, aber er schläft. Lassen Sie ihn noch einen Moment länger ausruhen." Er warf einen Blick zum Fenster, wo die Vögel gerade aufwachten und zu zwitschern begannen. „Es ist noch früh."

„Woher wussten Sie, wo Sie mich gestern finden konnten. Von Mr Lee?" Ich dachte an den Jungen, dem ich Seths Mantel und Handschuhe gegeben hatte. Es machte mich traurig zu glauben, dass er mich an diesen Mann verraten hatte, was aber verständlich war. Als ich noch in der Gosse gelebt hatte, hätte ich das Gleiche getan. Etwas Geld bedeutete dort den Unterschied zwischen Leben und Verhungern.

„Einer der Gärtner des Highgate-Friedhofs war es. Ein Kerl mit einem hässlichen Leberfleck im Gesicht. Ich habe ihn gefragt, wer Thackerys Grab besucht hat, und er hat Sie beschrieben. Er sagte, Sie wohnen in dem großen Haus mit den Eisentoren in Hampstead Heath."

Ich schnappte nach Luft. „Woher wusste er das?"

Jasper zuckte mit den Schultern. „Vielleicht ist er Ihnen eines

Abends nach einem Ihrer Besuche auf dem Friedhof gefolgt. Er sagte, Sie kämen oft."

Meine Finger schlossen sich um das Seil. War der Gärtner mir aus eigenem Antrieb gefolgt oder hatte ihn jemand angestiftet? Beide Möglichkeiten erfüllten mich mit Horror. Ich erschauerte wieder.

„Ist Ihnen kalt?", fragte Jasper.

„Ja. Würden Sie das Feuer schüren?"

„Natürlich. Warten Sie hier." Er lächelte verlegen. „Wir haben die Feuerzangen entfernt, als wir Sie hier hereingebracht haben. Konnten ja nicht riskieren, dass Sie sie als Waffen verwenden, nicht wahr? Die raue Behandlung tut mir sehr leid, Miss Holloway. Wir konnten nicht einschätzen, wie Sie sich verhalten würden, wenn Sie aufwachen." Er nickte in Richtung meiner Wange. „Ich werde mir das ansehen, nachdem ich mich ums Feuer gekümmert habe." Er schenkte mir ein weiteres warmes Lächeln und ich fühlte mich beinahe schuldig für das, was ich vorhatte.

Dann betastete ich den schmerzenden blauen Fleck auf meiner Wange. Ich würde mich für *gar nichts* schuldig fühlen.

Jasper verließ den Raum und kehrte einem Moment später mit Feuerzangen und einer Kohlenkiste zurück. Er lächelte immer noch. Ich lächelte zurück und steckte den Kopf zur Tür heraus.

„Er schläft noch", flüsterte er mir zu. „Schließen Sie die Tür."

Ich schloss sie und konnte seine Naivität kaum glauben. Dachte er wirklich, ich würde ihm einfach so helfen? Vermutlich nahm er an, dass ich einfach Lincolns Angestellte war, leicht käuflich wie jedes andere Dienstmädchen.

Er kniete sich neben das Feuer und öffnete den Deckel der Kohlenkiste.

„Es wird schön sein, wenn meine Fähigkeiten geschätzt werden", sagte ich fröhlich, während ich hinter ihn trat. „Und dann auch noch anständig bezahlt."

„Sie werden dort, wo Sie jetzt sind, nicht geschätzt, nein?" Er schaufelte einige Kohlen auf den Feuerrost. „Niemand schenkt Mägden je Beachtung. Ich fühle mit Ihnen, Miss Holloway. Es schenkt auch niemand Medizinern auf dem Schlachtfeld Beachtung. Alles dreht sich um die Soldaten und Offiziere. Wir sind entbehrlich, sie jedoch nicht."

Mit beiden Händen fasste ich das Seil fester und schlang es schnell um seinen Hals. Ich zog kräftig zurück und zerrte ihn gegen meine Beine.

Jasper griff nach dem Seil, doch ich zog es so eng, dass er seine Finger nicht darunter bekam. Er schlug um sich und versuchte, zu rufen, aber ich hatte ihm die Luft abgeschnitten. Sein Gesicht wurde rot, dann lila. Die Augen traten hervor, als er zu mir aufsah. Seine Lippen bewegten sich in einem stummen Flehen.

Es war entsetzlich.

Ich ließ das Seil locker, doch noch ehe er sich erholen konnte, rammte ich meinen Ellenbogen gegen seine Schläfe. Der Schlag machte ihn bewusstlos.

Ich nahm die Feuerzange und öffnete die Tür des Büros. Jimmys Schnarchen war das einzige Geräusch, das aus dem Wartezimmer drang. Er saß ausgestreckt auf einem Stuhl, die Füße auf dem Schreibtisch, den Kopf im Nacken und den Mund offen. Ich kroch an ihm vorbei zur Tür, die auf die Straße führte, aber die war abgeschlossen.

Mist! Ich suchte in der Nähe nach einem Schlüssel, fand aber keinen. Er musste in einer Schublade sein oder bei Jasper oder Jimmy.

Ich konnte kaum glauben, dass ich so weit gekommen war, nur um über diese letzte Hürde zu stolpern. Leise öffnete ich die oberste Schublade des Schreibtisches am Empfang, doch es war nicht leise genug. Jimmy schnaubte und wachte auf. Ich erstarrte.

„He! Was machen Sie da?" Er griff nach mir, doch ich stach ihm die Feuerzange in den Magen, nicht fest, nur so, dass er auf Abstand blieb und glaubte, ich würde ihn aufspießen, sollte das nötig sein.

„Wo ist der Schlüssel für die Eingangstür?"

Jasper stöhnte im Nebenzimmer. Jimmy sah in seine Richtung und schluckte. „Captain! Captain! Sind Sie da?"

„Er ist tot", sagte ich ihm. „Das Geräusch kommt von seinem Geist, der in seinem Körper erwacht."

Er leckte sich über trockene Lippen. „Sie verarschen mich doch."

„Tue ich das? Dann warten wir doch einen Moment ab, nicht wahr? Geister brauchen etwas, bis sie sich ihrer Umgebung wieder bewusst sind, aber wenn sie es sind, dann stehen sie unter meiner Kontrolle. Ich werde dafür sorgen, dass er dir zeigt, wie stark er ist, jetzt, wo er tot ist." Ich lächelte und legte so viel Boshaftigkeit hinein, wie ich konnte. *Bitte glaube mir, du dämlicher Hund.*

„Nicht", sagte er und leckte sich wieder über die Lippen. „Lassen Sie ihn nicht da raus. Ich will keinen Ärger."

„Gib mir die Schlüssel, damit ich weg kann."

Jasper stöhnte wieder und rief etwas Unverständliches.

Jimmy bekreuzigte sich mit zitternden Händen. „Nehmen Sie ihn mit!"

„Dafür muss ich raus."

„Zweite Schublade." Er nickte zum Schreibtisch.

„Du holst ihn heraus und schließt die Tür auf."

Ich trat zur Seite und er riss die zweite Schublade auf. Der Schlüssel lag auf einigen Papieren. Er fischte ihn heraus und sauste zur Tür. Er fummelte etwas, schaffte es aber, den Schlüssel ins Schloss zu stecken. Ich schaute zurück zum Büro. Ich konnte hören, wie Jasper sich erholte. Wenn er herauskam und Jimmy überzeugte, dass er lebte, hatte ich keine Chance.

„Schnell!", flüsterte ich.

Jimmy schloss die Tür endlich auf und drückte sie auf. Wir drängten uns gegenseitig ab, um zuerst nach draußen zu kommen und platzten schließlich gemeinsam raus. Ich rannte in die eine Richtung, er in die andere.

Die Feuerzange behielt ich bei mir und floh bekannte und fremde Gassen und Straßen entlang, bis ich weit genug von dem Büro entfernt war, um nicht mehr aufgespürt zu werden.

Ich wurde langsamer, um nach Luft zu schnappen und mich zu orientieren. Die kalte Luft ließ meine Wange noch mehr schmerzen. Auch in meinem linken Fuß schoss Schmerz empor und Blut tropfte auf das Straßenpflaster. Ich war auf etwas Scharfes getreten.

Mit der Feuerzange fest im Griff humpelte ich aus der Gasse.

Ich kannte diese Ecke. Sie lag in der Nähe eines meiner Lieblingsorte, an denen ich Gentlemen um ihre Geldbörse erleichtert hatte. Ich war weit von Lichfield entfernt, aber wenigstens kannte ich den Weg. Ich ging weiter, aber der Schmerz in meinem Fuß wurde schlimmer, auch wenn wenigstens die Blutung aufgehört hatte. Belasten konnte ich ihn aber nicht vollständig. Seit ich nach Lichfield gezogen war, war ich verweichlicht. Früher hatte ich meilenweit in der Kälte barfuß gehen können, ohne mich so elend zu fühlen.

Zu so früher Stunde waren wenige Menschen wach. Einige Lieferburschen schauten mich von oben bis unten an und einer machte eine unanständige Bemerkung über meinen Zustand, aber keiner bot mir Hilfe an. Es war mir egal. Bald würde ich zu Hause sein.

Zu Hause in Lichfield, wo ein warmes Bad und ein Bett auf mich warteten, und Freunde, die meinen Fuß verbinden und nach meiner Wange sehen würden. Freunde, die sich um mich sorgten, nicht, weil ich eine Nekromantin war, sondern weil sie mich mochten.

Dazu gehörte auch Lincoln. Wenigstens hoffte ich, dass er mich noch als Freundin betrachtete. Irgendwie war das nicht so wichtig wie zu Hause wieder willkommen geheißen zu werden. Wir konnten mit der Zeit unsere Freundschaft erneuern, *falls* ich in Lichfield blieb.

Ich brauchte doppelt so lange, um nach Highgate zu gelangen, wie ich ohne Humpeln benötigt hätte. Der Verkehr in die Gegenrichtung nahm zu, da die Bank- und Büroangestellten in die Stadt strömten. Mehrere Herren fragten mich, ob ich Hilfe bräuchte, doch ich lehnte höflich ab und humpelte weiter. Es fühlte sich an, als wäre ich den ganzen Tag gelaufen, obwohl es vermutlich nicht mehr als zwei Stunden gewesen waren, seit ich in der Savile Row aufgebrochen war.

Endlich erreichte ich das Eingangstor von Lichfield und blieb an der Stelle stehen, an der Jasper mich entführt hatte. Ich holte stotternd Luft und gratulierte mir, dass ich mich befreit und in Sicherheit gebracht hatte.

Das Trommeln von Hufen ließ mein Herz erneut rasen. Das große Tier stürmte auf mich zu, aber ich erkannte es und versuchte nicht auszuweichen. Plötzlich konnte ich das auch nicht mehr. Meine Füße waren zu wund und meine Beine fühlten sich wie Blei an. Alles schmerzte von Kopf bis Fuß.

Das Pferd hielt neben mir an und der Reiter rutschte geräuschlos auf die Straße. Lincoln starrte mich mit Augen an, die gleichzeitig vertraut und fremd waren. In ihnen wirbelten Emotionen—oder war es meine Sicht, die wirbelte?

Ich konnte mich nicht mehr zusammenreißen. Es fühlte sich an, als würde sich jedes Stück von mir auflösen, abblättern und mich nackt und verletzlich zurücklassen. Ich hasste es, dass er mich so jämmerlich sah, aber ich konnte meine Tränen nicht aufhalten. Sie flossen aus mir heraus. Ich ließ die Feuerzange fallen und verbarg mein Gesicht in meinen Händen.

Starke Arme hüllten mich ein und drückten mich sanft an seine Brust, wo ich an seinem hektischen Herzschlag hören konnte, wie sehr er sich um mich gesorgt hatte.

KAPITEL 16

*L*incoln massierte mit einer Hand meinen Nacken, während die Finger der anderen Hand auf meinem Rücken ausgespreizt lagen. Ich blieb in seinen Armen, bis meine Tränen versiegt waren und seine Atmung sich beruhigt hatte. Sein Schweigen war mir sehr bewusst, aber seine Umarmung sagte mehr, als Worte es je gekonnt hätten. Er warf mich nicht hinaus. Er *sorgte* sich um mich.

Sein Pferd bewegte sich und die Hand an meinem Nacken ließ los, um die Zügel zu schnappen. Das *Klipp-klapp* von Hufen auf der Straße wurde lauter und ich schaute hoch.

„Charlie?" Seth sprang von seinem Pferd, noch ehe es angehalten hatte. Er strahlte mich an und breitete die Arme aus.

Lincoln ließ mich los und trat zur Seite, während Seth mich umfing und hochhob.

„Verdammt noch mal!", murmelte er in mein Ohr. „Wir haben uns solche Sorgen um dich gemacht."

„Habt ihr beide nach mir gesucht?"

„Die ganze Nacht. Gus auch. Der Koch wollte mit, aber jemand musste dableiben, falls du zurückkommst." Er stellte mich wieder ab und ich zuckte zusammen.

Lincoln hockte sich neben mich. Er zog seine Reithandschuhe aus und strich mit der Hand über meine abgewetzten Strümpfe, wo das Seil sich in meine Fußgelenke gegraben hatte. Vorsichtig nahm er meinen Fuß hoch, wie man einem Pferd den Huf anhebt. Ich legte eine Hand auf seine Schulter, um mich abzustützen, und spürte wie er zusammensackte, als er die zerfetzten, blutigen Reste meines Strumpfes von der Fußsohle schälte.

Seth sog den Atem durch seine Zähne ein. „Himmel, Charlie. Wie weit bist du so gelaufen?"

„Von der Savile Row. Captain Jasper hat ein paar Zimmer in Nummer neunzehn."

„Du bist zu ihm gegangen? Allein?"

Ich schüttelte den Kopf. „Ich bin gestern Abend spazieren gegangen und er hat mich entführt. Er hatte Jimmy und Pete dabei. Das ist genau hier an dieser Stelle passiert. Er wollte meine Nekromantie nutzen, um seine Experimente zu vervollständigen. Sie hatten recht", erklärte ich Lincoln. „Er wurde wegen Fehlverhaltens aus der Armee entlassen. Er hat an Sterbenden ein Serum getestet, das sie wieder zum Leben erwecken sollte, aber bisher funktioniert es nicht."

„Grundgütiger." Seth schüttelte den Kopf und warf Lincoln einen Blick zu, als der sich erhob. „Reiten wir sofort in die Savile Row, Sir? Soll ich erst die Pistolen holen? Messer wären besser. Etwas, das man einem Dieb zuschreiben könnte."

Er wollte Jasper töten? Mir stieg die Galle hoch. Ich wusste nicht, warum ich den Gedanken so abartig fand. Jasper hatte mich entführt und er verdiente keine Gnade. Allerdings war er kein schlechter Mensch. Seltsam, ja, und irregeleitet, aber kein Monster.

Ich wankte auf meinem gesunden Fuß und Lincoln fing mich auf. Ehe ich wusste, was geschah, hatte er mich schon hochgehoben und mich in den Sattel gesetzt.

„Reite zur Polizei", befahl er Seth. „Gib denen einen kurzen Bericht von der Entführung, mehr nicht. Lass Jasper und seine Männer verhaften."

Seth blinzelte zweimal und nickte dann. „Ja, Sir." Er stieg auf und ritt davon.

„Das bedeutet, dass die Polizei kommen und dich befragen wird", sagte Lincoln zu mir.

„Ich weiß."

„Du musst keine Fragen beantworten, bis du dich dazu bereit

fühlst." Er führte das Pferd die Einfahrt entlang und schaute starr geradeaus.

„Lincoln", sagte ich leise.

„Ja?"

„Seth schien zu glauben, dass ich freiwillig verschwunden bin. Haben Sie das auch geglaubt?"

„Es schien das wahrscheinlichste Szenario zu sein in Anbetracht der zwischen uns herrschenden Spannungen in letzter Zeit und da du mich nach einem Zeugnis gefragt hattest kurz vor deinem Verschwinden. Einem Zeugnis, dass ich mich weigere auszustellen."

„Ich wäre nicht ohne Abschied gegangen."

„Nicht … nicht einmal nach dem, wie ich dich behandelt habe?"

Ich berührte seine Schulter und er sah endlich in meine Richtung. Er betrachtete mein Gesicht und ich lächelte sanft, um ihm Sicherheit zu geben. „Sie haben mich viel besser behandelt, als ich es verdient habe. Ich hätte mich rausgeworfen, wenn ich Sie gewesen wäre."

„Das bezweifle ich." Er wandte sich ab und wir setzten unseren Weg schweigend fort. Wir kamen gerade um die Hausecke, als er weitersprach. „Sie haben mir die Schuld an deinem Verschwinden gegeben." Seine Hand streichelte das Pferd neben meinem Bein. „Ich habe mir selbst die Schuld gegeben", fügte er leise hinzu.

Ich streckte die Hand nach seinen Haaren aus, zog sie aber zurück, als der Koch vor uns in den Hof platzte.

„Charlie! Du bist nach Hause gekommen!" Er grinste, was ihm aber verging, als er den Zustand meiner Füße und meiner Wange sah. „Du hattest dein ganz eigenes Abenteuer, was?"

„Etwas in der Art."

„Das wird langsam zur Gewohnheit. Eine schlechte Gewohnheit", fügte er mit gerunzelter Stirn hinzu. „Mach das nicht wieder."

Ich salutierte. „Ich werde meine Entführer darüber in Kenntnis setzen, dass du Einwände hast."

„Entführer!"

Lincoln half mir vom Pferd und ließ mich los, sobald ich

sicher stand. „Bring sie rein", sagte er. „Koch ihr, was auch immer sie möchte." An mich gewandt fügte er hinzu: „Ich lasse dir ein Bad ein, wenn ich rein komme. Deine Wunden müssen gereinigt und verbunden werden."

„Das müssen Sie nicht", sagte ich. „Das kann ich selbst."

Er führte das Pferd zum Stall, ohne zu antworten, und ich erlaubte dem Koch, mir ins Haus zu helfen. Während er am Herd stand und etwas anrührte, was himmlisch roch, erzählte ich ihm die knappe Version dessen, was mir passiert war. Nicht ein einziges Mal jammerte er über seinen verbundenen Daumen.

Gus kam mit Lincoln herein und der grobschlächtige Kerl zog mich in seine Arme, bis ich nach Luft schnappte. Ich wiederholte meine Geschichte für die beiden, ging dabei aber mehr ins Detail über Jaspers Motive für die Entführung und wie er mich gefunden hatte. Während der Koch und Gus ihre eigenen Kommentare und Ausrufe einbrachten, schwieg Lincoln. Er bewegte auch nicht einen Muskel, wie er in der Tür stand, die Arme verschränkt, mit halb geschlossenen Lidern, die seinen Blick verschleierten.

Als ich geendet hatte, drehte er sich plötzlich um.

„Wo gehen Sie hin?", rief ich.

„Badezimmer."

Der Koch stellte mir Schinken, Eier und Suppe vor die Nase. Die herrlichen Gerüche lenkten meine Aufmerksamkeit von der Tür ab, aber nicht von Lincoln. Er hatte … merkwürdig geklungen, als wäre dieses eine Wort aus seiner Kehle gerissen worden.

„Iss", befahl der Koch.

„Das alles?"

„Bis zum letzten Bissen."

Bis ich fertig war, war Lincoln zurück. „Das Bad ist bereit. Kannst du laufen?"

„Ich versuch's." Ich stand auf, aber der Schnitt in dem einen Fuß brannte furchtbar und am anderen hatte ich mir auf dem langen Weg Blasen gelaufen. „Ist nicht allzu schlimm", log ich.

„So kannste nich den ganzen Weg da rauf", protestierte Gus. Er warf Lincoln einen Blick zu, aber Lincoln blieb reglos an der Tür stehen. Mit einem Kopfschütteln hob Gus mich hoch. „Mach ich's eben selbst", grummelte er.

Aber Lincoln trat ihm in den Weg und streckte die Arme aus. Gus reichte mich weiter. Ich fühlte mich wie ein Sack Kartoffeln, bis Lincoln mich eng an sich drückte. Ich konnte seinen kräftigen Herzschlag durch sein Hemd und die Weste spüren und roch den Duft von Pferden und Leder auf seiner Haut. Ich atmete tief ein und legte ihm die Arme um den Hals.

Er trug mich die Treppe hinauf, das Gesicht im Profil, während er starr geradeaus schaute. Er setzte mich im Bad ab und ging ohne ein weiteres Wort. Ich schälte mich aus meinen Sachen und stieg in die Wanne. Das warme Wasser brannte erst etwas an meinen Füßen, aber daran gewöhnte ich mich bald. Ich lag lange reglos da und dachte darüber nach, was passiert wäre, wenn ich nicht hätte entkommen können. Hätte Lincoln mich gefunden? Wie lange hätte er gesucht? Wenn er geglaubt hatte, ich wäre aus freien Stücken gegangen, hätte er vielleicht nach einem halbherzigen Versuch aufgegeben.

Mein Schaudern setzte sich im Wasser in kleinen Wellen fort. Darüber konnte ich nicht nachdenken. Ich war sicher zu Hause und Jasper würde bald im Gefängnis sein, wenn er es nicht schon war.

Ich reinigte meine Füße, stellte sicher, dass die Schnitte frei von Dreck waren, und kletterte aus der Wanne. Ich trocknete mich ab und stellte dann fest, dass ich keine sauberen Sachen hatte. In das Handtuch gewickelt öffnete ich die Tür.

Lincoln lehnte an der gegenüberliegenden Wand ein Stück vom Bad entfernt. Sein Blick heizte sich auf, als er meine nackten Schultern traf und dann runter zu meinen Beinen wanderte.

„Ich brauche frische Sachen", sagte ich errötend.

Er sah mir in die Augen und drehte mir dann blitzschnell den Rücken zu, jedoch nicht, ehe ich etwas sah, was ich in seinem Gesicht noch nie gesehen hatte. Er wirkte verwirrt, als wüsste er nicht, was er tun oder sagen sollte.

Ich humpelte in mein Zimmer und zog mich schnell an, ehe ich wieder hinausging. Weit kam ich nicht. Lincoln stand im Flur, die Medizintasche in der Hand. Seth, Gus und der Koch standen hinter ihm. Als er sich nicht bewegte, schoben sich Seth und Gus an ihm vorbei. Sie bauten sich rechts und links neben mir auf, verschränkten ihre Arme hinter meinem Rücken und trugen mich zum Sessel.

„Hinsetzen", befahl Seth.

Ich setzte mich und Lincoln hockte sich vor mir auf den Boden. Sanft nahm er meinen Fuß in seine Hände und untersuchte ihn.

„Hat die Polizei Jasper festgenommen?", fragte ich Seth.

Er nickte und setzte sich auf einen anderen Stuhl. „Er war noch in seinen Räumen, benommen von einem Schlag auf den Kopf. Am Hals hatte er Schürfwunden von einem Seil, ähnlich denen an deinen Handgelenken und Knöcheln. Weißt du da was von, Charlie?", fragte er mit einem schiefen Grinsen.

„Möglicherweise. War er wirklich so benommen?"

„War er. Hatte hier auch einen blauen Fleck." Er tippte sich an die Schläfe. „Du musst ihm einen ordentlichen Hieb verpasst haben."

„Das war mein Ellenbogen."

„Ah, gutes Mädchen. Ellenbogen sind stärker als Fäuste. Klug gedacht."

„Ich habe eigentlich gar nicht gedacht. Da jedenfalls nicht, und auch nicht vorher, als ich es geschafft habe, Pete einen zu verpassen. Das war Instinkt."

„Dank dem ganzen Training", sagte Gus mit einem entschiedenen Nicken.

„Es zahlt sich aus", fügte der Koch hinzu.

„Ja." Ich lächelte auf Lincoln herab, doch der sah mich nicht an. „Ich hoffe, wir können es so bald wie möglich wieder aufnehmen."

„Wir können dein Training anpassen, bis alles verheilt ist", sagte Seth. „Vielleicht Waffentraining, solange du von den Füßen bleiben musst."

„Messer werfen", sagte der Koch. „Ich kann dir zeigen, wie man im Sitzen wirft."

„Und Pistolen." Gus rieb sich die Hände und hauchte auf seine Finger. „Ich kenne jemanden, der mir 'ne kleine Taschenpistole für einen guten Preis verkauft."

Seth schlug Gus auf die Schulter. „Der Preis spielt keine

Rolle." Er nickte in Lincolns Richtung, der jetzt meinen Fuß verband.

„Wir können hinten Ziele aufbauen." Der Koch fuhr sich mit der Hand über seinen glänzenden Kopf. „Ein Punkt, wenn sie eine Keksdose trifft und zwei für eine Teedose."

„Wenn du die Keksdose auf die Seite stellst, ist das Ziel schmaler." Seth rieb sich das Kinn. Er hatte sich nicht rasiert und die hellen Stoppeln verliehen seinem Gesicht eine Rauheit, die es sonst nicht besaß. „Ich schlage für eine kleine Teedose fünf Punkte vor, drei für die Keksdose auf der Seite und einen von vorn."

„Haste noch was Kleineres als Tee?", fragte Gus den Koch. „Das wären dann zehn Punkte."

Der Koch nickte nachdenklich. „Tabakdosen sind klein."

„Keiner von euch raucht", sagte ich lachend.

Das schien sie nicht zu kümmern. Sie unterhielten sich weiter über die besten Dosen für Zielübungen und wie viele Punkte jede bringen sollte. Bis Lincoln mit dem Verband fertig war, hatten sie sich ein ganzes System überlegt.

„Auf dem Dachboden liegen Krücken", sagte er und stand auf. „Gus, geh sie holen."

Gus gehorchte, ohne zu murren, und der Koch machte sich auf die Suche nach Dosen. Seth gähnte und lümmelte sich in den Stuhl.

„Du warst die ganze Nacht auf", sagte ich. „Geh und ruh dich aus."

„Du doch auch", sagte er. „*Du* solltest dich ausruhen."

„Ich habe den Großteil der Nacht geschlafen. Ich war zwar ohnmächtig, aber ich fühle mich trotzdem nicht müde."

„Himmel, Charlie. Du warst ohnmächtig? Wir sollten einen echten Arzt holen, der sie sich anschaut", sagte er zu Lincoln.

„Mir geht es gut", sagte ich ihnen beiden.

Lincoln nickte Seth zu und der erhob sich. „Ich hole sofort einen."

Ich seufzte, als er ging. „Ich bin vollkommen in Ordnung." Ich wackelte so gut ich konnte mit dem Fuß. „Danke. Es tut schon gar nicht mehr so weh."

„Und warum bist du dann jedes Mal zusammengezuckt und

hast dich verkrampft, wenn ich die Wunde berührt habe?", fragte Lincoln.

„Ich dachte nicht, dass Sie das merken."

„Ich habe es gemerkt."

„Vermutlich merken Sie alles." Ich biss mir auf die Lippe, als mir klar wurde, wie das klang. „Ich ... ich meine nicht Ihren Instinkt, Ihre Gabe, ich meinte—"

Er legte eine Hand an mein Gesicht. Ich war so schockiert, dass ich nicht weitersprach. „Ich weiß, was du meintest." Sein Daumen strich über meine Wange, ehe er die Hand sinken ließ und sich aufrichtete.

„Lincoln—Mr Fitzroy—ich muss etwas loswerden."

Er schaute zur Tür. Suchte er nach einer Fluchtroute oder wollte er wissen, ob jemand in der Nähe war? Er setzte sich. „Weiter."

Ich packte die Lehnen des Sessels, um mich zu verankern, und holte tief Luft. „Sie hatten jedes Recht, wütend auf mich zu sein—"

„Die Sache ist vorbei. Davon werden wir nicht mehr reden."

„Das müssen wir aber, sonst kommen die Dinge zwischen uns nie wieder ins Lot."

„Du irrst dich. Was zwischen uns steht ... das ist es nicht. Ich möchte nicht, dass du dir darüber noch sorgen machst, Charlie. Es ist nicht deine Schuld."

Ich schnalzte mit der Zunge und streckte meine Finger aus. Dann zwang ich sie, ruhig auf meinem Schoß zu liegen. „Lassen Sie mich erklären. Sie wissen nicht alles." Ich wartete und er nickte mir zu, fortzufahren. „Vor ein paar Tagen, nachdem ich die Waisenhäuser auf der anderen Seite des Flusses besucht hatte, war ich beim Standesamt. Ich dachte, vielleicht gibt es einen Eintrag über meine Geburt, in dem Frankenstein als mein Vater aufgeführt ist. Ich bezweifelte es, beschloss aber, mein Glück zu versuchen, wenn ich schon in der Nähe bin. Und bei der Gelegenheit wurde mir klar, dass ich sie auch bitten könnte, nach Einträgen über Ihre Geburt zu suchen." Ich schaute auf meine Finger, die sich in meinem Schoß verknotet hatten. „Es tut mir leid", flüsterte ich. „Die Entscheidung kam aus dem Bauch heraus und ich habe sie sofort bereut. Aber ich konnte den Kerl nicht mehr zurückrufen, also beschloss ich, ihn nicht nach den Informationen zu fragen, wenn er zurückkam. Leider hat er sie mir gegeben, bevor ich ihn aufhalten konnte."

„Und was hast du herausgefunden?"

„Nichts. Es gibt keine Einträge mit Ihrem Namen."

„Und mit deinem?"

Ich sah ihn an und zuckte mit den Schultern. „Auch nichts."

„Also war es Zeitverschwendung und du hast einen Trigger ausgelöst, den das Ministerium dort auf meinen Namen platziert hat."

Ich starrte ihn mit offenem Mund an. „Was für einen Trigger?"

„Das Ministerium hat auf bestimmte öffentliche Akten Trigger platziert, nicht nur beim Standesamt, sondern auch in anderen Regierungsbehörden. Wenn jemand Einsicht nimmt, wird ein bestimmtes Mitglied des Komitees oder ich selbst informiert. Der Trigger beim Standesamt ruft Lady Harcourt auf den Plan. Du hattest Glück, dass es nicht Lord Gillingham war."

„Ich fühle mich nicht sonderlich glücklich."

„Ich schätze nicht."

Wie immer war es schwierig, es genau zu sagen, aber Lincoln schien nicht wütend auf mich zu sein. Vielleicht war er zu froh, mich wiederzuhaben und würde nie wieder wütend auf mich sein. Ein Mädchen konnte ja hoffen, nicht wahr?

„Wenigstens weiß ich jetzt, wie sie dich überzeugt hat, es durchzuziehen", sagte er.

„Sie waren wütend auf mich, als Sie erfahren haben, dass ich Gurry beschworen habe. Warum sind Sie über diese Sache nicht wütend?"

„Ich war nicht wütend. Du hast mir selbst gesagt, dass deine Nachforschungen beim Standesamt eine hastige Entscheidung war und du es bereut hast. Die Beschwörung war viel geplanter, absichtlich. Ich dachte, du und Julia hättet das gemeinsam ausgeheckt. Ich hätte die Möglichkeit in Erwägung ziehen sollen, dass sie dich erpresst hat", sagte er knapp. „Jetzt erscheint es mir so offensichtlich, aber zu dem Zeitpunkt ... Es war ein grober Fehler meinerseits und es tut mir leid."

„Sie müssen sich doch nicht entschuldigen. Sie hätten das

nicht wissen können und es ist auch nicht nur Lady Harcourts Schuld. Ich hätte mich weigern können, aber die Wahrheit ist, dass ich auch wissen wollte, warum Sie Gurry getötet haben."

„Hat sie dich am Vorabend gefragt?"

Ich nickte.

„Ich habe mich gefragt, warum sie gekommen ist. Es erschien mir merkwürdig, dass sie mich abholen würde."

„Sie war auch besorgt, dass Sie Ihre Meinung ändern und nicht zum Ball gehen."

„War sie das?", presste er hervor. Er schüttelte den Kopf. „Lass uns nicht mehr davon reden, Charlie. Es ist jetzt erledigt."

„Ist es nicht. Ich will das ausgeräumt haben."

„Es ist ausgeräumt."

„Ist es nicht! Lincoln, Sie müssen wissen, wie grässlich ich mich gefühlt habe, als ich Gurrys Geist beschworen habe. Mir war schlecht. Und als Sie dann voller Wut hereingeplatzt sind ... Ich dachte, Sie würden jemanden umbringen."

Er zuckte zusammen. Vielleicht war das eine schlechte Wortwahl gewesen. „Ich war nicht wütend auf *dich*, Charlie." Er rieb sich die Schläfen und bohrte dann die Finger in seine Augen. „Ich war enttäuscht. Vermutlich habe ich das nicht sehr gut ausgedrückt."

Hier lag der Hase im Pfeffer. *Das* war es, was ich wissen musste, auch wenn es wie ein Schlag in die Magengrube war, ihn von seiner Enttäuschung sprechen zu hören. „Sie waren enttäuscht, weil Sie dachten, Sie könnten mir vertrauen", beendete ich den Satz für ihn.

Seine Hand fiel auf die Armlehne und er nickte knapp.

„Lincoln, Sie *können* mir vertrauen." Ich beugte mich vor in der Hoffnung, dass ich mein Anliegen so besser rüberbringen konnte. „Ich werde Sie nie wieder betrügen. Das verspreche ich."

Er sagte nichts, sondern starrte nur auf seine Hand.

„Lincoln?", fragte ich mit bebender Stimme. „Ich muss es wissen ... Können Sie sich überwinden, mir wieder zu vertrauen?"

„Das tue ich bereits."

Meine Lippe zitterte. Ich biss fest darauf.

„Aber Vertrauen geht in zwei Richtungen", fuhr er fort. „Und offensichtlich vertraust du mir nicht oder du hättest mir gesagt, was Julia dir angedroht hat."

„Das hätte ich fast. Deswegen habe ich nach dem Ball auf Sie gewartet. Aber Sie waren so schlecht gelaunt, da habe ich meine Meinung geändert."

Die Muskeln über seinen Augen zogen sich zusammen. „Dann verdiene ich, was passiert ist. Du solltest mein Verhalten nicht entschuldigen", sagte er, als ich protestieren wollte. „Den ganzen Abend würde ich am liebsten vergessen. Ich war miserabel gelaunt und du bist unglücklicherweise zur falschen Zeit in die Schusslinie geraten. Es tut mir leid, dass ich gesagt habe, was ich gesagt habe. Das war unangebracht."

„Danke. Ich vergebe Ihnen. Also ... war Ihre Familie nicht anwesend?"

„Ein Mitglied schon, aber der wusste nichts von meiner Existenz. Ich bin seine Aufmerksamkeit nicht wert, also schenkte er mir dementsprechend auch keine. Ich weiß nicht, warum ich das erwartet hatte."

Ich schluckte eine mitfühlende Erwiderung herunter und sagte stattdessen: „Auch wenn ich Ihnen nichts von Lady Harcourts Bitte gesagt habe, möchte ich, dass Sie wissen, dass ich Ihnen vertraue, Lincoln."

Sein Blick hob sich. „Tust du das? Ich habe dich in der Vergangenheit genauso übel betrogen."

„Der Vorfall liegt Monate zurück", sagte ich und winkte ab. „Das hatte ich schon vergessen." Er bezog sich auf die Zeit, als er mich hatte gehen lassen und mir dann einen Gauner auf den Hals gehetzt hatte, der mir Angst einjagen sollte, sodass ich in Lichfield blieb. Manchmal war es schwierig, diesen Vorfall und den Mann, der ihn angestoßen hatte, mit dem Lincoln Fitzroy in Einklang zu bringen, der jetzt vor mir saß.

„Nein, hast du nicht", sagte er leise. „Du hast noch immer Albträume deswegen."

Das wusste er? „Nicht nur über diesen Mann", versicherte ich ihm. „Außerdem haben die Albträume jetzt nachgelassen." Ich zuckte mit den Schultern und verschränkte die Arme.

„Ich war damals verzweifelt, Charlie. Ich wusste nicht, wie

ich dich sonst dazu hätte bringen sollen, zu bleiben. Ein anderer Mann hätte das gewusst, aber ich nicht."

Verzweifelt? Damit ich blieb? Oh. Ich schluckte und nickte, um ihn wissen zu lassen, dass ich verstand. Ich war zu erschüttert von seiner Ehrlichkeit, um zu antworten. Es bedeutete eine Menge, dass er sich mir so anvertraute.

„Ich möchte, dass du mir vertraust", sagte er. „Also werde ich dir von Gurry erzählen."

Meine Augen wurden rund. „Das müssen Sie nicht."

„Ich möchte es. Ich möchte, dass du dich hier sicher fühlst, und das bedeutet, dass ich alle Ängste, die du möglicherweise noch vor mir hast, ausräumen muss."

Ich wollte ihm schon sagen, dass ich keine Ängste hatte, aber ich wollte nicht, dass er seine Meinung änderte und sich mir nicht anvertraute, also schwieg ich.

„Ich war elf, als er begann, mich zu unterrichten. Wir kamen nicht sonderlich gut miteinander aus, aber das war nicht ungewöhnlich. Meine Tutoren waren da, um mich so zu unterrichten, wie sie es für richtig hielten."

Wie konnte irgendein Kind etwas lernen, während es geschlagen wurde? Oder Angst hatte, geschlagen zu werden?

„Als ich zwölf war, veränderten sich die Dinge im Haus des Generals. Der Neffe der Haushälterin zog bei uns ein. Seine Eltern waren gestorben und er hatte sonst niemanden. Er war zwei Jahre jünger als ich, aber wir wurden Freunde. So etwas in der Art jedenfalls. Ich hatte noch nie einen Freund gehabt, war nie mit anderen Kindern zusammen gewesen, daher war es nicht leicht, mit mir auszukommen. Aber mit der Zeit taten wir das. Das Problem war, dass ich sehr mit meinen Studien beschäftigt war und wenig Zeit für ihn hatte."

„Was war nach dem Unterricht?"

„Ich lernte jeden Tag von sechs Uhr morgens bis acht Uhr abends. Das war mein Tagesunterricht. An den Tagen, an denen er stattfand, schloss sich der Nachtunterricht an."

„Nachtunterricht? Was kann man denn nachts lernen?"

„Wie ich mich in London im Dunkeln zurechtfinde. Wie man durch ein verschlossenes Fenster eindringt, ohne jemanden zu wecken. Wie man sich durch die Klubs und Spielhöllen bewegt, ohne bemerkt zu werden. Unter anderem."

Das war eine ungewöhnliche Bildung. Ich wünschte, ich hätte solchen Unterricht bekommen. Hätte ich das, wäre meine erste Zeit auf der Straße einfacher gewesen. „Je weniger ich Tim sah, desto mehr versuchte er, meine Aufmerksamkeit zu erhaschen. Er war einsam und langweilte sich mit den paar Aufgaben, die er im Haus hatte. Also machte er sich einen Spaß daraus, an die Fenster zu klopfen, bis meine Tutoren auf der Suche nach ihm herauskamen. Dann rannte er weg. Oder er legte ihnen Reißzwecken auf die Stühle oder beschädigte ihre Füller und Tintenfässer. Er war spitzbübisch, aber er brachte mich zum Lachen."

„Wurde er nie erwischt?"

„Oft. Die Tutoren schlugen ihn, aber nicht sehr fest. Die Haushälterin ließ es nicht zu."

„Wusste der General, was sie mit ihm machten? Und mit Ihnen?"

Er nickte. „Es stand in den Berichten, die sie ihm bei seinen unregelmäßigen Besuchen in der Stadt aushändigten. Dort wurde aufgeführt, was ich gelernt hatte, wie gut ich mich anstellte und wie oft sie mich disziplinieren mussten *et cetera*."

„Und er hat nicht versucht, sie davon abzuhalten, Sie zu schlagen? Oder Tim?"

„Der General glaubt an strenge Disziplin. Je eigensinniger der Junge, desto härter sollten die Strafen sein."

Ich bedeckte meinen Mund. „Oh, Lincoln."

Er zuckte zusammen und ich biss mir auf die Lippe. Er wollte kein Mitleid, sondern Verständnis.

„Deswegen mochte er Gurry so gern. Seine Strafen waren die schwersten. Mehrere Monate, nachdem Tim zu uns gekommen war, trieb er seinen Spaß zu weit. Er hatte sich eine Schleuder gebastelt und versteckte sich vor dem Fenster. Wir hatten geplant, dass ich es während meines Unterrichts mit Gurry öffnen würde und Tim würde Sachen auf ihn abfeuern. Ich befolgte den Plan und Tim schoss eine Reihe von kleinen Objekten auf Gurry. Einige wehrte er ab, aber Tim war schnell und der Beschuss überforderte

Gurry. Er verschluckte aus Versehen eins der Geschosse und erstickte fast. Als er sich erholt hatte, ging er auf die Suche nach Tim. Er benötigte den ganzen Nachmittag, um ihn zu finden und zu fangen, aber als er ihn erwischt hatte, verprügelte er ihn mit einem Spazierstock. Tim war widerspenstig und weigerte sich, sich zu entschuldigen. Er sagte zu Gurry, dass das, was er verschluckt hatte, ein getrockneter Pferdeapfel gewesen wäre. Gurry war besessen von Hygiene und hatte Angst vor Bakterien. Als Tim ihm das sagte, bekam er fast einen Anfall. Es brachte ihn noch mehr in Rage. Er schlug Tim immer heftiger, auf den Rücken, die Schultern und auf den Kopf. Gurry geriet in einen Rausch. Ich versuchte, ihn wegzuzerren, schaffte es aber nicht. Die Haushälterin fing an zu schreien, aber er schien sie nicht zu hören. Er schlug weiter auf Tim ein, selbst nachdem er zusammengebrochen war. Er blutete aus der Nase und den Ohren, aber Gurry hörte noch immer nicht auf. Es schien endlos weiterzugehen. Endlich beruhigte er sich, aber erst, als Tim sich nicht mehr bewegte.

„Oh Gott", flüsterte ich in meine Hand. „Er hat Tim getötet. Er hat ihn zu Tode geprügelt."

„Die Haushälterin schrieb an den General und der entließ Gurry. Ich habe ihn nie wieder gesehen, bis vor fast einem Jahr in dieser Gasse. Plötzlich kam alles wieder hoch und ich konnte meine Wut nicht wegschieben. Vor all den Jahren hatte ich Tim im Stich gelassen. Ich war nicht in der Lage gewesen, ihn zu retten, aber endlich hatte ich eine Chance, Gerechtigkeit walten zu lassen. Also habe ich Gurry auf der Stelle getötet."

Ich starrte ihn an. Die Geschichte und das Bild des armen Jungen, der Gurry hilflos ausgeliefert war, verstörten mich. Und auch der arme Lincoln, der seit so vielen Jahren mit diesen Erinnerungen leben musste. Er hatte in seinem ganzen Leben einen einzigen Freund gehabt, und dieser Freund war gestorben, weil er eine Ablenkung für Lincolns Unterricht dargestellt hatte. Das war eine schwere Last.

„Sie haben Tim nicht im Stich gelassen", versicherte ich ihm. „Sie waren doch auch nur ein Junge, als das passiert ist. Geben Sie sich nicht die Schuld an etwas, das allein Gurry zu verantworten hat."

Er warf mir einen Blick zu. Seine Augenbrauen waren durch

eine kleine Falte verbunden. „Und meine Tat in der Gasse? Da war ich erwachsen. Ich wusste, was ich tat, und entschied mich trotzdem dazu."

Ich konnte seinem Blick nicht standhalten. Während ich verstand, warum er das getan hatte, machte es mich nervös, dass er seine Rache so lange bewahrt und sie dann auf eine so kalte, berechnende Art ausgeführt hatte. „Starb er schnell?"

„Ja."

„Das ist doch was."

Er zog die Augenbrauen hoch.

„Ich verurteile Sie nicht, Lincoln. Ich weiß, was für ein Mann Sie sind ... der Mann, zu dem Sie ausgebildet wurden ... und ich akzeptiere diese Seite an Ihnen. Aber es ist nur eine Ihrer Facetten. Es gibt viele andere und zusammen ergeben sie jemanden, den ich mag. Jemanden, den ich näher kennenlernen möchte."

Ich stand auf, um zu ihm zu gehen, aber er schoss zur gleichen Zeit auf die Füße. Er schluckte deutlich und legte die Hände auf den Rücken. Mit einem ernsten Nicken drehte er sich um und ging hinaus. Einfach so.

Ich stand da und blinzelte die Tür an. Sollte ich ihm folgen oder nicht? Mit meinem Verband würde ich Mühe haben, ihn einzuholen.

„Charlie!" Gus schaute mich finster an, als er mich dort stehen sah. „Du solltest doch warten, bis ich dir die hier gebracht habe." Er reichte mir die Krücken. Als ich weiterhin dumm die Tür anstarrte, nahm er meine Hand und legte sie auf die Querstreben. „Lass mich die Höhe für dich anpassen."

* * *

DEN GROSSTEIL des Tages verbrachte ich lesend in der Bibliothek. Die Männer zogen sich zu unterschiedlichen Zeiten für ein Schläfchen zurück, kamen dann aber wieder, um mir Gesellschaft zu leisten. Der Einzige, der das nicht tat, war Lincoln, und ich vermisste seine Gesellschaft ganz entsetzlich. Ich schickte Seth nach oben, um ihn zu fragen, ob er mit uns Karten spielen würde, aber er kam trotzdem nicht nach unten.

„Was macht er?", fragte ich.

„Hin und her laufen."

„Hin und her laufen?"

Er nickte, während er austeilte. „Mach dir keine Sorgen um ihn, Charlie. Er weiß, was in seinem Kopf vorgeht."

Das tat er und es war zum Teil das Problem. Sein Kopf arbeitete ständig, erinnerte sich ständig. Was dachte er jetzt? Ich hätte gedacht, dass es für ihn entlastend wäre, mir von Gurry zu erzählen, aber es schien ihn nur noch mehr aufgebracht zu haben. Ich überlegte gerade, ob ich mich nach oben wagen sollte, um ihn zu sehen, als er in Mantel und Hut gekleidet in die Bibliothek kam. Er reichte Gus einige Briefe.

„Bring die heute Abend den Komitee-Mitgliedern. Es sind Nachrichten, die sie über Captain Jasper informieren. Sie werden wissen wollen, was dabei herausgekommen ist, auch wenn es keine Ministeriumsangelegenheit war."

„Kann ich erst noch ne Runde spielen?", fragte Gus.

Lincoln nickte und ging ohne weiteres Wort hinaus. Er schaute noch nicht einmal in meine Richtung.

„Wo gehen Sie hin?", rief ich ihm nach.

„Spazieren." Die Eingangstür ging auf, dann zu.

Gus tippte vor mir auf die Karten. „Der kommt schon klar. Er wird sich nich entführen lassen."

Seth verdrehte die Augen. „Manchmal redest du echt den größtesten Schwachsinn."

„Echt? Ich weiß zufällig, dass größtesten keen Wort is."

„Das ist keen auch nicht." Seth warf eine Karte ab. „Hör mit dem Unfug auf, du bist am Zug."

* * *

General Eastbrooke kam spät am nächsten Vormittag. Ich hatte es mir wieder in der Bibliothek bequem gemacht und hörte ihn ankommen. Lincoln öffnete die Tür. Es war das erste Mal, dass ich ihn an diesem Tag sah. Am Abend zuvor hatte ich ihn nicht nach Hause kommen hören.

Sie kamen in die Bibliothek und der General begrüßte mich mit einem dünnen Lächeln. „Du bist noch heil", sagte er. „Das ist die Hauptsache."

Ich vermutete, dass ich mehr Mitgefühl nicht bekommen würde. Von einem Mann, der seinen Angestellten gestattete, Kinder zu schlagen, erwartete ich nichts anderes.

„Ich wollte das hier gestern Abend schicken, als ich Ihre Nachricht bekam." Er reichte Lincoln ein Stück Papier. „Es ist eine Liste von Ärzten, die in den letzten zehn Jahren in Ungnade gefallen und aus dem Militär entlassen wurden. Jasper ist hier." Er zeigte auf das Papier. „Leider habe ich es nicht rechtzeitig erhalten, um von Nutzen zu sein."

Lincoln faltete das Papier zusammen und reichte es zurück.

Der General steckte es ein. „Laut seiner Akten wurde er entlassen, weil er die Leichen einiger Soldaten aufbewahrt und Tests an ihnen durchgeführt hatte."

Ich verzog das Gesicht. „Er hatte ihnen vor ihrem Tod sein Serum verabreicht und musste danach die Wirkung testen."

„Hat er dir das erzählt, ja? Klingt für mich nach einem Irren."

„Das war er."

„Lincoln erwähnte, dass Jasper deine Hilfe wollte."

Ich nickte. „Daher die Entführung."

„Nun. Schön, dass du entkommen bist. Wie hast du das geschafft?"

„Mit einem Ellenbogen an seiner Schläfe und einem kleinen Trick, um seinem Helfer Angst einzujagen."

Sein Grunzen enthielt mehr als nur eine Spur Bewunderung. „Gut gemacht. Ich gehe davon aus, dass du dich in kürzester Zeit erholt hast. Wer führt den Haushalt, bis es so weit ist?", fragte er Lincoln, während er wieder aus der Bibliothek ging.

„Niemand", sagte Lincoln. Er folgte ihm. „Ich brauche niemand anderen."

Als der General weg war, kam er nicht zurück. Andere kamen und gingen, aber Lincoln nicht. Bis Lady Harcourt gegen Mittag eintraf, um mich zu besuchen. Wenigstens hörte ich, wie sie ihm das sagte, doch sie sprach lange mit ihm in der Eingangshalle. Das meiste des Gesprächs schnappte ich auf, denn hauptsächlich redete sie mit schriller Stimme.

„Ich weiß nicht, wohin er gegangen ist, ebenso wenig wie sein Bruder", sagte sie. Sie redeten über Andrew Buchanan, ihren Stiefsohn. „Er ist ohne ein Wort raus und hat nichts mitgenommen. Er ist weg, Lincoln, und ich mache mir furchtbare Sorgen."

„Er ist ein erwachsener Mann. Er kann auf sich aufpassen."

„Das ist es ja! Das kann er nicht. Er ist ein hoffnungsloser Fall. Er torkelt von einer Krise in die nächste und braucht entweder mich oder seinen Bruder, um ihn wieder herauszuholen. Ich bin besorgt, dass er bis über beide Ohren im Schlamassel steckt."

„Bist du?", sagte er gedehnt. „Das sieht dir nicht ähnlich, Julia. Ganz besonders, wenn es um Andrew geht."

Ich wünschte, ich könnte ihr Gesicht sehen; es dauerte lange, ehe sie weitersprach. „Ich habe Bücher über Okkultismus in seinem Zimmer gefunden. Auch Glücksbringer und Amulette."

„Du glaubst, er spielt mit Mächten, die er nicht versteht?"

„Ja." Ihre Stimme klang wieder mehr nach ihrem üblichen Selbstbewusstsein. „Ich werde das als Ministeriumsangelegenheit betrachten, da Übernatürliches im Spiel ist."

„Das wissen wir nicht sicher."

„Mein Besuch ist reine Höflichkeit, um dich vorzuwarnen", sagte sie.

„Ich brauche keine Vorwarnungen."

„Oh, Lincoln, ich bin auch gekommen, weil ich dich sehen *musste*."

Ich quälte mich aus meinem Sessel und benutzte die Krücken, um zur Tür zu kommen und hinauszuspähen. Sie lehnte sich an Lincoln, den Kopf auf seiner Schulter. Er tätschelte behutsam ihren Rücken, als hätte er Sorge, dass er es nur schlimmer machte, wenn er zu fest tätschelte.

„Ich wollte dir sagen, wie leid es mir tut", sagte sie. „Wenn ich gewusst hätte, wie sehr die Beschwörung Gurrys dich aufbringen würde, hätte ich nicht zugelassen, dass sie es tut."

Nicht zugelassen! Ich knirschte mit den Zähnen und packte meine Krücken fester, um hinauszustürmen und sie zur Rede zu stellen, aber Lincolns Hand hob sich plötzlich in einer „warte" Geste. Er wusste, dass ich da war und zuhörte.

„Mach dir keine Sorgen, Julia", sagte er. „Die Sache ist erledigt. Reden wir nicht mehr davon." Er nahm ihre Schultern und schob sie sanft weg.

Sie tupfte sich die Augenwinkel mit ihrem Handschuh ab. „Aber ... Ich muss wissen, warum du ihn umgebracht hast. Warum erzählst du es mir nicht einfach?"

„Weil die Leute, die es wissen müssen, es schon wissen. Du musst das nicht."

„Lincoln! Wie kannst du das sagen? Als deine Freundin bin ich besorgt um dich." Als er nichts sagte, spreizte sie ihre Hände auf seiner Brust. Ihre Augenlider senkten sich und sie hob ihr Gesicht zu seinem. „Als deine Geliebte, habe ich ein—"

„Nicht!" Er packte ihre Handgelenke, ehe er zurücktrat und sie freigab.

Sie blinzelte ihn an, aber ich war zu weit weg, um zu sehen, ob sie Tränen in den Augen hatte. Ihre Hand flog zu dem schwarzen Band an ihrem Hals. „Lincoln?" Ihr klägliches Flüstern drang kaum zu mir.

„Danke, dass du vorbeigeschaut hast", sagte er und ging an ihr vorbei zur Tür.

Sie schob die Schultern zurück und hob das Kinn. Sie hatte gerade angefangen, mir leidzutun, sodass ich froh war, ihre Charakterstärke wieder aufflammen zu sehen. Ich wollte mit Lady Harcourt *kein* Mitleid haben. „Ich bin auch gekommen, um Charlie zu sehen. Sie hat ganz schön was mitgemacht und ich möchte wissen, ob sie etwas braucht. Ist sie in ihrem Zimmer?"

Ich schüttelte in seine Richtung den Kopf, aber er hielt die Augen gesenkt und hätte es nicht sehen können. Trotzdem sagte er ihr, dass ich nicht in der Lage war, Besucher zu empfangen. „Wie du schon sagtest, sie hat viel durchgemacht. Sie braucht Ruhe."

„Also gut. Richte ihr aus, dass ich an sie denke."

„Das werde ich."

Sie rauschte an ihm vorbei und er schloss die Tür, noch ehe ihre Kutsche davongerollt war. Er kam zu mir zum Eingang der Bibliothek. „Anscheinend denkt Lady Harcourt an dich."

„Sie haben ihr nicht gesagt, dass Sie wissen, dass sie mich dazu erpresst hat, Gurry zu rufen?"

Er schüttelte den Kopf. „Ich kann das tun, wenn du möchtest."

„Nein, das ist nicht nötig. Ich möchte nicht, dass die Dinge zwischen ihr und mir noch umständlicher werden."

„Sie ist nicht deine Feindin, Charlie. Sie ist … unglücklich."

„Ich weiß. Ich halte sie auch nicht für meine Feindin, aber ich bin mir nicht sicher, ob wir Freundinnen werden können." Ich lachte über meine eigene alberne Aussage. Ich war eine Magd und sie eine Lady. Zwischen uns bestand sowieso keine Chance auf Freundschaft. „Meinen Sie, es gibt Anlass zur Sorge wegen ihres Stiefsohns?"

„Möglicherweise. Ich werde auf jeden Fall nachforschen müssen. Sie wird es dem Ministerium so präsentieren, dass sie gezwungen sind herauszufinden, wohin er verschwunden ist."

„Es ist ja nicht so, als hätten wir etwas Besseres zu tun."

„Wir?"

Ich lächelte. „Ja, wir. Glauben Sie, es dauert noch lange bis zum Mittag? Ich verhungere."

* * *

NACH DEM MITTAGESSEN nahmen wir das Training wieder auf. Wir alle. Seth legte eine ganze Reihe von Schusswaffen auf dem Küchentisch aus und er und Lincoln gingen die Eigenschaften jeder einzelnen durch, während der Koch und Gus draußen die Ziele und einen Stuhl aufstellten, auf dem ich sitzen konnte. Ich hatte erst drei Kugeln abgefeuert, die jedes Mal keine einzige der Dosen trafen, als ein Mann um die Hausecke kam. Er trug eine karierte Hose und einen braunen Mantel über einer schwarzen Weste und war im mittleren Alter mit braunen Haaren und einem ergrauenden Bart. Ihm auf dem Fuße folgte ein uniformierter Polizist.

„Ist einer der Herren Mr Lincoln Fitzroy?", fragte der Mann.

Lincoln trat vor. „Das bin ich."

Der Neuankömmling stellte sich als Detective Inspector Darby vor. Seinen pickeligen Constable stellte er nicht vor. „Ist das Miss Holloway?"

„Ja", sagte ich lächelnd. „Haben Sie einige Frage bezüglich meiner Entführung?"

„Die habe ich, Miss, aber erst muss ich Sie darüber in Kenntnis setzen, dass der Kerl namens Captain Jasper tot ist."

Ich schnappte nach Luft. Oh Gott. Hatte ich ihn getötet? „Wie …?"

„Ihm wurde in der Arrestzelle die Kehle durchgeschnitten."

Gott sei Dank, ich war es nicht. Trotzdem, was für eine furchtbare Entwicklung.

„Mist", murmelte Gus. „Heutzutage is man nirgendwo sicher."

„Manchmal können diese Arrestzellen ganz schön überfüllt sein", sagte ich. „Und wenn man eine Gruppe von Kriminellen zusammenpfercht …" Ich wusste aus Erfahrung, wie gewalttätig es in so einer Zelle zugehen konnte.

„Er war allein, Miss", sagte der Inspektor.

„Wer hat ihn dann getötet?"

„Das wissen wir nicht. Es ist nachts passiert. Wer auch immer es getan hat ist rein und raus gekommen, ohne dass ihn jemand gesehen hat. Es ist ein Mysterium."

Seth verlagerte sein Gewicht und ich sah zu ihm hoch, doch er schaute nicht zu mir. Er starrte Lincoln an. Lincoln hingegen sah niemanden an. Sein Blick war auf einen Punkt am Horizont fixiert, sein Gesichtsausdruck unergründlich, der Körper still.

„Was ist mit den beiden Männern, die für ihn gearbeitet haben?", fragte ich. „Haben Sie die geschnappt?"

Der Inspektor schüttelte den Kopf. „Sie sind verschwunden. Ich hatte Männer zu den Orten abgestellt, die sie häufig aufgesucht haben, aber dort gab es keine Spur von ihnen, bis heute Morgen. Sie sind tot im Fluss aufgetaucht."

„Beide?" Angesichts seines Nickens schluckte ich. „Wurden ihnen auch die Kehlen durchgeschnitten?"

„So ist es. Wir haben keinen Grund zu glauben, dass ihre Tode mit Ihrer Entführung in Verbindung stehen, Miss, aber wenn Sie Informationen haben, die uns helfen können, wären wir ausgesprochen dankbar."

Ich schüttelte den Kopf. „Nein, nichts, tut mir leid."

„Darf ich Ihnen ein paar Fragen über diese Nacht stellen?"

„Natürlich."

Sie blieben gerade einmal fünfzehn Minuten, ehe sie sich

wieder auf den Weg machten. Die Fragen des Inspektors waren genau die, die ich erwartet hatte. Er schien nicht zu glauben, dass die Tode von Jasper, Jimmy und Pete irgendetwas mit uns zu tun hatten.

Er war der Einzige, der das glaubte.

Solange der Inspektor da war, blieb Lincoln an meiner Seite, ging dann aber, um ihn zu verabschieden und kehrte nicht zurück. Ich setzte meine Zielübungen fort, aber nur ein paar Minuten. Zuvor war es ein Spaß gewesen, aber die dunkle Wolke, die sich über unsere kleine Gruppe gelegt hatte, hatte die Stimmung verändert.

Ich stand auf und Gus bot mir seine Hilfe an, doch ich wollte allein hineingehen. Die Treppe hinaufzukommen war nicht leicht und ich gab die Krücken auf und humpelte den restlichen Weg zu Lincolns Gemächern. Ich klopfte. Er öffnete die Tür und wirkte überhaupt nicht überrascht, mich zu sehen.

„Du solltest die Krücken benutzen."

„Darf ich hereinkommen?"

Er zögerte und, wenn ich mich nicht irrte, biss er sich innen auf die Lippe.

„Lincoln?" Falls er bemerkt hatte, dass ich es in letzter Zeit aufgegeben hatte, ihn Mr Fitzroy zu nennen, machte er mich nicht darauf aufmerksam.

Er streckte mir die Hand entgegen. Ich nahm sie und er führte mich zu einem Stuhl, aber ich wollte mich nicht setzen. Ich vermutete, dass er stehen bleiben würde, und wollte mich nicht benachteiligt fühlen. Ich lehnte mich gegen die Rückenlehne des Stuhls und begegnete seinem Blick. Er beobachtete mich.

„Du glaubst, ich hätte das getan", sagte er. „Du glaubst, dass ich sie getötet habe."

Es gab verschiedene Dinge, die ich hätte sagen können, aber ich wählte den Pfad, von dem ich hoffte, er würde ihn dazu bringen, mir mehr zu verraten. „Warum sollten Sie das tun?"

„Rache." Sein Blick wanderte zu meiner geschundenen Wange. „Du weißt, dass ich dazu fähig bin."

Mit diesen wenigen Worten hatte er mich in die gleiche Kategorie gesteckt wie Tim—eine Freundin, die seiner rachsüchtigen

Art der Gerechtigkeit würdig war. Trotz allem war das erleichternd zu hören. Es bedeutete, dass er mir meinen Betrug wahrhaftig vergeben hatte. Ich schenkte ihm ein wackeliges Lächeln, aber er schien nicht zu verstehen, warum ich lächelte. Er runzelte die Stirn.

„Ich bin kaum verletzt", sagte ich zu ihm. „Ich glaube nicht, dass das, was mir passiert ist, eine so drastische Rache verdient." Er sagte nichts, also fuhr ich fort. „Aber Sie waren gestern nach unserem Gespräch die ganze Zeit aufgebracht. Dann sind Sie gestern Abend lange weggewesen. Heute waren Sie distanziert. Ich denke nicht, dass Sie sie getötet haben, aber die Beweislage deutet darauf hin."

„Ich habe es nicht getan."

Meine Hand rutschte vor Erleichterung fast von der Stuhllehne. Das bewies, dass ich doch den Hauch eines Zweifels verspürt hatte. „Ich glaube Ihnen. Aber wo sind Sie dann gestern Abend hingegangen?"

„Nirgendwo. Ich bin ein paar Stunden herumgelaufen und dann zurückgekommen."

Ich runzelte die Stirn. „Warum sind Sie nur spazieren gegangen?"

„Um den Kopf freizubekommen und nachzudenken."

„Worüber haben Sie nachgedacht?"

Er atmete tief ein, dann noch einmal und dann trat er näher. Er hob eine Hand an meine geschwollene Wange, berührte sie aber nicht. Seine Augen wurden verträumt, warm, und sein Gesicht kam näher. „Darüber, ob ich das hier tun sollte."

Sein Mund berührte meinen. An dem Kuss war nichts Zögerliches. Er war intensiv, selbstbewusst, und doch so sanft wie ein erster Kuss sein sollte. Ich hatte bei ihm keine weichen Lippen erwartet. Normalerweise waren sie zu einer harten, strengen Linie zusammengepresst, doch jetzt fühlten sie sich wie Kissen an. Sie waren wundervoll. *Er* war wundervoll. Ich wusste, dass der Kuss nichts zwischen uns klärte—wenn überhaupt, machte er die Dinge nur komplizierter—aber in dem Moment war mir das egal.

Ich ließ den Stuhl los, vergrub meine Hände in seinen Haaren und küsste ihn zurück.

Charlies und Lincolns Geschichte können Sie hier
weiterverfolgen:
JENSEITS DES GRABES
Band 3 der *Ministerium der Kuriositäten* Reihe von C.J. Archer.

Abonnieren Sie den Newsletter von C.J., um über neue ins
Deutsche übersetzte Bücher informiert zu werden. Abonnieren:
WWW.CJARCHER.COM

EINE NACHRICHT DER AUTORIN

Ich hoffe, Ihnen hat **Die Nekromantin ihrer Majestät** genauso
viel Spaß gemacht wie mir beim Schreiben. Als Indie-Autorin ist
es für den Erfolg des Buches entscheidend, es bekannt zu
machen. Wenn Ihnen dieses Buch gefallen hat, sagen Sie es doch
bitte weiter und schreiben Sie eine Rezension in dem Shop, in
dem Sie es gekauft haben.

ÜBER DIE AUTORIN

C.J. Archer begeistert sich für Geschichte und Bücher, seit sie denken kann, und wähnt sich glücklich, dass sie beides vereinen konnte. Sie verbrachte ihre frühe Kindheit in der dramatischen Schönheit des Outbacks von Queensland, Australien, lebt inzwischen aber mit ihrem Mann, zwei Kindern und einer frechen schwarzweißen Katze namens Coco in Melbourne.

Abonnieren Sie C.J.s Newsletter auf ihrer Webseite, um informiert zu werden, wenn sie ein neues Buch herausbringt: http://cjarcher.com/deutsch/

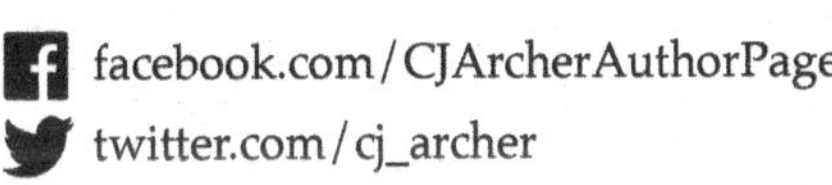